狗の戀

無慈悲な将校に囚われて、堕とされる

草野 來

Illustrator
炎かりよ

ジュエル文庫

INU NO KOI

目次

CONTENTS

Mujihina shoukouni torawarete, otosareru

※本作品の内容はすべてフィクションです。
実在の人物・団体・事件などには一切関係ありません。

軍人は忠節を盡《つく》すを本分とすへし
軍人は禮儀《れいぎ》を正しくすへし
軍人は武勇を尚《たっと》ふへし
軍人は信義を重んすへし
軍人は質素を旨とすへし

陸海軍軍人に賜はりたる勅諭（軍人勅諭）より

プロローグ

将校は眠らない。

将校は頭の後ろに目があり、全身の皮膚がみな耳となっている。将校は起きているときはもちろん、就寝しているときですらけっして気を抜かない。誰にも心を許さない。唯一、隙を見せる瞬間があるとすれば、それはこの男曰《いわ》く「気を遣《や》るときだけ」だという。

「だからせいぜい、俺に気を遣らせるよう努めるのだな」

そう言ってこの男は毎晩のように自分を犯す。

ひゅー、がたがたがた、と雨戸が寒そうな音を鳴らす。今は真冬の一月の深夜。こちらに背を向けて眠っている男の背中をじっと見つつ、ユキは敷布団《しきぶとん》の下に忍ばせている小刀へ手を伸ばす。男に気づかれないよう、そうっと。

慎重に鞘《さや》から抜くと、暗闇で白い刀身がぼうっと光る。まるで刀それ自体が自分を鼓舞するかのように。

臆するな、いけ。今夜こそこの男を仕留めろ！　と命令しているかのようだ。

（……よし）

呼吸を整えて柄を握りしめ、男の首に狙いを定める。大丈夫。たしかに眠っている。今夜はたっぷり気を遣らせた。だから——大丈夫。

首すじに刃を押し当てようとしたそのとき、男が不意にごろりと寝返りを打つ。氷水のようなまなざしを当てられる。

「なんだそれは」

「——っ」

細い手首をむんずと摑《つか》み、小刀を奪うと自分の枕の近くに置く。

「貴様も懲りんやつだな」

女の帯を無造作に解くと、自らの寝巻きもゆるめる。

「あれだけやってやったのに、まだやられ足りないか」

女の上にのしかかり、自分自身を深々、突き刺す。男の芯は火箸のように熱かった。そして硬く、猛《たけ》っていた。

「あ……あつ……ぃ」

「貴様の腹のなかも熱いぞ。燃えるようだ」

男は楽しげに言い、さらに埋め込んでくる。肉と肉が再びなじむ。

明かりを落とした室内で男の目がぎらりと輝く。将校特有の残酷さを秘めた目つき。薄い唇。硬質な頬の線。それでいて額にかかる前髪はゆるく波打ち、軽薄な焦げ茶色をしている。

この男の顔がユキは嫌いだ。なまじ整っているだけに、いっそう嫌悪感が増す。卑劣な内面にふさわしく、容姿も醜悪だったらどんなにかいいだろう……と毎夜犯されるたびにそう思っている。憎んでいる。殺してやりたいと願っている。

だけど未《いま》だに殺せていない。この男に仕えるようになって、ひと月ほども経《た》とうとするのに未《ま》だ本懐を遂げられていない。

「は……あ、あぁ」

下腹部を存分にかき混ぜられながら、自分の上にいる男をにらみつける。

「いい目だな」

酷薄な視線を向けられる。

「貴様の兄貴よりも、貴様の方がよほど性根が据わっている。惜しいな。貴様が男だったら俺の部下にして、立派な軍人に仕込んでやったのに」

「う……うるさい！」

叫んだ瞬間、ぐっと奥まで嵌入《かんにゅう》される。

「口のきき方に気をつけろ。俺は貴様の主人だぞ」

胸もとをはだけられ、あらわになったふくらみをぎゅうと摑まれる。ユキが痛みに顔をしかめると、

「いい顔だな」

なぶる言葉をかけられる。

「俺は貴様の苦痛をこらえる顔を気に入っている。もっと見せろ。俺を楽しませろ」

「い……いやだ」

すると、がぶりと胸を噛《か》まれる。やわらかな肉に鋭い歯が食い込み、女の目の端に水が浮かぶ。

「痛いか?」

「……うぅ」

首を横に振ると、尖《とが》りを歯でぎちぎちと、嚙み切《き》られそうなほど強くしごかれる。

「ん……っ……ふ」

無理やり反応させられて、硬くさせられていく。その間も腹のなかを蹂躙《じゅうりん》される。

この男は愛撫《あいぶ》めいた動作はしない。ほんのちょっとでもやさしく扱ってくれるなら、女

の身体《からだ》はもっと柔軟に開くだろうに、おそらく分かっていながらそうしようとしない。常に自分のしたいように動き、こちらの様子にはまるで気遣わない。

だから犯されるときユキはいつも屈辱を感じている。自分が意思も感情も備えたひとりの人間ではなく、欲望を処理するだけの道具のように思えてくる。

でも、それでいいのだ。

犯されれば犯されるほど、この男への憎しみが鍛えられる。寝首をかく機会を常にうかがい、いついかなるときでも殺せるような心持ちでいられる。

そのためにもこの男には、けっして情を移してはならない。同情も共感もしてはならない。憎む心をもっと強め、もっと深めなければならない。日々、自分にそう言い聞かせている。

中村緑雨《なかむらりょくう》は兄の仇《かたき》。兄を殺した卑劣漢、と。軍部でも犬のように嫌われ、蔑まれている下司《げし》の極みと。

そんなことを考えていると内壁がぐにゅりとうねる。

「吸いついてきたぞ。ここか？」

唾液に濡《ぬ》れた胸乳《むなち》から顔を上げて緑雨が問う。

「玉ノ井の女どもとちがって貴様のなかは狭いからな。こちらとしてもひと苦労だ」

無言でにらみつけてやると、片脚を持ち上げられ、男の肩にかけさせられる。角度をつけた体勢で、ずにゅ……と切っ先がめり込んでくる。

「――っ」

喉が、くっとのけ反る。痛い。熱い。火鉢の炭火の消えた室内は冷えきっているのに、肌にも粟粒《あわつぶ》が立ってるくらいなのに、腹のなかは灼《や》けそうに熱い。いや、この鳥肌は寒さではなく嫌悪のためか。

幾度となくこうされても、どうしてもこれに慣れることができない。身体の中心を押し開かれて、無理やり拡《ひろ》げさせられる異様な感覚。自分のなかが異物でいっぱいにされるようで、吐き気すら込み上がってくる。

「痛いか」

語尾を上げて男が問う。女を心配してではなく、興じているのは目つきで明らかだ。切れ長の目に陰湿な喜びが浮かんでいる。

「いたく……ない」

「なら、もっと進めるぞ」

男をにらみ上げたままユキが答えると、さらにずずっと熱を押し込まれる。

「っ……ん」

結合部の骨と骨がごりっと当たる。男の先端が腹の底をこすりつけてくる。

「う……く……ぅっ」

くいしばった歯と歯の隙間から、かすれ声が洩《も》れる。まるで内臓を貫かれているようだ。

さらにもう片方の脚も男の肩にかけさせられ、ぐっと体重をかけられる。

「ああ――」

たまらず泣きそうな声が出てしまう。こんなに深くまで進入されて怖くなる。このまま子宮の口をこじ開けられてしまったらどうしよう。

男の先端がやわらかな内壁を、ずんと突く。その衝撃に目の裏が真っ赤に染まる。折り曲げられた足の裏側に男が乗り上がってきて重い。苦しい。息をするのも苦しい。いまにも腹がやぶけそうだ。

「や……も、もう……いや……」

「どうした。さっきまでの威勢のよさはどこへいった？」

男の声がいよいよ加虐的になってくる。

「俺に気を遣らせたいのだろう？　ならばもっと締めつけるなり、腰を振るなりしてみせろ」

「く……」

挑発され、懸命に下腹に力を込めようとするけれども、収まっているものが大きすぎて、うまくできない。すると男の手がユキの腰の両側を押さえつけ、がくがくとゆさぶってくる。

「ああ――っ」

引《ひ》き攣《つ》った悲鳴が喉を震わす。

「もっと泣け」

女の腰をゆすりながら、男は薄く笑う。残酷な将校の笑み。

「もっと泣いて、もっとせつながって、俺を楽しませろ」

「あぁ……は……ぁ、あぁ」

ぴんと反りかえった芯熱が産道をこすりつける。ひりつくような疼痛《とうつう》が内部に拡がっていく。男のごわついた下生えが、鼠径部《そけいぶ》をちくちく刺す。熱い痛みとむず痒《がゆ》さにユキの顔がぐしゃりと歪《ゆが》む。

「そうだ。その顔だ」

節くれた手が、あごに伸びてくる。指先で下あごの骨を押さえ、無理やり口を開かせる。そしてぬるりと舌を入れてくる。

「ん――んん」

この男と接吻《せっぷん》するのは大嫌いだ。

顔と顔がくっつくぶん、犯されるより嫌だった。いっそ舌を嚙んでやりたいが、あごをしっかりと固定されて口を閉じられない状態にされるので、なす術がない。いつもいいように舌で口内をいじられるばかりだった。

ざらりとした表皮の舌で舌を舐《な》められる。不気味な生きものみたいで、ぞわりとする。男の舌は分厚く、大きくて、煙草《たばこ》の苦みが染みついている。ユキの舌を搦《から》めとり、巻きついて、きつく吸う。

（う……ん）

根もとから抜けてしまいそうなほど強く締め上げられて、意識が遠のきそうになる。

「気を失うなよ」

舌をいったん解放して、男がささやく。

「目も閉じるな。しっかり俺を見ろ」

男の冷えた目のなかに欲情がぎらついていた。再び女の口にかぶりつき、内壁をずちゅ、ずちゅ……と攻めてくる。いつしか下腹部は潤いはじめて、摩擦音がなめらかになってきた。

（あ……は、あぁ）

舌を吸われて朦朧《もうろう》としながら、下腹部がじんじんしてくる。男の熱さに引きずられ、自分自身も熱く火照ってくる。

尻をぐっと引き寄せられ、荒々しく抜き差しされる。そうして苛《さいな》まれるうちに、痛みのなかにやるせなさが生まれてくる。快感ではけっしてない。むしろ不快感に近い。なのに、どういう具合か女の機能が自然とうごめく。

男の動きに沿うようにして下腹がしなり、たわんで、ほとんど自覚しないままに芯熱をきゅう……と締めつける。

（——っ——）

ユキのなかで緑雨が微震する。眉間にしわを寄せ、軍人にしては不必要なほど際立った容貌に、なまめかしさがあらわれる。太いくせになだらかな首の線に、筋肉の筋が浮き上がっている。

男の動作がさらに苛烈になる。子宮の入り口のすぐ近くを突いて、くびれをぐりぐり押し当てて無理やり女をほぐそうとする。痛みと痺《しび》れとやるせなさが混ざりあい、拮抗《きっこう》し、熱く大きくふくらんでくる。

女の反応に煽《あお》られて男自身も膨張する。内部を思うがままにまさぐりながら、欲望の塊がいっそう生き生きと、猛々《たけだけ》しくかたちを変えていく。

ずん、と突かれるたびに息を呑《の》む。熱いふくらみが弾《はじ》けそうになり、全身が緊張する。白い太ももに静脈が蒼《あお》く浮かんで、さながら拷問されているような恰好《かっこう》だった。ずくずくと執拗《しつよう》に女の壁を攻められて、ある瞬間、肋骨《ろっこつ》を撲《ぶ》たれたみたいに心臓がどくんと脈打つ。

「んん！」

「ぁ――っ、あぁ」

欲望の熱が限界までふくらんで、破裂する。髪一すじの差で感極まった男が、女の胸もとに白い水を降り注ぐ。

「ふう」

湿った息が額にかかるのを感じつつ、意識が急速に薄らいでいこうとする。いけない。眠ってはいけない。この男より先に目を閉じてはならない。

そう自分に呼びかけるものの全身がくたくたに疲れきって、まぶたが重くなってくる。こもっていた空気が再び冷えはじめ、風で雨戸ががたりとゆれる。

「雪が降るかもな」

泥のように濃厚な眠りに引き入れられる寸前、男が自分の名前を口にする。ひとり言とも、こちらに向かって語りかけているともつかない口調で。だけどもう目を開けていられない。

今夜もこの男を殺せなかった。今夜も兄の仇をとれなかった。

びしっ、と家鳴りの音がする。不甲斐《ふがい》ない自分を責めるかのごとく、鋭い音で家が鳴る。

第一章　非情なる軍人の虜

一

昭和十年、師走の某日。陸軍省軍務局軍事課課員、中村緑雨の自宅に新しい女中がやってきた。軍の会館に出入りしている口入れ屋からの紹介だった。

「田中《たなか》ユキと申します」

応接室である洋間に通された娘は、緑雨をまっすぐ見上げて身上書を差し出した。

つややかな黒髪を頭の後ろで結い上げ、化粧は白粉《おしろい》をはたいている程度。それでもはっきりとした目鼻立ちだ。年齢は数えで十九。

女にしては背丈があり、身長百八十の緑雨の肩先にまで顔がくる。姿勢がよく、銘仙の着物越しにもすんなりとした身体つきであるのが見てとれる。和装よりむしろ洋装の方が似合いそうな娘だった。

この見た目ならわざわざ女中などにならずとも、銀座《ぎんざ》のカフェかバアの女給にでも応募したらよかろうに……などと思いつつ、緑雨は紹介状に目をとおす。

「出身は新潟《にいがた》、とありますが、東京《とうきょう》にきてもう長いのですか」

「はい。三年前に上京いたしました。こちらをご紹介される前は助産所で女中をしながら、そちらの先生のお手伝いなどもしておりました」

はきはきとした口調で娘は答える。学歴は尋常小学校どまりだが、話しぶりから察するに地頭は悪くなさそうだ。産婆の助手をしていたのなら看護の心得もあるだろう。ならば、何かと好都合でもある。

緑雨は無意識のうち左手で、右の肘をかばうようにさする。このところ寒くなってきて、少し前に断裂した靱帯《じんたい》がしくしく痛むことがある。ソファセットに向かいあって座る娘に、静かな口調で語りかける。

「見てのとおり、この家は私のひとり住まいです」

職場はここからさほど遠くない永田町《ながたちょう》にある陸軍省、いわゆる三宅坂《みやけざか》だ。平日は朝早くから出勤し、帰宅時刻は変則的である。したがって家事はもちろんのこと自分が不在の間、留守番役をしっかり任せられる女中を探していた……と。

「先月まで使っていた女中は高齢のため息子夫婦に引き取られまして、この半月ばかり難渋していたのです」

娘は黙って緑雨の話を聞いている。緊張しているのか、膝の上でそろえている手をぎゅうと丸めている。

白い頬がうっすらと紅潮し、墨汁を落としたみたいに濃い黒目を、まっすぐこちらに当ててくる。やけに力のあるまなざしだ。女がそうじろじろと人の顔を直視するものでもなかろうに。

「軍服が珍しいですか」

軽くたしなめる口調で言うと、娘は、はっとしたようにうつむく。

「も、申し訳ございません。その……中村さまは大尉さまなのですね」

「ああ、これか」

緑雨は自分の身を包んでいるカーキ色の軍衣の襟に、視線を下げる。赤地に黄色の横線が入り、大尉の位階を示す三つの星が並んでいる。

「それほどたいそうな階級ではありません。将校としては甲乙丙の乙というところです」

続いて給金と、細々とした注意事項を伝えると、娘は黙ってうなずく。

「ところで、ひとつ質問をしてもよろしいですか」

「なんでございましょう」

面接の終わりがけ、緑雨はふと、という調子でユキに問いかける。

「あなたを紹介してくれた口入れ屋によると、是非うちで働きたいとのことでしたが、何か理由でもあるのですか？　女中よりも助産所の助手の方が待遇はいいのでは？」

娘の黒目がわずかに、ゆれたような気がした。

「実を申しますと血を見るのに……耐えられなくなりまして」

ユキは説明する。人手が足りないものだからと、いつの間にかお産の手伝いまでさせられるようになり、なんとかがんばっていたものの、やはり自分には無理だった、と。

「先日、ひどい難産の最中に妊婦さんを介助するどころか、自分の方が気を失ってしまいまして……お恥ずかしい話です」

それで暇乞《いとまご》いを願い出《で》て、新しい勤め先を探していたそうだ。

「そうでしたか。では、家のなかをざっと見せましょう」

応接室を出ると隣の居間、風呂場、便所の順に室内を案内する。

「廊下の一番奥の部屋は私の書斎です。ここは掃除しなくともけっこう。中には入らないように」

そう申しつけるとユキは黙ってうなずく。廊下を引き返し、反対側の突き当たりは台所だ。水道に瓦斯《ガス》、それとほとんど使っていないが冷蔵庫も一応ある。男のひとり所帯にしては充分すぎるほどの設備で、前の女中は快適そうに使いこなしていたものだった。

ところがこの娘は瓦斯コンロにも、松坂屋《まつざかや》の印がついた冷蔵庫にも、興味らしい興味を示さない。硬い表情をして自分の後ろをついてくる。最後に、台所の横にある部屋の戸を引いてなかに入る。

「こちらがあなたの部屋になります」

四畳半の和室で、女中部屋には珍しく窓もついており日当たりは悪くない。文机《ふづくえ》と座鏡と小さな箪笥《たんす》を置いてある。

緑雨はしゃがんで押し入れの襖《ふすま》を開ける。ここに火鉢を仕舞ってあるのだった。

「今、火鉢を出しましょう」

銅製の丸火鉢をよいしょと持ち上げようとしたとき、不穏な空気を背後に感じた。殺気といってよかった。即座に身体が反応する。火鉢の灰をひと摑みして振り返りざま、女に投げつける。

「っ……ごほっ、ごほっ」

咳《せ》き込む女の右手には短刀が握られていた。その手首をねじり上げ、刀を奪いとる。

「何だこれは」

自分の声が一変する。懐にでも仕舞っていたのか。こちらの隙を突き、ぶすりとやろうとしたわけか。

「何者だ」

刀を放って改めて誰何《すいか》する。「答えろ。貴様はいったい何者だ」

繰り返し、手首を掴む左手に力を込める。女が顔を歪める。そのくせ気丈にもにらみ上げてくる。唇をきつく噛みしめて、ぎりぎりと歯ぎしりさえする。先ほどの面接での殊勝さが、きれいさっぱり消えている。さては猫をかぶっていたわけか、小娘が。

襲われるのは仕事柄、珍しいことではない。だが民間人、それもこんな若い女を差し向けられるのは初めてだった。

「誰に頼まれた？　皇道派《こうどうは》か、それとも大本教《おおもときょう》の者か」

問いながら、もう片方の手を女の喉へ伸ばす。片手で絞め上げられそうに細い首すじの頸動脈《けいどうみゃく》を親指で押さえる。

「ん……っ」

女が自由な方の左手で、緑雨の手の甲をがりりと引《ひ》っ掻《か》く。それでも指の力をゆるめない。意識が落ちる寸前の、窒息の苦しみを最大限に感じる強さで喉の脈を圧迫し続ける。

「もう一度だけ問う。誰に頼まれた？　答えなければ憲兵に引き渡す。憲兵の尋問はこんなものじゃないぞ」

苦しげに自分を見上げる女を見返し、そう告げる。やがて女は息つぎをする金魚のように口をぱくぱくとさせ、あごを上下に動かす。

「白状するか」

再び女はうなずく。喉から手を離してやると、女は大きく息を吸い込み、ぜえぜえと吐く。充血した目でなおも緑雨をにらみつけ、かすれ声でつぶやく。

「誰に頼まれたのでもない……自分の意思で……ここへきたんだ」

「ほう」

女の右手首を戒めたまま、その顔を眺める。すっとした鼻すじに小さな唇。気の強そうなまなざしだ。一度でも会ったことがあるのなら記憶に残るだけの容貌をしている。しかし見覚えはない。まちがいなくこの娘とは今日が初対面だ。

「なぜ俺を殺そうとした？」

女が唐突に緑雨の右肘を、握りこぶしでどんと叩《たた》く。

「っ――」

鈍い痛みが肉の内側を走り、思わず体勢を崩す。だが小刀を拾おうとする女に飛びかかり、力任せに砂壁へ叩きつける。

「舐めるなよ、小娘」

そのまま背後から羽交い締めにする。

「こんなちゃちな刀で俺を殺せると思ったか」

「うるさい！　それは兄の形見の刀だ。それでおまえを殺してやる！　この、この……統制派の始末屋が！」

途端、頬がぴくりと引き攣った。

「貴様、なぜその呼び名を知っている？」

統制派の始末屋。それは省内でいつ頃からかつけられた自分の通り名だった。読んで字のごとく、統制派にとっての邪魔者や敵対者をことごとく始末する者という意味だ。この呼び名を知る人間は、さほど多くない。そう、少なくとも陸軍省の関係者ぐらいしか……。

「何者だ」

女を壁に押しつけて、再度その問いを突きつける。

「言え。腕を折ってやってもいいんだぞ」

二の腕を拘束する手に力を入れる。関節のぎしぎしと軋《きし》む音がする。

「に……にかげつ……まえ」

「なに」

「二ヶ月前……おまえはわたしの兄を……殺した」

答える女の声に怯《おび》えはなかった。腕を折られたくないという恐怖も、自分をおそれる気配も微塵《みじん》も感じられなかった。怒りだけがあった。女にしてはやや低めの声音に、挑むような怒りをにじませていた。

「おまえは三好太陽《みよしたいよう》少尉を……殺した」

三好太陽少尉。その名を聞いて腹の底が、かっと熱くなる。なるほど、と合点《がてん》がいく。

「そうか……貴様、あの士官の身内か」

「そうだ！」

女は威勢よく叫ぶ。

「なにが演習中の事故だ！　なにが銃の暴発だ！　おまえが殺したくせに……おまえが兄を撃ったくせに！　この卑怯《ひきょう》者！」

壁に顔を押し当てられたまま、女は興奮した様子で緑雨を罵る。

「なるほど……それで講談ものよろしく女中に扮《ふん》し、兄上の仇討《あだう》ちにきたというわけか」

この娘、目ざとくもこっちの利き腕が故障しているのに気づいたか、あるいは予《あらかじ》め知っていた。身上書に書かれていた名前は偽名か。紹介した口入れ屋も嚙んでいるのか。聞き出すべきことはたくさんあるが、まず――。

「言っておくがな、女。卑怯者は貴様の兄の方だぞ。貴様の兄は俺を闇討ちした。恐れ多くも陛下からいただいた軍刀を振りかざし、帰宅途中の丸腰の俺に襲撃をかけたのだ」

女の耳にゆっくりと、いたぶるような言葉を注ぐ。

「それで俺は右手の肘を駄目にした。分かるか？　もう銃剣を満足にかまえることができなくなったのだ。これが軍人にとってどれだけ屈辱的なことか……貴様に分かるか？　ええ」

話すうち、怒りで頭がずきずきしてくる。そう。あれは十月初めのことだった。

皇道派を名乗る若い将校に夜道で襲われ、返り討ちにしてやった。携帯している自動式拳銃で至近距離から撃った。後悔はしていない。しかし自分もまた斬られ、軍人として命の次に大事な利き腕を損ねた。

ほんの二ヶ月前のできごとだ。あの将校にこんなじゃじゃ馬の妹がいたとは。

「貴様が俺を恨むというのなら、俺も貴様を恨んでいい道理だな。なにしろ俺は貴様の兄貴に殺されかかったのだ。いいか、貴様の兄貴は卑怯者だ。闇夜で背後から俺を襲ってきたのだ。どうせなら白昼堂々、挑んでくればいいものを！」

話すうち心が激してくるのが分かった。荒々しい衝動が毒のように全身を駆けまわり、何かにぶつけたくてたまらなくなってくる。痛めつけてもかまわない何かに。

「ちがう！　兄さんは卑怯者なんかじゃない！　卑怯なのはおまえだ！　鬼！」

「俺が鬼なら貴様はなんだ。兄妹《きょうだい》そろってこそこそと人の命を狙いにくるとは……」

そこで、鋭い痛みが腕に走った。羽交い締めされてる女が、思いきり嚙みついてきた。歯が肉に食い込み、ぶつん、と頭の奥で何かがちぎれる音がした。心憶《おぼ》えのある音だった。肘の靱帯が切れたときも、こんな音が聞こえた。

「貴様」

冷えた声が口から出る。女の着物の帯に指をかけ、紐《ひも》ごと一気にむしり取る。

気づかぬうちにズボンの内側が痛いくらいに張っていた。許さん。思い知れ。快いほど狂暴な衝動が込み上げてくる。ベルトを外し、それで女の両手を後ろ手に縛り上げる。女ががしゃっくりするみたいに小さく息を吸う。その反応に胸が弾む。

着物の内に手を入れて片脚を持ち上げると、ためらわず自分自身を女に突き立てる。

「ん――っ」

びくん、と女は痙攣《けいれん》する。まるで尻の穴から串刺しされた鶏のように。そのまま壁に押しつけて力ずくで結合する。潤いのない内部に無理やり潜り込み、柔肉を引き裂きながら奥へ奥へと進む。

「は……っ、貴様さては生娘か」

感触からしてそうだと思った。こんなにも狭くてきつい腹のなかは初めてだ。内壁をこする芯熱がひりつく。

「う……るさい……鬼。けだもの」

立った状態で犯されながらも女は気強く言い返す。それが自分を異様に興奮させる。この女をもっと痛めつけたい。なぶりたい。そんな欲望がむくむくと湧き上がる。

「そうだ。俺は鬼だ、けだものだ」

ずくずくと女の腹を突きながら、両手を前の方へと伸ばす。

胸乳は手のひらにちょうど収まるくらいの大きさで、驚いたのはその白さだ。きめ細やかな、女中にしておくにはもったいないほどの白い肌。手に吸いつくようなふくらみを、ぎゅうぎゅうと手荒く揉《も》みしだく。

「う、う……ぅう」

「どうだ。兄の仇に犯される気分は」

「ひ……きょうもの」

「まだ言うか」

内壁をごりっと押すと、女は「ひっ」と声を縮める。

「ころす……ころ、す……おまえを……絶対に殺す」

「そうか」

もう一突きしてやった拍子に、女の膝ががくんと折れて畳の上に崩れ込む。

血管を浮かばせて反り上がっている自分の性器に、赤いものがべったりとついている。その血を指先で拭い、ぺろりと舐める。生臭さのなかにもどことなく甘いような、破瓜《はか》の味。生娘の味がした。

女は芋虫のごとくずりずりと畳を這《は》い、なんとか逃れようとする。その髷《まげ》をぐいと摑んで引き戻すと、結いが崩れて黒髪が白い肌を覆い隠す。そのさまはやけになまめかしく、エログロ雑誌の責め絵のようだった。

「どうした、逃げる気か」

いよいよ自分の声調が弾んでくる。後ろ手に縛られた女を犬のように這いつくばらせ、再び後ろから一気に貫く。

「ぐう——っ」

内臓を抉《えぐ》られるような呻《うめ》き声を女は上げる。いいぞ。もっと呻け。泣き叫べ。女のなかで欲望がどんどん昂《たかぶ》ってくる。

犬猫と同じ恰好で凌辱《りょうじょく》する。なよやかな尻に腰を打ちつけ、思うがままに腹をかき乱す。無理くりに内部を押し拡げ、自分のかたちに変えてやる。

「う……うぐ……っく」

緑雨の下で女はけば立った畳に顔をつけ、ひたすらに責め苦に耐える。まつ毛に涙の粒をのせ、懸命な表情がかえって加虐心をそそる。その顔をもっとよく見たくなり、あごを摑んで上を向かせる。

「本名は？」

緑雨は尋問を再開する。

「田中とはいかにも偽名くさい姓だが、ほんとうの名は三好ユキか？」

答えない女の尻に、ぱんっと音を立てて勢いよく打ち込むと、いい顔立ちがぐしゃっと歪む。そのまま腰をぐりぐり動かす。傷ついた内壁をさらに痛めつけてやる。

「そ……ぅだ」

きれぎれの声で女は白状する。

「他に仲間は？　口入れ屋も貴様とぐるか？」

また黙る。また打ち込む。しかし女は口を引き結び、もう一言も吐くまいと覚悟をきめたかのように固く目を閉じている。

ならば、と緑雨は女の手首の戒めを解き、つながった状態でごろりと仰向けにさせる。

「俺を見ろ」

鼻と鼻がぶつかりそうなくらい、女の顔に接近する。

「貴様の兄を殺した仇の顔を、ようく見ろ」

女はまぶたをこわごわと開け、緑雨を見返す。瞳は濡れていたが、燃えるように輝いて自分をにらみつけている。そのまなざしに、ぞわりと心がざわめいた。やわらかな羽根で心臓を撫《な》でられたような心地になる。

と、頬にあたたかいものをかけられる。女が唾を飛ばしてきた。

「貴様……そんなに殺されたいか」

ずくん、と先端をめり込ませて内臓を押し上げる。

「んぅっ」

女の腹を持ち上げられそうなくらいに、芯熱を深々と嵌入させる。

「このまま腹を切り裂いてやろうか。それとも」

ほっそりとした喉に手をやり、語りかける。

「犯しながら絞め殺してやろうか。兄貴のところへいかせてやるぞ」

見開いた女の眼球に自分の顔が映っている。額に汗をにじませて、唇に笑みをのせている。たしかにこいつが言うとおり、禍々《まがまが》しい鬼のような形相だ。

女は懸命に男を拒絶しようとする。首を絞められているというのに、両手で緑雨の胸を押し、少しでも遠ざけようとする。その弱々しい抵抗に、よけいに心を燃やされる。

喉もとを押さえる指に力を添え、陰嚢《いんのう》が女の尻にぶつかるほど根もとまで自らを沈め込む。

「……っ……」

声にならない音が、半開きの朱《あか》い唇から洩れる。ふう、とため息をつく。

自分のぜんぶが女に入った。ちぎれそうなくらいにきついのに、ひどくいい。たまらない。痛みすれすれの快感がそこに凝縮し、われ知らず夢中になって腰を動かしている。刀で突くように、刺すように、やわらかな女自身を突き刺す。

「は……ぁ……っ……く、ぅ」

女は顔をぐしゃぐしゃにして泣いている。にも拘《かか》わらず組み敷いているこちらをねめつけ、潤んだ目に憎悪の色を浮かべている。そのまなざしにぞくりとした瞬間、得体のしれない高揚感が底の方から生じてきて、尾てい骨がわななく。

「いま……遣るぞ」

そう告げるや、放尿するような勢いでどくどくと射精する。女のなかに欲望を存分に注ぎこむ。

「いや──っ」

叫び声が、空気をびりびり震わせる。犯している間中ずっと出さなかった悲鳴を、女は最後の最後に喉の奥から振り絞った。それを聞いて緑雨は満足した。

自らを引き抜いて呼吸を整える。全身が汗びっしょりだった。女はぴくりとも動かない。裸同然の恰好で、髪はもつれにもつれ、薄化粧も剝げ落ちている。

その凄惨な姿を無感動に見下《お》ろして身支度を整える。腕巻き時計を見ると、もう一時半だ。

身体からも頭からも熱が引いていき、代わって苦い気分があらわれる。さすがにやりすぎただろうか。憲兵に通報して引き渡せばよかったものを、我ながら卑劣な振る舞いをしてしまった。だが——怒りを抑えられなかった。

「もういけ」

放心して横たわったままの女に、放免の言葉を投げる。

「これで勘弁してやる」

女は無反応だ。むきだしの白い尻が鮮血で染まっている。

「俺はこれから出勤だ。貴様も自分の家へ帰るんだな」

軍帽をかぶり、外套《がいとう》を羽織ると、女をその場に残したまま自宅をあとにする。

二

陸軍官衙《かんが》の代名詞、三宅坂の三叉路《さんさろ》を円タクを走らせて、中村緑雨は職場である陸軍省に到着する。

すぐ隣にはドイツ大使館があり、後方には桜田門《さくらだもん》の警視庁が、裏手には陸軍大臣官邸がある。そして正面の桜田濠《さくらだぼり》の向こう側は、天皇陛下御一家が住まわれる広大な聖域、宮城が広がっている。首相官邸をはじめとする各省が集まっているこの辺り一帯は日本の中枢、心臓部といっていい。

お堀端に面している表門ではなく、裏門の前にタクシーを停《と》めさせる。

参謀本部も入っているこの建物は非常に入り組んでいる。明治初期に建築された本館に、大正時代になってから別棟を次々と建て増し、その結果、迷路のごとく複雑な構造となっている。まるで普請道楽が興に乗って増築を重ねた御殿のようだ。

なかでも軍務局は、表門から最も遠く離れた位置にある。したがって緑雨は常に表ではなく裏門を使っているのだが、それはまた自身の立場を端的に表しているようでもあった。

別棟の階段を上がって南西二階の角、四つに分かれた執務室に入室すると、独特の匂いが充満している。煙草の匂い、軍服の匂い、忙しそうに立ち働く男たちの汗と体臭が入り混じった匂いだ。

軍務局長以下、ここの課員は総勢約五十名。うち緑雨が所属するのは、陸軍内の秩序を保ち軍人の思想や軍紀を監視する班である。

緑雨が現れると、活気づいている空気が一瞬、停止する。そして再び動きだす。いつものことだった。自分の机までゆくと「中村」と同僚から声をかけられる。

「オヤジ殿が貴様を探していたぞ」

「そうか」

引き出しの鍵を開けて大判の封筒を取り出すと、奥の方の窓際にある〝オヤジ殿〟こと出雲《いずも》の席へ向かう。

「失礼します。先日申しつけられました皇道派による怪文書の報告書《レポート》を提出いたします」

「お、ご苦労」

敬礼をする緑雨に、出雲はにい、と軍人にしては愛嬌《あいきょう》過多な笑みを浮かべる。報告書をざっと確認すると、満足そうにうなずく。

「相変わらず仕事が早いな」

「恐れ入ります」

幅広の机の端に積まれている書類の山のてっぺんに出雲は封筒を置き、軍服のポケットからチェリー煙草の箱を出す。厚ぼったい唇で一本咥《くわ》え、マッチで火をつける。

「貴様もどうだ？」

勧められ、右手を伸ばすと、オヤジ殿は再びにやりとする。

「なんだその手は。さてはヤマネコにでも引っ掻かれたか？」

自分の手を見ると、甲に赤い線が三本走っている。あの娘の首を絞め上げた際につけられたのだ。よほど力を入れたらしい。乾いた血が筋状になってこびりついている。あの娘、やってくれたものだ。ちなみに〝ヤマネコ〟とは芸者を意味する隠語である。

舌打ちしそうになるのをこらえ、こう答える。

「ヤマネコというよりも野良猫にやられました」

「色男も大変だな」

報告書の内容がお気に召したのか、それとも何かいいことでもあったのか、今日の出雲は機嫌がいい。うまそうに煙草を吸って、セルロイドのキューピー人形そっくりの腹をさすっている。

このところ、来月に公判を控えている「相沢《あいざわ》事件」絡みの怪文書が、再び省内外に乱れ飛んでいた。そのせいかオヤジ殿はぴりぴりしどおしだった。ひっきりなしに煙草をふかし、盛大に貧乏ゆすりしながら机仕事をするものだから、書類の山を何度も崩しては悪態をついていた。

軍務局軍事課、高級課員の出雲尊《たける》は、省内きっての諜報《ちょうほう》と内偵の専門家《スペシャリスト》だ。陸軍大学校を優秀な成績で卒業しながら、幕僚になる道を進まず、ソ連、中国、朝鮮半島へ派遣され諜報活動を行ってきた。緑雨の陸大時代の教官であり、今は直属の上司でもある。年齢は緑雨より十六歳年長の、四十六歳。階級は中佐だ。課員たちは親しみを込めて、陰で〝オヤジ殿〟と呼んでいる。

小太りの小柄な体型で、くりくりとしたどんぐり眼《まなこ》に厚い唇。〝とっちゃん坊や《ベイビーフェイス》〟という形容がぴったりで、本人曰く、この見た目のおかげで外国人、特に西洋人連中を大いに油断させてやったという。

「ときに貴様、肘の具合はどうだ」

ガラス製の灰皿に灰を落とし、出雲は緑雨の右腕に視線をやる。

「寒くなってくると関節がしくしく痛まんか？　俺も昔、足の腱《けん》をやったことがあってな、今でも冬になると古傷が疼《うず》くのだ」

「は、問題ありません」

そう答えつつも内心でひやりとする。意識して以前と同じく書類作成も、箸を持つのも煙草を吸うのも右手を使っているのだが、傍目《はため》にはぎくしゃくしているように見えるのだろうか。

「そうか。ならいいが」

出雲はむっちりとした指で煙草を押し潰す。二本目に火をつけて深々吸うと、おもむろに口を開く。

「いずれ正式に発表されるのだが、来年春に第一師団が満州《まんしゅう》へ移駐することになった」

「第一師団が、ですか」

声が軽く緊張する。出雲は「ああ、これでせいせいする」とつけ加える。

陸軍で最も古くから存在する師団のひとつ、陸軍第一師団。歩兵まで含めると、兵士数はおよそ二万五千名。数多《あまた》ある師団のなかでも最大規模の部隊だ。しかしこの数年は皇道派の、とりわけ「危険分子」とみなされる者が数多く所属しており、軍の上層部にとっては厄介な存在ともなっていた。

その第一師団が満州へ移駐するということは、すなわち皇道派の主だった青年将校たちを、そっくりそのまま日本から追いやるということになる。

現陸軍大臣は無策無能の日和見主義ともっぱらの評判だが、ずいぶんと思いきった決断をしたものだ。

そんな緑雨の心中を見透かすように、出雲は言う。

「なあに、統制派のお偉方が陸相のケツを叩いたのさ。ここらで皇道派の連中をなんとかしておかないと、今に大変なことが起きますぞ……となだめすかしてな」

オヤジ殿は団子鼻から煙をくゆらせる。

「しかし第一師団、特に歩一と歩三の急進将校たちが、その辞令におとなしく従うでしょうか。ただでさえここ最近の皇道派は殺気立っているように思われます」

「大本教の次は、自分らが弾圧される番だと予期してるのかもしれんな。なにしろやつらの背後には法華経《ほけきょう》の大先生が御座《おわ》しますからな」

出雲の口調に若干の皮肉がまぶされる。

陸・海軍にも多数の信者を持つ新宗教、大本教の教団本部が警察によって破壊されたのは、つい数日前のことだ。教祖をはじめ幹部連は一斉検挙され、今頃は特高警察の取り調べを受けていることだろう。

皇道主義や愛国精神を掲げてテロルの火種を撒《ま》き散らす団体は、この数年で増加している。

「一人一殺」を合い言葉に、政財界の要人を狙った暗殺集団、血盟団《けつめいだん》。その流れを汲《く》み、海軍の革新派将校らが三年前、ときの首相を暗殺した「五・一五事件」。いずれも国内をどよめかし、新聞や雑誌はこぞって〝テロルの時代〟〝昭和維新の風きたる〟などと無責任に書き立てた。

実際、昭和に入ってからというもの、穏やかならない状態がずっと続いている。世界恐慌に端を発した終わりの見えない不況、政党政治の腐敗、肥え太る財閥、広がる格差。都市には失業者があふれ、農村では娘の身売りが相次ぎ、人びとの心は不安定になっている。それはここ、職業軍人の世界でも同様だ。

軍人は本来政治と関わってはならない。それは明治天皇の言葉である『軍人勅諭』にも明らかだ。だが時代の推移と共に軍人のなかにも、政治への介入を主張する者たちが現れはじめた。それらは現在「皇道派」と「統制派」という二つの派閥に分かれている。

皇道派とはその名が示すように、天皇陛下を絶対とし、天皇自身による政治、すなわち親政を推し進める集団である。派内の団結力は非常に強く、それゆえに武力行使も辞さないところがある。右翼連中とも結託し、国家の革新をことあるごとに主張している。

出雲が口にした〝法華経の大先生〟とは、皇道派の若者に絶大な影響を与えている思想家にして右翼浪人、北一輝《きたいっき》のことだ。狂熱的な法華経信者でもある北の著作『日本改造法案』は、皇道派の青年将校にとって聖書《バイブル》に等しい書物とも、きたるべき革命への手引き書とも呼ばれている。

一方、もうひとつの派閥が出雲、そして緑雨も末席に連なる「統制派」だ。こちらは陸軍中枢の高官、すなわち陸大出のエリートが中心となって形成された集団だ。精神的・観念的な改革を主張する皇道派とは対照的に、統制派のやり方は政財界に食い込んで軍部の力を強めていき、日本を軍事国家とすることだった。

この二派閥は方針も理念も何もかもが水と油で、これまで数々の抗争を繰り広げてきた。そうして今年の夏、ついに決着がついた。皇道派の上層部が軍の要職から外されることで、統制派が勝利を収めた。そして統制派閥を中心とした新たな人事編成が行われようとしていた矢先に——凶事が起きた。

昭和十年八月十二日、統制派の指導者的存在《リーダー》である軍務局長の永田鉄山《ながたてつざん》が、ここ軍務課員の執務室のすぐ隣の部屋で斬殺されたのだ。犯人は皇道派の中佐、相沢三郎《さぶろう》。世にいう「相沢事件」である。

一介の田舎中佐が白昼堂々と陸軍省に乗り込んで、敵対派の重要人物を斬り捨てる。幕末の人斬りさながらのこの行為は、派閥争いに敗れてくすぶっていた皇道派の青年将校の心に火をつけた。それ以降、第二、第三の相沢ならんとする者が続出した。

対して統制派の者たちは、精神的な支柱である永田局長を殺されたことに悲憤、激怒した。

事件から四ヶ月が経った現在。皇道派による巻き返しと、対する統制派の反撃は日を追うごとに激化している。年が明けたら「相沢事件」の裁判がはじまる。それに備えて皇道派の連中は、統制派を誹謗中傷《こちらひぼう》する怪文書を軍内だけでなく、新聞社や出版社にまで送りつけている。

それらの文書の筆跡や内容などを照らしあわせ、作成した者たちおよび協力者を緑雨はつい最近まで調べていた。細かい仕事ではあるが、こういうのをひとつひとつ潰していくのも自分の役目だ。

と、出雲が煙草を消すと起立して、局長室に向かって敬礼する。緑雨もそれに倣う。執務室にいる課員全員も。新局長が部屋から出ていくところだった。

局長は課員たちに、ちらりと一瞥《いちべつ》をくれて去っていく。永田局長の跡を受けたこの新局長は、皇道派を刺激しないようにとの采配からか、どちらかといえば無派閥派の人物である。

課員たちが業務を再開しても、出雲は直立不動のまま、なおも局長室を見つめている。あの部屋で局長は殺された。日本刀で背中を突かれ、頭を割られ、室内はさながら血の海だったという。出雲は無残に損壊された局長の遺体にすがりついて男泣きに泣いていたと、現場に居合わせた課員からのちに緑雨は聞いた。

統制派、いや日本陸軍きっての傑物だった永田鉄山少将。「永田の前に永田なく、永田のあとに永田なし」と呼ばれるほど、その才は幅広く知れわたっていた。数年後には陸相になるのは確実と言われ、省内には多くの崇拝者がいた。

とりわけ出雲は古くから永田局長の薫陶を受けていた。幕僚の出世コースを捨てて諜報畑を歩んだのは、どうやら永田の指示によるものらしい……という噂《うわさ》まであった。そして自分もまた、出雲の子飼いの部下として同じような道を辿《たど》っている。

永田局長が死んだことで、陸軍内の勢力均衡《パワーバランス》はかつてなくゆれている。早晩、何が起きてもおかしくないような雰囲気が、軍全体をうっすらと覆っていた。それはもはや常態となっていた。出雲の厚い唇が、ゆっくりと開く。

「これは俺の勘なのだが……そろそろ皇道派は何かしら、〝こと〟を起こすやもしれんな」

周囲には聞こえないほど落とした声音で、緑雨にだけ語りかける。

「〝こと〟、とおっしゃいますと？」

「〝こと〟は〝こと〟だ。貴様もそうは思わんか。最近の彼奴《あいつ》らは殺気立っているのだろう？」

「はい」

緑雨は首肯する。怪文書の調査をしながら、皇道派の連中は以前よりも頻繁に会合をするようになってきてると感じていた。それも集まる場所を毎回変えて、明らかに統制派や憲兵を警戒している。まるでかつての社会主義者のようだ。

引き続き皇道派を監視するようにと、出雲から命じられる。

「もしや連中、満州へ飛ばされる前に一発、どでかいことをやっちゃろうなどと考えかねんからな」

笑い混じりにオヤジ殿は言うが、愛嬌のある丸い目は笑っていなかった。


その日は書類仕事をしているうちに日が暮れた。すべてを終えたときには夕食どきを過ぎていて、さすがに腹が減ってきた。そこへ、

「おお、まだいたか」

見知った顔が、ひょいと現れる。整備局課員の長谷川《はせがわ》だ。

丸いレンズのロイド眼鏡をかけた穏やかな風貌の長谷川は、陸軍士官学校時代からの同期だ。共に陸大へ進み、卒業後はそれぞれ地方の連隊づきとなったが、数年前に省内で再会した。階級は緑雨よりひとつ上の少佐である。

「最近、貴様をあまり見かけなかったな。またどこぞへ出張にでもいってたのか」

「まあな。貴様こそ新婚のくせに早く帰ってやらんでいいのか」

長谷川はつい先月、結婚したばかりだった。電気に瓦斯、水道の他ダストシュートと水洗便所つきの最先端のアパートで、夫婦水入らずの新婚生活をはじめている。

「そう言うな。貴様と一杯やりたくて誘いにきたのだ」

長谷川は右手でくいっと、グラスを傾ける真似《まね》をする。そのユーモラスな仕草に、ふ、と心がなごむ。

「ちょっと待っててくれ」

手早く机の上を片づけると、報告書を引き出しに入れて鍵をかける。長谷川から「相変わらず用心深いな」と言われる。

「引き出しに鍵をかけるなど、机を並べて仕事している同僚たちを疑ってるようなものだぞ。だから貴様、評判が悪いのだ」

「悪くてけっこう。どこに皇道派と通じている者がいるか分からんからな」

軽口を叩きあって省を出る。手近なところですませようということにして、九段坂《くだんざか》の偕《かい》行社《こうしゃ》へ向かう。

明治時代に建てられた巨大な洋館、偕行社は、陸軍将校たちの倶楽部《くらぶ》や社交、飲食の場として使われている施設だ。軍服や軍帽などの備品も取り扱い、民間業者も多く出入りしている。そこの酒保《しゅほ》（兵隊食堂）へ入る。

酒保といっても兵営内の殺風景なそれとはちがう。瀟洒《しょうしゃ》な造りの卓《テーブル》に凝った装飾、そこかしこには観葉植物が配されて、ちょっとしたカフェやレストランを思わせる垢抜《あかぬ》けた内装だ。端の方にはバーカウンターもあり、立ち呑みしている将校たちの姿がちらほら見える。

空いている卓につくと、瓶ビールを頼んで料理もいくつか注文する。芋がらの煮ものに人参《にんじん》とごぼうのきんぴら、ほうれん草の胡麻《ごま》よごしを長谷川は選び、ビールを呑みながらさっそく箸をつける。

「ああ、やっぱりこういうのがいいなあ。うん、うまい」

うんうんとうなずく長谷川に、「芋がらなんて家でも食えるだろうが」と言ってやると、

「うちの女房は洋食しか作ってくれんのだ」

という返事がくる。なんでも高等師範学校を優等で卒業した長谷川の細君は、和食よりも洋食の方が栄養学的に優れていると主張して、朝はパン、夜も西洋料理尽くしなのだという。

「けっこうなことじゃないか。学があって料理上手な女房殿で」

「貴様、カレーライスとコロッケとカツレツを毎晩日替わりで出されてみろ。胃がもたれてかなわん。それに俺は米のメシでないと力が出んのだ」

しかめ面をつくって長谷川は笑う。空になったコップに緑雨はビールを注いでやる。

「まあ呑め」

長谷川の所属する整備局は、軍需品の調達や整備に補給、交通関係の事項などを取り扱っている。以前は緑雨もそこに在籍していた。オヤジ殿こと出雲も。

もともと整備局は故・永田局長が新設した局だった。その後、軍務局の長となった永田局長に出雲は引き抜かれ、芋づる式に緑雨も移動したのだった。

長谷川とは陸士・陸大をとおしての同期生という仲でもあり、わりあいと親しくしている。整備局時代より出雲の下で軍内の思想や風紀、転向者などを調べる仕事をしていた緑雨は、同僚たちからどこか一線を引いた目で見られていた。「憲兵もどき」「出雲中佐の犬」と背後でささやかれ、実際に何名もの同僚を内務調査で免職に追いやったこともある。

気のいい長谷川はそんな自分にも何かと声をかけ、酒や遊里にも誘ってきたものだった。

「まあしかし、今年はいろいろあったなあ」

生成りの手巾《ハンカチ》で眼鏡のレンズを拭きながら、長谷川は言う。

「そうだな」

ビールを呑みつつ相づちを打つと、

「なあ、第一師団のことは聞いたか？　貴様のことだから当然もう知っていると思うが」

長谷川は眼鏡をかけ直し、第一師団の満州移駐の話題をふる。

「まあな」

「いつ頃だ?」

「それはまだ分からん」

オヤジ殿は春あたりになるだろうと言っていたが、ここはとぼけた振りをする。確定するまではみだりに洩らすべきではない。

「そうか。安藤《あんどう》や香田《こうだ》さんや……みんな満州にいってしまうのか」

「口を慎め。どこで誰が聞いているか分からんのだぞ」

たしなめる視線を向けると、

「おっと、そうだった。貴様ににらまれると、タマが縮み上がりそうだ」

長谷川はおどけたふうに微笑《ほほえ》む。

歩兵第三連隊こと、〝歩三〟をまとめる安藤大尉は陸士の三十八期生。半年前に中国の天津《テンシン》から帰順したばかりの香田大尉は、三十七期生。どちらも第一師団の将校であり、緑雨と長谷川にとっては陸士で同時期に学んだ間柄、いわゆる〝同じ釜のメシを食った〟仲間だった。

しかし彼らは皇道派だ。学校を出るとすぐ現場へ配属され、下士官や徴兵された兵士たちと兵舎で共に過ごすうち、市井の人びとの窮状を知るようになり、国家革新の思想を強めていった。

一方、緑雨と長谷川は卒業後、エリートを養成する陸軍大学へと進み、その流れで自然と幕僚によって構成される統制派となった。たしかに改革は必要だ。しかしそれは上に立つ者の手によって成されなければ成功しない。

皇道派の者は自分たちを幕末期の維新の志士になぞらえて、「昭和の志士」「昭和維新」などと吠《ほ》えたてているが、あの時代、実際に維新を成し遂げたのは幕府や各藩の上層部だ。維新の志士など熱に浮かされたテロリスト。理性ではなく感情で動く愚か者どもの集団にすぎない。

尤《もっと》も、そんな愚かなテロリストに自分は不覚をとってしまったわけだが。

「おいおい、怖い顔になってるぞ」

長谷川が朗らかな笑みを浮かべ、二本目のビールを給仕に注文する。

「地顔だ。知ってるだろう」

酒が入ると、右腕の肘が痺れてくる。軍医の指導を受けて機能回復の訓練は続けているものの、完全に治ることはないだろうと再三、言われている。

自分自身でもそれは分かっていた。剣をかまえても以前のようにびしりときまらなく、銃を持つといまいち狙いが定まらない。日常生活ではなんとか支障がない程度に動くようにはなったものの、肝心の銃剣が扱えないのでは軍人として話にならない。

自分を襲撃してきたあの将校、三好少尉とかいったか、意外なほどに腕が立った。だから本気で反撃せざるを得なかった。結果、殺した。

いくら対立派閥とはいえ、闇討ちされたとはいえ、同じ陸軍内の人間を殺すのはやりすぎだ——そんな視線をこの数ヶ月、ずっと周囲から向けられている。目の前にいる長谷川が、何も言わずにいてくれるのがありがたい。

その一件は出雲の計らいで秘密裏に処理されたものの、人の口に戸は立てられない。先日押収した怪文書の中には、こんな内容のものもあった。

『〈統制派の始末屋〉との悪名高いエヌ大尉は十月某日、皇道派の純真なる若き将校エム少尉を至近距離から射殺。夜間演習中の銃の暴発事故という卑劣極まりない工作をし、今現在もヌケヌケと省内を闊歩《かっぽ》している……』

よくも詳細に調べ上げたものだった。皇道派もなかなかどうして、やるではないか。

「お、近歩三のおでましだ」

長谷川が入り口の方へ目をやる。将校マントをなびかせた若者勢がどやどやと入ってくる。そろってマントの裏地を緋色《ひいろ》に仕立て直し、軍帽のつばをぴんと立てて洒落《しゃれ》者を気取っている。

宮城を護衛する花形連隊、近衛《このえ》歩兵第三こと、〝近歩三〟の将校たちだ。一行はバーカウンターを占領して、わいわい酒を呑みはじめる。近衛兵には見目よく、若い士官が選ばれることが多く、自然と華やかな雰囲気をまとっている。華やかであるだけに驕慢《きょうまん》にもなりがちだ。近歩三の士官には女性問題を起こしたり、他の連隊と喧嘩《けんか》する者などもしばしばいる。そして皇道派もまた多い。

すでにどこかで一杯ひっかけてきたのか、連中、かなり騒がしい。離れているこちらの卓にまで会話が届く。

「今こそ一君万民、君民一体を目指すのだ！　我らは陛下の赤子として忠義を尽くさねばならん！」

「そうだ！　支那《しな》もソ連も日本陸軍の敵ではない。大和《やまと》民族の偉大さを世界に知らしめてやろうぞ！」

威勢のいい内容だ。長谷川を見ると、同意するふうな苦笑を返される。と、こんな声が聞こえてくる。

「昭和維新の敵、大奸賊《かんぞく》の永田に天誅《てんちゅう》を下した相沢中佐殿に乾杯！」

「乾杯！」「乾杯！」とシュプレヒコールが起こり、ビールのジョッキを打ち鳴らす音が酒保内に響きわたる。

緑雨はバーカウンターへ視線をやり、一人一人の顔を憶える。全部で八人だ。あとで近歩三の将校名簿で名前を確認しておこう。

乾杯の音頭をとった将校と目があう。生意気そうな面がまえをした眉目秀麗《ハンサム》な青年だ。向こうは群れを離れてこちらへ近づいてくる。卓の手前までやってくると、ふてぶてしげな顔つきで敬礼をする。

「お騒がせして申し訳ありません、中村大尉殿。長谷川少佐殿」

顔立ちとよくあう、やや甘めの声だった。

「ここは兵舎ではない。他に利用者もいるのだ。馬鹿騒ぎがしたければ他所でやるんだな」

「気をつけます。ときに大尉殿」

将校は微笑を浮かべ、緑雨にこんな言葉を投げる。

「右腕の具合はいかがでありますか。大尉殿は相沢中佐殿と並ぶ銃剣道の達人と近衛兵の間でも大いに評判です。ぜひ一度、ご指南いただきたいと思っておりました。負傷されて誠に残念です」

甘い声に挑発の響きがあった。例の襲撃事件で利き腕を損ねたことを、知っているぞとでも言いたげだ。

この若造、喧嘩を売っているのだな、と了解する。〝統制派の始末屋〟も、これでおしまいだな……とでもタカをくくっているわけか。ずいぶんと舐められたものだ。いいだろう、その喧嘩、買ってやる。

「ならば今、指南してやろう」

がたりと椅子を鳴らして立ち上がるなり、緑雨は若者の胸ぐらを摑む。そのまま応じる隙を与えずにひと息に背負い投げをかける。

相手の身体が宙を舞い、がん！　と背中と床が激突する音が空気をゆらす。すかさず男の胸に乗り上がり、絞め技で抑え込む。

「う……っ……ぐ」

あえぎ声にも似た苦悶《くもん》の声を相手は洩らす。息が酒くさい。

「永田局長のことを、先ほど貴様、何と言った？」

喉をぐいぐい絞め上げながら問う。

「ええ？　何と言ったのだ？」

喉ぼとけを潰してやろうかと喉の軟骨をぐっと押すと、若者は目の表面に恐怖の色を浮かばせる。ふと、昼間の娘を思い出す。

あの娘もこんなふうに喉を絞めつけてやったが、臆さずにらみ返してきたものだった。野良猫のくせに、この若造よりよほど手応えがあった。

「俺の右腕を心配するよりも、貴様らが熱烈支援する相沢が銃殺刑にならんよう、せいぜい心を砕くのだな」

あと数秒で落ちる、という段で、

「それ以上はいかん！」

長谷川の厳しい声が背中に当たり、我に返る。

「両者それまでだ。離れろ」

組み敷いている将校を緑雨は解放する。よろりと起き上がり、立ち去ろうとするそいつに、

「待て」

声をかけると、くしゃくしゃになった将校マントがびくっとゆれる。床に落ちた軍帽を拾ってやり、つば裏にちらりと目をやると〈上月《こうづき》〉と縫いとられていた。わざとゆっくりと埃《ほこり》を払い「忘れものだぞ」と差し出す。

男は無言で軍帽を受けとり、仲間のところへ戻っていく。酒保中の視線が自分に集まるのを感じる。非難と軽蔑の入り混じった、浴び慣れたまなざしだ。

「勘定を頼む」

長谷川が給仕に声をかける。


偕行社を出ると、頬を切るような夜風が吹いていた。

「どうした。あんな挑発にのるとは、らしくないぞ。酔ったか」

長谷川からたしなめる視線を向けられる。

「すまん」

素直に詫《わ》びる。たしかに酔ってはいたが、加減して呑んでいたはずだった。酔いに任せて暴れたわけではない。ただ、無性に腹が立ったのだ。

あんな青くさい士官までが自分の右腕の故障を知っていた。亡き永田局長を悪しざまに罵った。そのことに、自分でも制御できない怒りが湧いてしまった。よくないことだった。

将校は感情で動いてはいけない。

「貴様、きっと疲れているのだ。今日は帰ってよく休め」

「ああ」

長谷川と別れて円タクをつかまえる。後ろの座席《シート》に身を沈め、左手で右腕をさする。今になってずきずきしてきた。あれしきのことで情けない。車は靖国神社《やすくにじんじゃ》の横を走り、市ケ《いちが》谷《や》を抜けていく。

「お客さん、将校さんですか」運転手がハンドルを繰りながら話しかけてくる。

「そうだが」と答えると、

「遅くまでご苦労さまです。兵隊さんが満州でがんばってくださってるから、アタシども安心できるってもんです」

素朴な口調でそう言われ、複雑な気分になる。兵隊たちは満州で〝がんばっている〟というのに、自分たち将校は酒を呑み、くだらない喧嘩をしている。統制派やら皇道派やらの権力闘争に血道をあげている。

このところ、自分のしていることがふっと空《むな》しくなるときがある。長谷川の言うとおり、たぶん疲れているのだろう。

「釣りはいい」

自宅の手前で下車すると、奇妙なことに玄関の明かりが灯《とも》っていた。家のなかに誰かいるのか。全身の神経をそばだてて、携帯している拳銃に手を添え、そろそろと扉を開ける。

「お帰りなさいませ」

意外な声が耳を打つ。女にしてはやや低い、凜《りん》とした声だ。昼間の、あの野良猫娘が手を前にそろえて膝をついている。

「貴様……なぜここにいる?」

呆気《あっけ》にとられて緑雨が問うと、娘は女中然とした態度で応じる。

「食事の支度はしております。お風呂の火もすぐに準備できます。どちらを先にいたしましょう」

「ははっ」

思わず口から笑いがこぼれた。この日初めて愉快な声が出た。

「貴様、あんな目に遭わされたというのに、それでも俺に仕える気か?」

てっきり、とっくに逃げだしたものかと思っていたが――。

「いい度胸だな」

着物の袖口からのぞく白い手首には、ベルトで縛った痕跡が生々しく残っていた。その蒼黒い鬱血に無性に胸がざわめいた。手首をぐいと掴むと、娘は顔をしかめる。

「いいだろう。今日から女中として飼ってやろう」

娘は昼間のように、男をきっとにらみ上げる。墨汁みたいに黒い目が生意気そうに輝いている。

心臓が躍動してくる。この野良猫を存分に飼い馴《な》らしてやりたくなる。

第二章　犬のように生きた男

一

三好ユキが生まれたのは、大正六年の二月の末。大雪の日だった。上に兄姉が六人いて、親は寒村の小作農。もうこれ以上子どもはいらないから……という思いを込めて「トメ」と名づけられそうになったのを、兄のひとりの太陽が、待ったをかけた。

「せっかく生まれてきたのに、打ち止めのトメなんて名前にしたらかわいそうだ」

それよりも、雪の日に生まれたのだから「ユキ」にしようということになり、寸でのところで三好トメにならずにすんだ。

これは、のちのちまでも太陽の秀才ぶりをあらわす逸話《エピソード》として、祖母をはじめ周囲の大人たちから繰り返し、ユキはそう聞かされたものだった。

「おまえの兄ちゃんはほんの七つの童《わらし》のときに、おまえの名づけ親になったのだぞ」と。七人兄妹の三男である太陽は、下の弟妹たちの面倒をよくみた。殊のほか末っ子のユキをかわいがった。ユキもまた〝三番目の兄ちゃん〟が大好きだった。大きい兄ちゃんたちはトメの自分など相手にしてくれず、姉たちは家の手伝いに忙しい。ユキはいつも太陽に遊んでもらい、家族のなかで一番長く共に時間を過ごした。

ユキが二歳のとき何度目かのスペイン風邪の流行がやってきた。村の四分の一もの住民がやられ、三好家のほとんども病に倒れた。死なずにすんだのは太陽とユキ、そして祖母だけだった。

十一人もの大家族がたった三人に目減りして、同じ村の親戚のもとに身を寄せて、兄妹はそれまで以上に強い紐帯《ちゅうたい》で結ばれて成長していった。

太陽は勉強がよくできた。もともとの地頭が優れていたのか、綴《つづ》り方も数学も優秀で、それに苦労をしている分やさしい少年になった。学校の先生に進学を勧められ、仙台にある陸軍幼年学校の試験に合格する快挙を成し遂げた。

腰の曲がった祖母は家族の位牌《いはい》に手をあわせて報告し、村はじまって以来の快挙とあって学費は村長さんが負担してくれることになった。校長先生も、お寺のお坊さんも、村中の大人が太陽を送りだそうとしたけれど、ただひとり、ユキだけが猛反対した。

「やだやだやだ！　兄ちゃん、いっちゃやだ！　ユキをおいてっちゃやだ！」

兄にしがみつき、ユキは必死になって訴えた。幼心にも分かっていた。きっと兄は仙台という大きな街へいったら、自分のこともこの村のことも忘れてしまう。立派な軍人さんになって、ユキだけの兄ちゃんではなくなってしまう……と。だから兄ちゃん、いっちゃやだ、と。

それでも兄は進学した。祖母にユキを託し、親戚一家にくれぐれも二人を頼むと頭を下げ、太陽は軍人の道を歩みだした。

それから六年が経過して、ユキが尋常小学校を卒業する年、祖母は老衰で亡くなった。葬式にやってきた太陽は、十九歳の若く雄々しい士官候補生となっていた。背すじをぴんと伸ばし、敬礼する姿も堂に入っている。

村長さんにお辞儀する所作は折り目正しく整然として、とても貧乏百姓の倅《せがれ》とは思えない。さながら生粋の軍人家庭に育った子息のようだった。

だけど柱の陰に隠れている妹を見つけた途端、くしゃっとした笑顔になった。

「どうしたユキ、兄ちゃんの顔を忘れたか」と、男たちがくつろぐ座敷《ざしき》へと手招きする。女たちは台所で忙しく働いている。おずおずと近づく妹を隣に座らせ、太陽は今後のことを諄々《じゅんじゅん》と話し聞かせた。

その頃、兄は東京の市ヶ谷にあるという陸軍士官学校で学んでいた。そこを卒業したら、晴れて将校の仲間入りだ。

「まさかこんな田舎村から将校さまが出るとはなあ」

陸士までの学費をもってくれた村長さんが満足げに首を振る。「ばあちゃんもきっと今頃、極楽浄土で喜んでいなさるて」と。

「それでな、ユキ。おまえは学校を出たら村長さんのところで女中になるのだ」

「はい」

兄の言葉にユキは素直にうなずく。異論などあるはずもない。村長さんは兄の、ひいては自分たちの恩人だ。祖母からも生前、小学校を卒業したら村長さんちの女中になれと何度も言われてきた。少しでもご恩を返すために。

自分は兄とちがって勉強は得意ではないし、経済的にも上の学校へ進むことなど考えられない。祖母も死んでしまった今、このまま親戚一家のもとで厄介になっているよりも、いっそのこと女中働きにでた方がいい。

ユキは十二歳だった。十二歳なりに自分の身の振り方を考えていた。兄はきっと立派な将校さまになる。勲章をいっぱいもらって少将、中将、ううん、大将にだってなるだろう。三好大将だ。自分はこの村で兄の武運長久をお祈りしながら、家族の墓を守って生きていこう……と。

そう決心していた。すると続けて、こんな言葉をかけられる。

「三年経ったら迎えにくる」

「え」

正座して自分の膝を見つめていたユキは、頭を上げる。兄はまじめな顔をして、大人相手に語るのと同じ口調でこう語る。

「士官学校を卒業するまであと三年だ。そのあと、おまえを東京に呼び寄せる。兄ちゃんと一緒に暮らそう。あと三年、待てるか？」

ユキは目をまん丸に見開いて、お地蔵さまのように固まってしまった。そんなの思いもしなかった。まさかまた兄と一緒に暮らせるなんて。自分のような者が東京へいくなんて。帝都は怖いところだと聞いているが、でも――。

逡巡《しゅんじゅん》したのはわずかだった。

「うん！　待つ！　兄ちゃんが学校を出るまでユキ、村長さんとこで女中をしながら待ってる！」

宣言するように高らかと返答する。

「借りてきた猫みたいにおとなしくしていたのが、急に元気になったなあ」

村長さんが弔い酒を口に運んで笑う。太陽も周囲の大人たちも笑い、にぎやかな雰囲気のなか祖母を送った。

子守り女中の三年は瞬く間に過ぎていった。

村長さんは地主でもあり、村一番の立派なお屋敷《やしき》に住んでいた。女中はすでに台所担当が二人いて、ユキは主に子どもたちの世話をするのが仕事だった。それと飼い犬ポチのエサ係も。村長さんには六歳を頭に、年子で四人もの男の子がいて、奥さまのお腹《なか》には次の子が入っていた。

遊び相手になるのはもちろん、習いごとのお供に昼寝と夜の寝かしつけ、手足の爪切りまで、四六時中坊ちゃん方のそばにいて面倒をみた。奥さまはおやさしい方で、女中のユキにも息子たちと同じようにおやつを食べさせてくれた。

一方で、旧家の使用人として恥ずかしくないようにと、礼儀作法を徹底的に教え込まれた。言葉づかいに挨拶の仕方、電話のとり方、来客への対応、襖や障子の開け閉めなど。この時期に躾《しつ》けられたことはのちのち東京へいってからも、大いに役立った。

そうして約束どおり太陽は、三年後に妹を東京へ呼び寄せた。昭和七年、満州に新しい国ができ、喜劇王のチャップリンが日本を訪れ、犬養《いぬかい》首相が暗殺された年である。

お世話していた坊ちゃんたち――この頃はもう五人に増えていた――は「ユキねえや、いっちゃやだ」と泣いて引き止めようとしたものだから、ユキも一緒になって泣いた。昔、太陽が幼年学校へ進学するのに泣きながら反対した自分を思い出した。

特にユキになついていた長男の頭領息子に、「きっといつか戻ってきます」と指きりをして、村長さんと奥さまと女中の姉さん方に見送られて、生まれ育った郷里をあとにした。

季節は秋の半ば。東京駅のホームまで兄は迎えにきてくれた。その姿を雑踏のなかで見つけたときは、心臓がぐらぐらとゆさぶられたようだった。

カーキ色の軍服に将校のトレードマークであるマントを羽織り、頭に軍帽を載せている。兄は三年前より顔つきがさらに引き締まり、見知らぬ男の人のようだった。

その凛々《りり》しい風貌が自分を見るなり、くしゃっと崩れる。親しみやすいなつかしい顔になる。

「ユキ！」

兄は大きく手を振り、腰に差してあるサーベルが日射《ひざ》しを受けてきらりと輝く。

陸軍歩兵少尉。それが太陽の階級だった。

「士官の中では最下級だ。新品少尉だ」そう本人は言うけれど、それでも将校さまは将校さまだ。

新たな住まいは佃島《つくだじま》だった。土間を上がって六畳の部屋が二つ、押し入れも便所もある借家だ。小さいけれど使い勝手のよさそうな台所には、瓦斯に水道まで引いてある。洗い場の窓を開けると水の匂いがした。

佃島は川の町だった。海に面した隅田川《すみだがわ》がすぐ近くを流れていて、耳をすますと空高く飛ぶ海鳥の鳴き声が聞こえてくる。新潟の地元の村は山奥の集落だったので、海にも、大きな川にもユキは縁がなかった。

「俺はずっと川のある町で暮らしたかったのだ」

周辺を案内しながら太陽は語る。だから、仲間の将校たちの多くが住む新宿近辺ではなく、昔ながらの川沿いの下町に部屋を探したのだと。

そんな話を聞きながら〝帝都東京の門〟と呼ばれる永代橋《えいたいばし》を渡る。鉄橋の下には大きな川が流れている。

「どうだ。いい眺めだろう」

初めて見る隅田川は、川というよりも海のようだった。右岸と左岸までの川幅がものすごく広く、上流も下流も果てしなく先の方まで続いている。こんなに立派な川を呑み込んでいる帝都東京という街で、自分はこれから生きていくのだ。兄と一緒に。

そう思うと、不安な気持ちとわくわくする気持ちが胸のなかで混ざりあい、むくむくとふくらんでくる。

「とどまることなく流れてゆくこの川のように、俺も生きていきたいのだ」

兄の格好いいつぶやきのあとに、ユキはこう続ける。

「川の近くなら、この辺は魚が安いでしょうか？」

すると太陽はぷっと噴き出し、「ああ」とうなずく。小魚を甘辛く煮つけた佃煮《つくだに》という食べものが名物なのだそうだ。

「イナゴの煮たのに似ているぞ。どうだ、散歩の帰りに買っていくか？」

「はい！」

元気よく返事をすると、また笑われる。橋を渡りきって商店街の方角へ向かう。その日から永代橋は、買いものをするたび毎日のように渡る橋となる。

自分でも意外なほどに、ユキは東京暮らしに順応していった。

朝は早く起きて瓦斯コンロで麦飯を炊き、漬けものと佃煮の朝食を兄のために準備する。歩兵連隊づきである太陽は、日中の勤務はもちろん夜間演習や宿直など、休む間もなく日々任務に励んでいる。

だから家事の諸事万端を取りしきるのは自分の役目だ。兄が帰ってきたら、いつでも食事ができるように支度しておく。常に清潔な下着やシャツを用意する。掃除は朝夕二度。帳面にお金の支出を記録する。そうやって主婦役を務めることに、だんだん自負を感じるようになっていく。

上京してひと月ほど経ったある日曜日。兄は帝都一の散歩街として名高い、銀座へ連れていってくれた。

石畳の銀座通りはおそろしくハイカラで、道ゆく女の人はみんなきれいだった。特に、まれに見かける洋装の女性は群を抜いて当世風《ファッショナブル》だ。

釣り鐘型の帽子に断髪、踵《かかと》の高い靴を履いて、二、三人で組になって歩道を闊歩している。あまりに見つめるものだから、太陽から「こら」と肘を引かれた。

モダンガールをはじめとしてこの街にはすべてがあった。洗練された男女も、お洒落な喫茶店も俗悪なカフェも。サンドイッチマンがダンスホールの宣伝をするそばで、バイオリン弾きが演奏している。

「あれは何？」「あっちは？」と、目に映るもの何もかもに興味を示す妹に、太陽は感心したふうに言う。

「おまえは銀座に物怖《ものお》じしないのだな。度胸がいいな。俺など、同期のやつに初めてここへ連れられてきたときは緊張して、道の端を歩いたものだったが」

「だって楽しいもの。兄さんと一緒に銀座を歩いてるなんて夢みたい。嬉《うれ》しい。楽しい」

と、すぐ近くの店の窓ガラスに兄と自分の姿が反射している。

軍服に外套姿の兄と、棒縞《ぼうじま》柄の着物を着ている自分が並んでいる。村長さんの奥さまからいただいた着物を仕立て直した、持ち衣装の中で一番上等なものを着てきていた。

「背が伸びたな」

太陽も窓に映る自分たちを眺める。ほんとうだ。いつの間にやら自分の背丈は、兄の顔の近くにまで迫っていた。

「おまえは女子《おなご》にしては長身で細っこいから、あと数年もしたらさっきのモガたちよりも洋装が似合うようになるだろうな」

そう言われ、胸がくすぐったくなる。兄から褒められるのは、宝ものをもらうようなものだった。

その店は写真店だった。どういう気持ちがはたらいたのか、太陽は写真を撮っていこうと言いだす。写真撮影なんて、小学校の卒業式のときの集合写真しかユキには経験がない。

「い、いい。魂が抜けると怖いから、いい」

「なんだなんだ。急に怖じけづいて」

尻込みする妹の手をとって太陽は店内に入り、店主に撮影を頼む。ユキは猫脚の椅子に座らされ、その隣に太陽が寄り添って立つ構図《ポーズ》をとらされる。緊張する。

「奥さん、もう少し笑ってみましょうか」

カメラを構える店主から夫婦者と間違えられて、びっくりした笑顔が出た途端、カシャッとシャッターが切られる。「はい。いい表情をいただきました」

傍らの兄を見上げると、兄も笑っていた。

佃島の借家には、兄の知り合いがやってくることもある。なかでも頻繁に顔を見せたのは、士官学校で太陽と同期生だった上月勇《いさみ》という人だ。この人は兄に〝銀ブラ〟なるものを教えた人物でもあるそうだ。

上月が初めて遊びにきたのは、ユキが東京で最初の春を迎えたときだった。一升瓶に鶏一羽《わ》をお土産に持参して、包丁を手に自ら捌《さば》いてくれた。

「いいですか、ユキさん。鶏肉《とりにく》で一番うまい部分はここなんだ、首。皮も捨ててはいけません。瓦斯の直火《じかび》で炙《あぶ》ったら最高にうまいんだ」

そう説明しながら手際よく水炊きの準備をする。男の人を台所に立たせるなんて……とあたふたするユキに、太陽は茶の間から声をかける。

「いいからさせておけ。こいつは陸士の寮でもしょっちゅうこうだったのだ。なあ」

「なにしろ食堂のメシはまずかったからなあ」

笑って答える上月は、片岡千恵蔵《かたおかちえぞう》をしゅっとさせたような二枚目だ。それまでユキは太陽ほど格好のいい男性はいないものと思っていたけれど、彼はその上をいった。将校はみんなこうなのだろうか。

上月は兄と同年で階級も同じく少尉。近衛連隊づきだそうだ。水炊きを囲んで、早くもほろ酔い加減になった太陽が、友人をこう紹介する。

「ユキ、こいつはな、陛下のおわす宮城を守護しているのだ」

その口調はどことなく誇らしげだ。すると上月も言う。

「貴様こそ、秩父宮《ちちぶのみや》殿下と同じ歩三連隊に配属されたではないか。そっちの方こそ羨ましいぞ」

「はは。では貴様と俺は互いに羨ましがっている仲というわけか」

燗《かん》した酒を酌み交わして兄と上月は笑う。秩父宮とは、今は参謀本部に移られたという天皇陛下の弟君だ。宮城といい、宮さまといい、そんな雲の上の方がたにこの二人はお仕えしているのだ。改めて将校とはすごいものだと思う。

「いいや。俺の方がずっと貴様を羨ましがってるぞ」

　上月は目もとをほんのりと染めて、太陽の横で給仕しているユキを見やる。

「こんなによくできた妹御《いもうとご》がいて、まったく貴様が羨ましい」

「そういえば貴様の実家は男兄弟ばかりと言っていたな」

「ああ。俺の下に生意気なのが五人よ。家へ顔を出すたびに小遣いをせびられてたまらん。それと比べて貴様はいい。ほれ、こうして並んでいると兄妹というよりも」

　そこで上月は太陽とユキを交互に眺め、言う。

「似合いの若夫婦のようだ」

「薄給の軍人のヨメにさせられては、おまえもたまったものではないな。ユキ」

　兄が珍しくおどけた横目でユキを見やる。上月の発言をおもしろがっているような、どう反応すればいいだろうと戸惑う妹をからかうような、いずれにせよ楽しそうな表情だ。

　その夜、男たちは楽しそうに酒を過ごし、しまいには歌を歌いだした。

　ユキは兄が歌うのを初めて聴いた。上手《うま》いか下手かでいうのなら、どちらかといえば音痴だが、朗々とした歌声だった。対して上月は歌まで達者で、少しかすれた甘い声で流行歌でも歌うように『昭和維新の歌』を歌った。実に好対照な二人だった。

　以来、上月は月に一、二度は手土産を持って遊びにくるようになった。華やかな顔立ちと気安い態度とは裏腹に（といっては失礼だけど）気のつく、律儀な人だった。

東京での生活が二年経った頃、太陽に地方の連隊への転属命令が下った。任官地は青森《あおもり》だ。連隊長としてそこで二年勤めたら、中尉となって東京へ戻ってこられるという。

自分も一緒に青森へついていくか、それとも東京に残って帰りを待つか。兄と話しあい、ユキは留まることにした。東京の暮らしにもだいぶなじんできていたし、その頃は近所のお産婆の先生のお宅へ通いの女中をするようになっていたから。

腕がいいと評判の中年の先生で、母屋とひとつながりになっている助産所には、しょっちゅうお腹の大きな女の人が運ばれてきた。今にも産まれそうだという知らせを受けて、こちらから出向いていくのもしばしばで、次第にユキも手伝いに駆り出された。なんでも助手が最近一本立ちをしたばかりで、人出が足りないとのことだった。

先生のふっくらとした肉厚の手は、まるで魔法の手のようだった。逆子でも初産でも、するりするりと赤ん坊をとりあげる。陣痛の痛みで泣き叫ぶ妊婦には穏やかに話しかけ、必ず無事に産ませていた。

お産は女性にとっては命懸けだ。出産時の事故で亡くなることもある。だから熟練した産婆は常に引っ張りだこだった。

「ゆっくり息をして。そうそう、そのまま。そーら頭が見えてきた。はあい、こんにちは」

そんなふうにとりあげた子どもを渡されて、清潔なお湯できれいに洗ってあげる。

ふにゃふにゃして真っ赤な赤ん坊にさわるのが最初は怖かったけど、先生の指示どおり手を動かしていくうちに慣れていった。

「そうそう、やさしく洗ってやってね。あんた手つきがいいねえ。これならいつでも自分の子も産めるねえ」

おくるみに包んだ赤ちゃんをこわごわ抱っこするユキに、先生は笑いかける。

太陽の青森いきの件を報告すると、それならその間うちに住み込んではどうか、と先生は言ってくれた。

「若い娘のひとり住まいなんて危ないよ。いつ悪い男がこっそり忍び込むか。その点ここは四六時中、赤ん坊の泣き声がするからね。若い男が一番寄りつかないところさね」

あははと笑う先生の厚意に甘え、母屋にある女中部屋に住まわせてもらうことになった。

兄もそれがいいだろうと、安心したように同意した。

出立前には菓子折りを手に助産所を訪れて、妹をくれぐれも頼みますと先生に挨拶してくれた。室内に充満する乳くさい匂いと、赤ん坊の泣き声に困惑している兄の様子が、なんだかおかしかった。

借家を引き払う手はずも整えて東京を発《た》つ前夜、夕飯をすませると太陽は改まった口調でユキを呼んだ。

「なんでしょう」

正座する妹に、兄は藍鼠色《ねずみいろ》の包みを差し出した。

「これをおまえに渡しておこう。懐剣代わりにな」

包みを開くと白鞘《しらさや》の短刀があらわれた。太陽が尊敬する上官からいただいたものだそうだ。

「どなたですか？」と問うと、安藤大尉という方だと兄は答える。自分の進むべき道を示してくださった方なのだ、と。

「俺が不在の間、何かあったらこれで自分の身を守るんだ。いいな」

軍人の顔をして兄は言う。その刀を丁寧に包み直すと、ユキは自分の行李《こうり》の中へ大切に仕舞い込む。

青森へいった太陽とは頻繁に手紙のやりとりをした。

ユキは助産所での日常をできるだけおもしろおかしく、自分は元気にやっていること、変わりはないことを手紙に書く。

『先生から昨日、産婆の学校へ通ってはどうかとすすめられました。そこで勉強して資格をとったら、お産婆《ばあ》さんになれるそうです。わたくしは興味があるのですが、兄上はどう思われますか？』

太陽からの返信は、地方の兵士たちが置かれている状況を憂える内容が多かった。部下の大半は貧しい農村出身で、働き手である息子を徴兵され、残された家族は苦しんでいるという。

『どんなに米を作っても搾取され、自分たちの口に入らない。貧しさのあまり夜逃げする家、一家心中する家もあると聞いた。おまえと同じ年頃の娘たちも、多数娼妓《しょうぎ》に売られていっている……』

兄の手紙はユキには読めない漢字が多く、次第にある種の熱を帯びていった。

『財閥による寡占経済、政治家の堕落、軍閥の横行。国民の生殺与奪の権利が、これら手に負えない力に握られている。これ以上ひどくならないうちに国家を革新する必要がある。そう、この国を根本から改造しなければならないのだ……』

二ヶ月に一度ほどの割合で、兄が突然上京してくることもあった。だけどユキのもとにはちょっと顔を見せるくらいで、同志との会合や約束があるからとすぐ立ち去ってしまう。さびしいけれど仕方なかった。

兄は忙しいのだ。この国をよくするために一所懸命がんばっている。そう思うと誇らしかった。

太陽が青森へ赴任して一年が経った頃。秋晴れのすがすがしい日、ユキ宛ての電報が助産所に届いた。文面は簡潔だった。

『ミヨシタイヨウショウイ　エンシュウチュウニシボウス。トウキョウダイイチエイジュビョウインマデ　イタイヲヒキトリニコラレタシ』

差出元は陸軍省とある。ユキは一読して、はて、と首をかしげる。電報の文章はすべて片仮名で、漢字とちがって読めない字は一字もないのに内容が理解できない。

「三好太陽少尉、演習中に……」

声に出して二度続けて読み上げてから、ようやく頭に入ってくる。演習中に兄が死んだ。東京第一衛戍《えいじゅ》病院まで遺体を引き取りにこい。そういうことが書かれてあった。

嘘《うそ》だ。これは何かの間違いだ。

電報用紙をぐしゃぐしゃに握りつぶす。短く切りそろえている爪が手のひらに食い込む。こぶしがぶるぶる震えてくる。全身も。

先生が何か、ただならなさを察したような表情で自分を見ている。ガラス戸の向こうから、昨日産まれたばかりの赤ん坊がわーんと泣いている。

二

電報は嘘ではなかった。

兄は確かに夜間演習の最中に、銃が暴発して亡くなった。殉職扱いということになり、後日、大尉の位階を授かった。少尉から中尉を飛ばしていきなり大尉へ。死んで二階級も特進した。

助産所の先生が手助けしてくれ、なんとか葬儀を出した。兄の同僚や部下の人たちも弔問にきてくれたけど、どうしてなのか上月は現れなかった。去年まではあんなによく遊びにきていたのに。

駐屯地から送られてきた遺品を整理するのはつらかった。兄の匂いが染みついている肌着をはじめ衣服類は処分した。手元に残すのはつらすぎたから。ユキが送った手紙は油紙にくるまれて、いつぞや銀座の写真店で撮ってもらった写真と一緒に大事に保管されていた。

遺品を片づける手を止めて、思わずそれに見入る。暗褐色の写真のなかで自分も兄も笑っている。楽しそうに、嬉しそうに。このわずか三年後に死に別れをするなんて思ってもいない顔をして、無邪気に、愚かしく笑っている。

「う……っ」

笑顔の自分たちの上に、ぽたりと水滴が落ちる。兄が死んだという知らせを受けてから、そのとき初めて涙が出た。蠟色《ろういろ》をした兄の死に顔に対面したときも、葬式の最中も、そういえば自分は泣かなかった。

ずっとふわふわしたような感じがしていて、心のどこかでこれは嘘だ、何かの間違いだという思いが消えなかった。拭えなかった。

だけど今、写真を眺めて実感する。

兄とはもう二度と一緒に写真を撮ることはできない。もう二度と会えないし、声も聞けない。兄はもうこの世に存在していない。手紙を出しても返ってこない。

「……お兄ちゃん、お兄ちゃん、お兄ちゃん」

女中部屋の畳にうずくまり、写真を胸に抱いておんおんと泣いた。こんなに泣いたのは幼い頃、太陽が陸軍幼年学校へ進学してはなればなれになったとき以来だった。当時も兄との別れで大泣きした。今と同じだ。ちがうのは、兄はもうどこにもいないことだった。

上月がやってきたのは、十一月も下旬になった肌寒い晩秋の午後のことだ。その日は太陽の四十九日だった。

葬式をしてもらったお寺で和尚さんにお経をあげてもらうだけ、という簡単な法要をしてユキが門前から出てきたところ、彼が待ちかまえていた。

「ユキさん」

ぎょっとした。軍帽をぴんと立て、将校マントをまとっている上月が一瞬、兄かと思ってしまったからだ。

「どうも……お久しぶりです」

「すみません。今さらやってきて」

「いえ」

そう答えたきり、続く言葉が出てこなかった。実際のところ、何を今さらという思いがあった。兄の葬儀には現れず、お悔やみの手紙一通がくるでもなく、内心で上月には失望していた。おおかた、兄が地方へ配属となってからは友情が薄まったのだろうと思っていた。

上月もまた黙ったまま、ユキをじっと見つめる。以前よりも頬がこけて、闊達《かったつ》だった雰囲気がどことなく減じている。たぶん自分もそうだろう。兄が亡くなってからというもの、体重がぐんと減っていた。

「ユキさん、少々お時間をいただけますか？」

沈黙をやぶって上月が言う。「あなたにお話したいことがあるのです」と。

助産所までの帰り道の途中で、目についた喫茶店へ立ち寄った。店内に客はまばらだ。手近な席につき、どちらも珈琲《コーヒー》を注文する。運ばれてきた珈琲は苦かったが、その熱さにほっとした。

上月は珈琲に口をつけず、依然として深刻そうな顔つきだ。なまじ二枚目なものだから、そういう表情をされるとこっちまで緊張してくる。

「あのう、それでお話とはなんでしょうか。わたし、あまりのんびりとはしていられないのです。勤め先へ戻らないといけませんので」

助産所の先生には法要が終わり次第、帰宅すると告げていた。

「ああ。産婆さんの助手をなさっているそうですね」

「ご存じなんですか」

ユキが驚くと、上月は少しだけ表情をやわらげる。

「三好から聞きました。あいつ自慢していましたよ。『俺の妹は大したものだ。親兄弟がなんにもしてやれない分、自分でしっかり道を見つけてきた』と」

「……そうでしたか」

上月はこの一年、青森へいった太陽とは頻繁に連絡をとりあっていたという。それを聞いて、自分の早合点《はやがてん》を恥ずかしく思う。

「あいつが上京した際は、共に同志たちとの会合に参加していました」

「会合？」

「ええ。皇道派の青年将校による情報交換や勉強会です」

上月は周囲を窺《うかが》うようにして声量を落とし、語りはじめる。自分たち皇道派と、それと敵対する統制派について。陸軍の派閥争いについて。とりわけ統制派の陰湿な嫌がらせ工作について熱を込めて。

ユキには初めて耳にする話題ばかりで、「はあ」とうなずくより他にない。

「三好は青森の赴任地でも、部下の下士官たちに意欲的に皇道精神を説いていました。東京から離れた場所で、他に同志もおらず、人知れず焦燥感を募らせていたのかもしれません。まさか単独であんな真似をするなんて……」

そこで上月は言葉を詰まらせ、珈琲をがぶりと飲む。そして告げる。

「三好は殺されたのです。演習中の事故などではない。統制派の者に撃ち殺されたのです」

「え」

妙に間の抜けた音が口から出た。この人はいきなり何を言いだすのか。兄は殺された？　統制派に撃ち殺された？　なんで？　どうして？　疑問符が次から次へと頭に浮かんでくる。

「で、でも、陸軍の方《かた》からは銃の暴発で大怪我《おおけが》をして……それで兄は亡くなったと……」

「省内のやつらなど信用できるものか！　あいつらは統制派です。皇道派の者を殺したとて、いくらでも隠ぺいできる！」

上月は苦々しげに吐き捨てる。その勢いに押されてユキは唾を呑み込む。

「すまない、ユキさん」と上月は謝罪する。

「あいつの行動を僕は止められなかった。もっと注意深くあいつの様子を気に留めていたなら制止もできたろうに……申し訳ない。あなたにはどんなに謝っても謝りきれない」

上月はつらそうな表情で話してくれる。兄が夜間演習で事故死したとされた日に、ほんとうは何があったかを。

その日、兄は極秘に上京して統制派のある将校の命を狙おうとした。軍刀で斬りかかり、からくも右腕に傷を負わせたものの至近距離から銃で撃たれた。即死に近かったという。

「あいつは……相沢中佐の行動に発奮したのでしょう。以前から『あの始末屋をいつか、やらねばならんな』とよく口にしていました」

「始末屋？」

問う声が知らず、震えていた。上月はうなずき、兄が討とうとしていた将校のことを教えてくれる。中村緑雨。統制派の始末屋。兄と上月の同志の多くを陥れ、軍から追放したり、憲兵に引き渡したりしている卑劣漢だという。その男が兄を殺した。中村緑雨。その四文字を心に刻む。

冷たくなった珈琲を口に含むと、味が消えていた。

「上月さん」

背すじを伸ばして上月に向き直り、言う。

「教えてくださって、どうもありがとうございます。感謝いたします」

声はもう震えていなかった。口調も平明だ。兄が亡くなってからというもの、どこかふわふわしていた心持ちが、急にすとんと落ち着いた。

その男を殺そう。

ごく自然に、そうするのが当然であるかのようにユキは決意する。殺そう。兄の殺したかったその男を、中村緑雨を殺そう、と。

そうと決めたら迅速に準備にとりかかる。

太陽の遺《のこ》した手帳には中村緑雨の住所や階級、身辺状況が記されてあった。自宅は中野《なかの》新井町、位階は大尉。現在雇っている女中が間もなく暇をとることなど。

偶然にも、偕行社とつながりのある口入れ屋のおかみさんが、こちらの先生の助産所でお産をしたことがあった。その口入れ屋を訪ねて、軍人さんのお宅で働きたいのだが口はあるかと尋ねてみる。駄目もとだったのだが、うまくいった。

おかみさんは帳面をぺらぺらめくり、女中を募集している軍人宅をいくつか挙げていってくれ、そのなかに中村緑雨の名があった。

「でも、このお宅はひとり住まいだからね。若い娘《こ》を派遣するのは気が進まないよ。ほら、間違いがあっちゃあ困るからね」

ひとり住まいならなおのこと、都合がよかった。中村さまのお宅でぜひ働きたいのです、とユキが熱心に頼み込むと、「ああそう、そういうことなら」と、どこか含んだような笑みを向けられた。ともあれ、なんとか紹介状を書いてもらった。

お世話になった助産所を辞めるのだけは、つらかった。だけど「田舎に戻って家族の墓に兄の骨を納れたい」と申し出たら、先生は名残惜しげに許してくれた。

持ってゆく荷物は行李ひとつだけ。衣類や通帳以上に大切な兄の遺骨の入った骨壺《こつつぼ》は、お寺の和尚さんに預かっていただいた。中村緑雨を殺したのちに引きとりにいくつもりだった。

すべての支度を整えたのは十二月の上旬だ。兄の形見となった白鞘の短刀を胸に秘めて、橋を渡る。三年前、兄と共に渡った永代橋を逆方向にひとりで渡って、川の町を出る。兄の仇を討つために。兄の殺したかった男を殺すために。

そして、兄同様に返り討ちされることとなる。

三

初めて男の顔を見たときは意外な感じがしたものだった。

想像していたような、鬼のような風貌ではなかった。むしろ端整な顔をしていた。焦げ茶色の髪を後ろに撫でつけ、額はすっきりとして広い。切れ長のまなざしには冷たそうな印象を受けたものの、言葉づかいは丁寧で対応も穏やかだ。

兄の手帳には年齢は満《まん》で三十と書かれてあったが、がっしりとした背恰好に軍服がなじんでいて、男を実年齢以上に年上に見せていた。

面接を受けている間中、いつ、どのようにしてこの男を殺《や》るか。それしか考えていなかった。男の話など上の空だった。万が一、自分の素性に気づかれたらどうしよう。ここを訪れた目的を悟られたら……というおそれもなくはなかったが、男はまるでユキを疑っていなかった。単なる女中志望者だと思い込んでいた。

だからいけると思ったのだが――甘かった。

男の背後で短刀を抜くや否や、向こうは軍人になった。統制派の始末屋の顔を見せた。容赦なく首を絞められ、尋問されて犯された。死ぬかと思った。実際、女としては殺されたようなものだ。

産道を押し開かれる痛みというのを知らされた。お産には何度も立ちあってきたけれど、腹のなかを異物が通る感覚がこれほどすさまじいものだとは想像もつかなかった。世の男女は、こんなおぞましい行為をして子どもをつくっているだなんて。耐えがたい。汚らわしい。

男が立ち去っていってから、ユキはその場で嘔吐《おうと》した。傷つけられた内臓が痙攣して、全身がずきずき痛んだ。ふらつきながら立ち上がり、風呂場で、冷水で身体を洗った。男につけられた痕跡を隈《くま》なく拭い去ってしまいたかったが、腕にも喉にも胸にも痣《あざ》ができている。

とりわけベルトで縛られた手首は皮膚がすりむけて、ひりひりした。

不幸中のさいわいは、妊娠しない日であったことだ。避妊の方法や、女性の身体の安全な日、危険な日に関する知識は助産所でひととおり学んでいた。

「ふふ」

乾いた笑みが口からこぼれる。強姦《ごうかん》されておきながら、なにが不幸中のさいわいだ。わたしは馬鹿か。

脱衣所で丸裸のままうずくまる。濡れた髪は凍りそうに冷たくて、がたがたと全身に震えが走る。鳥肌の立った皮膚の下、猛烈な屈辱感が体内を駆けめぐる。悔しい。悔しい。情けない。

殺せなかった。しくじった。あの男の命を奪うどころか逆に、女にとって命に等しいものを奪われた。自分だけではない。死者である兄まで辱めを受けた。あの男は自分をなぶりながら兄を卑怯者だとせせら笑った。

「ゆるせない」

蒼ざめた唇が動く。肌はかじかんでいるけれど、腹の底がめらめらと熱くなってくる。絶対に許せない。許さない。

「殺す」

洗面台の鏡には、痣だらけの裸の女が映っている。濡れねずみのみっともない姿。あの男に打ち負かされたこの姿を、しっかりと目に焼きつける。鏡のなかの自分に向かって、誓いを立てるように言う。

「あの男を殺す。必ず、必ず——殺す」

それから着物を身につけて、まず部屋の汚れた畳を拭き清める。自分の荷をほどき、今日から住み込むことになるこの家の掃除をはじめる。

住宅地から少し奥まった路地の向こう。隣家からだいぶん離れた位置にぽつねんと佇《たたず》む平屋建ての文化住宅。そこが中村緑雨の住まいである。

ここで働くようになって早十日。毎朝ユキは、つんとした精液の残り香で目を覚ますようになっていた。

乱れた布団の傍らに男はもういない。今朝も泥棒のように気配を立てずに身支度して、昨晩のうちに用意しておいた食事をとって三宅坂へいったのか。

何もつけていない身体が冷気にぶるりと震える。布団の端でくしゃくしゃになっている夜着をかき寄せると、腰がつきんと痛む。

「んん」

昨夜はことにつらかった。ここへきてからというもの、つらいことばかりさせられているけれど、昨日はとりわけ苛まれた。

初めて性器を舐めさせられて、口のなかで気を遣られた。

頭を押さえつけられ、這いつくばった犬のような恰好をさせられて、あの男の出したものを飲まされた。思い出したらむかむかしてきて、枕もとにある水差しの水をごくごく飲む。それでもまだ喉の奥がいがらっぽい。

「……嚙んでやればよかった」

今になって、憎まれ口をぼそりとたたく。

あれをさせられている最中は苦しくて、あごがだるくて、そこまで考えが及ばなかった。ただもう、早く男に気を遣らせて楽になりたい。それしか頭のなかになかった。

男の性器というものは実に醜悪だ。赤ん坊のはとても小さくて、かわいらしくすらあるのに、大人の男のそれは醜い。いや、あの男のそれは、というべきか。

昨夜の男は自分の口のなかで気を遣っても、まだ足りなそうだった。

「俺の味はどうだ？　気に入ったか？」

そう言いながら下紐をほどきにかかり、改めて犯してきた。

腹が抉られるようだった。サーベルのように反り返った欲望で、自分自身のもっともやわらかい部分の肉が切り裂かれる。そのたびに死んだような心地になる。毎晩裂かれて、毎晩死ぬ。

「ころ……す。おまえを……殺す。殺してやる」

「貴様はいつも俺にやられながら、そう言うな」

そんな言葉を交わしながら存分になぶられた。昨晩に限らず、この十日間ずっと。おそらく今夜もそうだろう。

最初のうちはあの男の間近で仕え、向こうが隙を見せた瞬間に短刀で刺してやろうと思っていた。しかし、そんな瞬間《チャンス》はまるで訪れない。起きているときはもちろん、寝ているときですら緑雨はこちらの気配に意識を張っている。

それでも、ままよとばかりに後ろから短刀を振りかざすと、あっという間に組み伏せられる。そして折檻《せっかん》代わりに犯される。そんなことを何度も繰り返すうち、否応《いやおう》なく学ばされた。

認めるのは悔しいが、中村緑雨は軍人としてたしかに優秀だ。頭の後ろにも目があるような、皮膚がみな耳となっているかのような鋭さがある。兄や上月には感じられなかった類の鋭敏な感覚が、緑雨には備わっている。

それでも、もしも自分にあの男を殺せる機会がめぐってくるとしたら、それは床を共にしているときしかないだろう。

「貴様にひとつ、いいことを教えてやる」

昨晩、自分を貫きながら男はこんなことを言った。どんな男にも共通して無防備になる瞬間というものがある。それは気を遣る一瞬だ、と。

「だからせいぜい、俺に気を遣らせるよう努めるのだな」と。

たしかにそうだ。気を遣るほんの一刹那は緑雨の全身から緊張が解ける。自分のなかでぶるりと震え、無防備な顔になる。だがそれはほんの一瞬間で、寝首をかくには短すぎる。

今のところ、あの男はまだ自分に対して隙を見せない。だがいつか、きっとほころびの出るときがこよう。焦らず、逸《はや》らずに、そのときを待つのだ。

夜になり、居間の壁時計がぼーんぼーんと零時を告げる。そろそろ男が帰ってくる頃合いだ。緑雨は帰宅後すぐに入浴するのを好むので、風呂の準備をしておこうかと浴室へ向かいかけると、家の前でタクシーの停まる音がする。

ユキは玄関の廊下に膝をつき、十二の頃から身に染みついている出迎えの姿勢をとる。帰宅する主人を迎える。

「お帰りなさいませ」

「ああ。風呂に入る」

従順な女中然として「すぐに火を焚《た》きます」と答える。今夜はこの男を殺せるだろうかと考えながら、外套と軍帽を受けとる。

四

このところ局内の情報が外部に流出しているらしい。

第一師団の満州いき、「相沢事件」の裁判への対策、監視している危険人物の名簿などが省外へ持ち出され、拡散されている。

皇道派、あるいは政府の側の間者《スパイ》でも潜り込んでいるのだろうか。だとしても珍しくない。ねずみはどこにでも入り込む。

「しかし、渡満情報が流れたのはちと厄介だったな」

出雲が煙草をすぱすぱさせて電気ストーブに手をかざす。

「申し訳ありません」

頭を下げる緑雨に、

「なあに。案外、現場ではなく上層部から洩れたのかもしれん。それを素知らぬ顔をして、『なんとかしろ!』と怒った顔をしてみせているのかもな」

出雲はいたずらっぽい笑みを浮かべる。今朝がた、オヤジ殿はこの件について新局長から叱責されたのだった。

皇道派の急進将校を多数抱える第一師団の満州派遣は、年明けの二月頃に告知される予定だった。すでに知っている者たちには箝口令《かんこうれい》が敷かれており、それは省内の人間に限られている。いったいどこのどいつが洩らしたのか。面倒なことになった。皇道派の連中を逆撫《さかな》ですることにならなければいいのだが。

「ともあれ、なんとかせんといかんな」

「承知しました」

緑雨は答える。なんとかせんと、とはつまり、ねずみを捕まえろという意味だ。これで仕事がまた増えた。

ただでさえ皇道派の将校が寄り集まっている料理屋や寺院を部下に偵察させ、やつらとつながりのある右翼浪人の動きも探り、その周辺にたむろする有象無象の連中からも目が離せない状態だ。このぶんだと今日も帰るのは遅くなりそうだ。

ふと、脳裏にあの野良猫の姿が浮かんでくる。

あの娘は今晩も玄関先で三つ指ついて、自分を出迎えるだろうか。熱い風呂を焚いて、床の間に布団を敷いてるだろうか。

もしかしたら今日あたり逃げ出しているやもしれない。昨夜はずいぶん手ひどく扱った。娼婦《しょうふ》にもさせないような真似をさせてやった。さすがにこたえただろう。あの娘、しまいには朦朧として泣きそうだった。

あの黒く澄んだ、生意気そうな目を見ていると、どうにも抑えがきかなくなる。自分のなかの狂暴な部分をいたく刺激され、必要以上に痛めつけてやりたくなる。

「ところで今夜、ちょっとした集会があるのだが、貴様もきてみんか？」

そうそう、というふうに出雲が誘いをかけてくる。本日夜、統制派の佐官連を中心とした会合があるそうだ。

「貴様もそろそろこういう場に参加しても、いい頃合いだろう」と。

連れていかれたのは新橋にある一流の待合料亭だった。二階の奥の広座敷を貸し切り、陸軍省や参謀本部の軍人たちが三十名前後、集った。下は少佐から上は中将まで。大尉である緑雨が最下級の位階だった。

オヤジ殿は〝集会〟と言っていたが、その実、単なる宴会のようだ。料理をつつき、酒を呑み、仲居にちょっかいを出す者までいる。一応、議題として皇道派対策という話題が挙がってはいる。しかし参加者の大半は連中をせせら笑うばかりだ。

「あんな青二才の小僧《こぞう》っ子《こ》どもに、いったい何ができるものか」

「何が昭和維新だ。北一輝ごとき右翼ゴロに転がされおって」

「いっそ連中をうまいこと利用して、政府に軍事費の拡大を要求してやるか」

酒が入っているから気が大きくなるのか、それとも酔っているから本音が出るのか。いずれにせよ、お偉方連はおしなべて危機意識が薄いように見える。永田局長が皇道派原理主義者の相沢に斬り殺されたのは、ほんの四ヶ月前なのに。

上座の上官たちを眺めながら、緑雨は酔わないように少しずつ酒を口に運ぶ。

自分たち統制派がこうして華美な会合をしている間にも、向こうは質素な料理屋で秘密裏に集会を開いているかもしれない。そして謀議を張りめぐらせているのかもしれない。べつに青年将校らの肩を持つわけではないが、その動向を日々追っている身としては、これら上官たちのような楽観的な気分にはどうしてもなれなかった。いったい出雲はどういうつもりで自分をここへ連れてきたのか。

入り口近くの下座から、遠く離れた位置にいるオヤジ殿へ視線をやる。出雲はちゃっかりと上座の中央に座している中将のそば近くへにじり寄り、幇間《ほうかん》よろしくお愛想を言って大いに笑わせている。会合がはじまってから緑雨をずっと無視している。

皇道派をこき下ろす座の空気が最高潮になったとき、がやがやとしたざわめきに打ち水をするかのような声が響きわたる。

「まったく、もしここに永田中将殿がおられたら、このどんちゃん騒ぎをどのように思われることでしょうな」

場がしんと静まり返る。今の発言をした人物に座敷中の目が集まる。坊主頭に不敵な面がまえをした大佐だった。

そこへ襖ががらりと勢いよく開かれて、芸者衆がぞろぞろ入ってくる。

「さあさあ軍人さま方、お待たせいたしました。金春《こんぱる》芸者のきれいどころが参りました」

恰幅《かっぷく》のいい女将《おかみ》の采配のもと、美しく粧《よそお》った女たちが上座周りを中心に男たちに侍《はべ》る。酒が追加され、いよいよ宴会めいてくる。

頃合いを見て緑雨はそっと、誰にも気づかれないように席を立つ。

無性に外の空気を吸いたくなった。酒と煙草、脂粉の匂いが充満するこの空間から離れたくなった。階段を下りて下足番からつっかけを借り、提灯《ちょうちん》が玄関の両脇に飾られている軒下へ出る。

朝から寒いと思っていたら、雪が降っていた。空からひらひら舞い落ちる雪片が頰の上で溶ける。胸ポケットからチェリー煙草を抜いて一服していると、

「なんだ、先客がいたか」

声をかけられ振り向くと、先ほど座敷を沈黙させた大佐が立っていた。小柄だが、がっちりとした体格で三白眼。無遠慮なほどまっすぐな視線を向けてくる。参謀本部の作戦課長、石原莞爾《いしわらかんじ》大佐だ。

「少し詰めろ。俺も〝一服〟する」

大佐は緑雨の横までくると、手にしている紙包みから大福を取り出し、わんぐりとかぶりつく。

「俺は酒が呑めんでな、煙草もやらん。男のくせにと言われるかもしれんが甘党なのだ。だからこういう場は一番好かん。芸者も好かん」

大福をむぐむぐ食べながら大佐は言う。

「石原大佐が統制派の集会にいらっしゃるとは意外でした。てっきり中立派であるものとばかり」

「なに、皇道派の会合にだって俺は招ばれるぞ。ただし、真崎《まざき》のいる場には絶対にいかんがな」

皇道派の大ボス、真崎甚三郎《じんざぶろう》大将を平気で呼び捨てにする。石原大佐はどの派閥にも属さない、陸軍内で独自の位置についている人物だ。かの満州事変を引き起こした立て役者であり、天才的な軍略家とも言われている。

その性格は峻烈《しゅんれつ》で、人の好き嫌いが烈《はげ》しい偏屈者ともっぱらの評判だ。仙台の連隊から省内に引き抜かれてまだ四ヶ月足らずだが、完全に参謀本部の実権を握っていた。

「貴様の調査した怪文書の報告は、よくできていたぞ。細かいところまで抜かりなく調べ上げていた。憲兵そこのけだな。感心したぞ」

二個目の大福に取りかかりつつ話す大佐に、緑雨は少々面食らう。

「なぜ石原大佐が報告書の内容をご存じなのですか」

「貴様、俺を誰だと思ってる？　参謀本部を甘く見るな」

にこりともせず大佐は答える。

「たしか貴様の上官は出雲だったな。なるほど……あいつに仕込まれたのならば、それも納得だ」

「出雲中佐とお親しいのでありますか」

「陸士、陸大で同期だった。出雲も変わり者だからな。抜群に優秀だったくせして出世街道には見向きもせず、一課報員となって……思うにあれは永田鉄山に惚《ほ》れ込みすぎたのだな」

永田鉄山。その名前が出てくると、苦い思いが胸に広がる。先ほど大佐が〝永田中将〟発言をしたときもそうだった。

永田局長はけっして皇道派を侮ってはいなかった。二階で今、宴会を楽しんでいる上官たちのように、やつらを見くびってはいなかった。なのに局長は殺された。それは自分のせいだった。

緑雨は煙草を地面に放り捨て、つっかけで火を潰し消す。

「永田中将といえば、貴様は護衛をしてただろう？」

心臓がどくん、とひとゆれする。黙ったまま答えずにいる緑雨に、大佐は三白眼をじっと当てて話し続ける。

参謀本部に配属された八月の頭、軍務局へ挨拶をしにいったとき、局長室の外に用心棒よろしく控えている課員がいた。ああ、護衛をつけているのだな、永田中将さすがに用心しておるな……と思ったのだと。

「あれは貴様で間違いなかったな？」

確認口調で問いかけられる。

「……憶えておいででしたか」

「貴様のような長身の美丈夫は、陸軍広しといえども、そうそうおらん」

大佐の記憶力のよさに内心で舌を巻く。たしかに大佐とは一度だけ省内で遭遇したことがあった。あれは八月一日だった。永田局長の執務室へ入ってゆくこの大佐に、ただ一度敬礼しただけだというのに、しっかりと憶えられていた。

大佐の言葉どおり、当時、自分は局長の護衛役を務めていた。当時——というのは皇道派の巨魁《きょかい》、真崎大将を教育総監の座から引きずり下ろした七月の人事異動の少しあとのことだ。

これにより皇道派の主だった者は中央部から一掃され、統制派が勝利するかたちとなった。だが、この人事を誰よりも積極的に推し進めた永田局長は、皇道派の恨みを一身に買う身となった。

局長を中傷する怪文書が飛び交い、自宅にまで脅迫状が届き、何者かにあとを尾けられだした。

事態を憂慮した上層部が、局長をしばらくの間、欧州にでも赴任させようとしたところ、局長は断固としてこれを固辞した。数年来に亘《わた》る陸軍内のごたごたがようやく落ち着いたところだというのに、のんきに外国へいくわけにはいかない。自分の身は自分で守る、と。

そこで折衷案として護衛をつけることになった。部下の中で、最も銃剣道に優れた者に身辺警護をさせることに。そうして選ばれたのが自分というわけだった。

「なので、例の相沢事件の一報を聞いたとき、俺はふしぎに思ったのだぞ。貴様がついておりながら、なぜ永田中将は殺されたのかと」

「……面目次第もございません」

「まあ、過ぎたことを口にしても詮ないな。ところで中村大尉」

大佐は大福をぺろりと平らげると、改まった口調で緑雨に呼びかける。

「貴様、参謀本部にくる気はないか？」

思いもかけない申し出に、緑雨は返答に窮する。

参謀本部は陸軍省から独立した軍令統轄機関である。あらゆる軍事作戦の計画や立案をつかさどり、軍という組織を人体にたとえるとしたら頭脳にあたる。部員は陸大を優秀な成績で卒業した者たちで占められており、つまりはエリート中のエリート集団だ。

そんなところへ、なぜ自分のような大尉に過ぎない一課員が？　という目を大佐に向けると、

「参本《うち》も諜報に長《た》けた人材が欲しくてな」

大佐はそう返す。

「陸大の首席やら恩師の軍刀組やらはどうにも頭でっかちで、坊ちゃん育ちが多くてな。貴様のような現場主義者を入れてみたいと考えておるのだ。それに参謀本部なら、銃剣を持てずとも出世できるぞ」

「――」

右腕がずきりと疼く。

「災難だったな。永田中将だけでなく貴様まで襲撃されるとは」

自分の横にいるこの小柄な人物が、なにやら急に怪物めいて感じられてくる。大佐は語り続ける。

「いずれ大きな戦争がまた起こる。数年以内に必ずな。日本の敵はソ連か？　支那か？　いいやアメリカだ。アメリカこそが我らの最終的な敵となる。あの国は強大だ。今のままでは絶対勝てん。皇道派だの統制派だの、身内同士でやいやいやってる場合ではないのだ。分かるか貴様」

正直、大佐が何を言っているのか緑雨には分からなかった。ただ、永田局長とはまた異なる種類《タイプ》の傑物だという感じを受けた。

「どうだ貴様、皇道派狩りなんてくだらん仕事はやめて、俺のところにこんか？」

皇道派狩りとは、言い得て妙な形容だ。たしかにこんな仕事はくだらない。しかし――。

大佐の三白眼をまっすぐに見つめ、緑雨は静かに口を開く。

「申し訳ありません。自分は出雲中佐の部下でありますので」

「そうか」

大佐はそれ以上、押してはこなかった。大福の入っていた紙袋をくしゃりと丸める。

「では俺は帰るとするか」

店の者から外套を受けとり羽織ると、「二階の連中には適当に言っといてくれ」そう告げて、悠然とした足どりで料亭を去ってゆく。残された緑雨は再び煙草に火をつける。ふう、と白い煙を夜空に吐き出すと、

「なんだ貴様、ここにいたのか。探したのだぞ」

赤ら顔のオヤジ殿が、ぬっと現れる。軍服の立襟のホックもその下のボタンも外して、ベルトの金具も最大限までゆるめている。だいぶんいい具合に酔っているようだ。

「中座しており失礼しました。酔い覚ましに夜風に当たっておりました」

なんとなく、今の今までここに石原大佐がいたことは口にしない。参謀本部に勧誘されたことも。

「さあさあ、これから芸者のぽん太が『浅い川』を踊るぞ。見逃すな！」

緑雨の背中をぐいと押して階段の方へ向かわせる。

「嬉しいぞ、緑雨」

背中越しに言われる。「やはり貴様は俺の腹心だ」

その言葉に少しばかり、背すじが冷えた。出雲は先ほどの大佐との会話を聞いていた。そして緑雨の対応に満足している。試されていたような気分にならなくもないが、一方で

これ以上オヤジ殿の信頼を損なわなかったことに、安堵《あんど》している自分もいた。

翌日から、省内の情報を外部に洩らしている者について調べはじめる。

各局の課員名簿から金に詰まっている者、身内が厄介《トラブル》ごとを抱えている者などを洗いだし、怪しいと目星をつけた人物は班員に内偵させる。

部下に任せるだけでなく、自らも動く。憲兵司令部へ赴いて知り合いの憲兵隊長に、キナ臭い動きを見せている上層部の人間がいないかどうか探りを入れる。なにしろ当節、軍事情報は金になる。

五・一五事件以来、三井《みつい》や住友《すみとも》をはじめとする財界の連中はこぞって軍部の動向を注視するようになった。いつ血気に逸った青年将校らの「昭和維新」の矛先が、自分たち搾取する側に向けられるとも知れなくなったからだ。

軍部の動静や人間関係、派閥間のパワーバランスに精通した記者や政治浪人、右翼ゴロなどはそれらの情報を財閥に売り、見返りに金を受けとっている。北一輝がいい例だ。

もちろん軍の内部にもそういう輩《やから》はいる。これまでどれほどの情報漏洩《ろうえい》者を自分は捕えてきたことか。両手の指では足りないほどだ。

軍人は信義を重んじ、質素を旨とせよ。世論に惑わず、政治には関わるべからず。

軍人の心得を説いた『軍人勅諭』を今の時代、忠実に守っている軍人がはたしてどれほどいるだろう。先日の統制派の〝会合〟は贅沢《ぜいたく》極まりなかったし、皇道派は皇道派で大っぴらに体制の変革を叫んでいる。そして自分はといえば信義とはほど遠い仕事に日々、従事している。

その日は憲兵隊長にしこたま酒を呑ませ、ここ最近、軍の情報を買いとりだした新興財閥や商社、実業家についてなんとか聞きだした。酔いつぶれた相手を円タクに押し込んで、さて自分も帰ろうかとしたところ、省内に忘れものをしてきたことに気がついた。手帳だ。肌身離さず持ち歩いているアレを、うっかりして机の上に置いてきてしまった。仕方がない。三宅坂まで戻ることにする。

建物の裏門から入り、軍務局の執務室へ向かう途中の階段で、思わぬ人物と出くわす。長谷川だ。

「貴様、まだ残っていたのか。もう十一時過ぎだぞ」

長谷川も驚いたように笑う。

「貴様こそ、こんな時間に登庁か。もう軍務局には誰も残っていないぞ」

「忘れものを取りにきたのだ」

長谷川の鼻の頭には汗の粒が浮かんでいる。そういえば机の引き出しの奥にウィスキーの瓶を入れてあったのを思い出す。このまま手帳を回収してすぐ帰る、というのもなんだった。

「よかったら秘蔵の酒で一杯やらんか？　貴様、ウィスキーが好物だったろう」

「すまん。今日はやめておく」

長谷川は早口で断ってから、つけ加える。「女房が風邪で寝込んでいてな。早く帰ってやりたいのだ」

そして、そそくさとした歩調で階段を降りていく。

その翌週の日曜日。緑雨は昼食を終えると女中に「出かける」と声をかけ、正午過ぎに自宅を出る。今日は軍服ではなく背広に塹壕外套《トレンチコート》という装いだ。

このところ雪やみぞれが続いていたが、今日は東京の冬らしくからりと晴れている。向かうのは日比谷公園《ひびやこうえん》だ。

市電に乗って車窓から街を眺める。商店では正月用の飾りつけがされていて、大通りは買いもの客でにぎわっている。昭和十年も残すところあと数日だ。いろいろなことが起きた年だった。自分に関わる者たちが何人か命を落とし、自分もまた手傷を負った。

そして年の瀬も押し迫った貴重な休日にまで、こんなことをやっている。

市電を降りると公園はすぐ目の前だ。かつては江戸城の中濠の一部であった池に沿って緑道を歩き、小さい方の音楽堂が見渡せる広場に出る。

天気がいいせいか、わりあいに人がいる。散歩する者、絵を描いている者、弁当を使っている家族連れ。のんびりとした情景が目の前に広がる。

広場の端の方のベンチに、目当ての人物の姿を見つける。

茶色い外套に同系色の鳥打ち帽《ハンチング》。背すじをぴんと伸ばして座っているので、私服姿にも拘わらず軍人であるのが丸わかりだ。眼鏡をかけたもの静かな風貌は普段と変わりない。大判の封筒を膝の上に載せている。

今週、男はずっと省内にいたので、動くとしたら日曜の今日だろうと踏んでいた。部下の報告とつきあわせて、毎回この公園が選ばれているのも調査済みだった。あとは現場を押さえるだけだ。

しばらくして、ソフト帽をかぶった男がベンチに近づいてくる。長身で痩身で、片目の男だ。一見して高級そうな外套も帽子も、手袋まで黒一色でまとめている。背格好と相まって、どことなくカラスのような鵺《ぬえ》のような不気味な雰囲気を発散している。

片目の男は鳥打ち帽の男の隣に座り、懐から煙草を出して勧める。共に一服してから大判の封筒を受けとる。それと引き換えに小さな封筒を相手に差し出す。鳥打ち帽の男は、その小封筒を外套のポケットに入れる。

彼らのやりとりを音楽堂の陰から緑雨は見届ける。片目の男は立ち上がり、優雅な動作で帽子をとって軽く一礼し、その場を去ってゆく。時間にするとほんの数分のやりとりだった。

さて、肝心なのはここからだ。緑雨はひと呼吸入れると、ベンチに向かって歩きだす。注意深く背後からまわり込み、鳥打ち帽の男に声をかける。

「長谷川」

「おお、貴様か」

振り向いた長谷川は驚かなかった。依然として穏やかな表情をしていた。

「座ってもいいか」

「ああ」

今しがたの男が座っていた場所に緑雨は腰を下ろす。視線の先の音楽堂には、楽器を抱えた男たちが集ってきた。何ごとかはじまるのだろうか。

「いつ気づいた？」

真横にいる長谷川が、正面を向いたまま問うてくる。

「先週の夜半……省内の階段で貴様と出くわしたときだ」

「やはりな」

長谷川は、ふ、と小さく笑う。

「ぬかったな。まさか貴様があんな時刻に帰庁するとは」

「貴様の様子がどこか妙だったので、手帳を調べてみた。貴様の指紋が付着していた」

緑雨は語る。あのあと、なんとなく勘がはたらいて手帳を技術者に鑑識させてみた。すると自分以外の人間の、長谷川の指紋がついていた。手帳だけではない。鍵のかかっていない引き出しや書類入れにも、こいつの指紋がべたべたと付着していた。

整備局に所属している長谷川なら、その気になったら機密事項にいくらでもふれることはできる。持ち出すことも。なにより自分の友人でもある。皇道派の青年将校らに関する最新の情報を、〝統制派の始末屋〟を介して知り得ることができる。

まさか、ねずみが長谷川だったとは。

「さっきの男は？」

緑雨が訊《き》くと、「お得意さまだ」と長谷川は答える。あの男から受けとった小封筒には、札びらが入っているのだろう。

「詳しくは取り調べで話すよ。拷問はしないでくれよ。痛いのは苦手なんだ」

音楽堂の舞台ではヴァイオリンとチェロ、それと横笛による演奏がはじまった。旋律からしてクラシック音楽だろう。

「なぜこんなことをした？」

なおも緑雨は尋ねる。取り調べは自分がすることになるだろう。本日これから。職務としてこいつを〝尋問〟する前に、友人として訊いておきたかった。

「金だ」

長谷川はこともなげに答える。「それ以外にあるか？」

重ねて「俺からも貴様に尋ねたい」と言う。

「なあ中村。あの日、手帳を机に置いて出かけたのはわざとか？　俺に釣り糸を垂らしたのか？」

「ちがう」

緑雨は即答する。間抜けなことに、ほんとうにうっかりして忘れてしまったのだ。それが結果的にうまくいった。こうしてこいつが情報を売る現場を押さえることができた。

「あの晩まで貴様を疑ったことは一度もなかった」

「そうか」

長谷川はうなずき、さらに言う。

「甘いぞ貴様。そんなことではいつまた襲撃されるか分からんぞ。省内では誰も信じるな。

俺からの忠告だ」

　そうして音楽堂から流れてくる曲に耳を澄ませ、ぽつりとつぶやく。

「ベートーヴェンだな」

　そういえば長谷川は音楽鑑賞が趣味だった。陸大時代に何度か、蓄音機の置いてある銀座のカフェへ誘われたことがあった。自分は音楽にはさっぱりだったが、こいつはいつもウィスキーをちびちび呑みつつ、心地よさそうに目をつむって聴いていた。ちょうど今、隣でそうしているみたいに。

「なあ」

　長谷川は目を閉じたまま口を開く。

「この件は女房にも知らせるか？」

「ああ」

「そうか。そうだよな」

　後ろに人の気配を感じる。予め公園内に配置させていた部下たちだ。演奏が終了すると、四重奏《カルテット》に周囲からまばらな拍手が上がる。「いくか」緑雨が促すと、

「ああ」

　長谷川が先に立ち上がる。

五

その晩、男はひどい顔つきをして帰ってきた。目の下が落《お》ち窪《くぼ》んで顔色は土気色だ。休日だというのに昼過ぎに外出し、平日よりも遅い時刻に帰宅した。

「お帰りなさいませ」

いつものように玄関先で手をついて迎えると、男は下駄《げた》箱の上にある一輪挿しに目をやる。

「あれはなんだ」

「出入りの炭屋さんからいただきまして」

花瓶には、赤い小さな実をつけた南天の枝が活《い》けてあった。「難を転じる」という意味の南天の木は正月の縁起ものだ。この家は掛け軸や置き物があるでもなし、広いわりにあまりに殺風景なものだから、せめてと思って飾ってみたのだ。花器は女中部屋の押し入れで見つけたものだ。

緑雨は暗い目つきで南天の実を見つめ、

「貴様、いったい何のためにここにいる?」

尖った声をユキに向ける。

「俺を殺すためではないのか。兄の仇を討つためではないのか。のんきに花など活けおって、ずいぶんと女中業に精が出るな」

いつになく攻撃的な男の態度に、ユキは戸惑う。

「それとも、夜な夜な俺にやられているうちに情がついたか。さてはあれが気に入ったか。兄の仇討ちなど、もうどうでもよくなったか」

「ちがう！」

かっとしてユキが言い返すと、怒鳴り返される。

「ならなぜ、いつまでたっても俺を殺さん！」

空気が震動するほど重い声だった。

「煮えたぎった湯をぶっかけるなり、箸で目を突くなり毒を盛るなり、いくらでも手段はあるだろうが！　貴様の『殺す』は口だけか！」

氷のような男の目には細い血管が浮きあがり、異様な感じにぎらついている。明らかに普段とは様子がちがっていた。今日、何かあったのだろうか。

緑雨はユキの手首をぐいと掴むと、どすどすと廊下を進んでいく。居間の戸を勢いよく引くと、真新しくなっている障子に気づいて皮肉っぽい口調で言う。

「障子紙まで張り替えたか」

鞄《かばん》でも放り投げるように、女を畳に放る。

「では、働き者の女中に褒美をくれてやるか」

外套と背広の上衣を脱ぎ落とし、無造作にのしかかってくる。ぷん、と強い洋酒の匂いがして、さては呑んできたかとユキは察知する。

「の、のけ！」

身をよじって逃れようとするけれど、男はさらに体重をかけてくる。野蛮な手つきで女の紐と帯をむしり取り、中指をぺろりと舐めると、いきなり隠しどころに差し込んでくる。

「う」

独特の異物感にぞわりとする。両脚を閉じて指の侵入を拒もうとするものの、男は嫌な具合に笑って中指をぐりぐりと潜り込ませる。

「い……いた、い」

「何を言う。これがいいのだろう、貴様」

よくない。ちっともよくない。今日の男は嫌だ。いつだって嫌だけれど、今日はなんだかいつもとちがう。自分を見下ろす表情がとても暗い。血走った白眼の中心の黒目が真っ暗で、闇夜のようだ。

「どけっ、離れろ」

「口のきき方に気をつけろ、野良猫。俺は貴様の飼い主だぞ」

緑雨は左の中指でユキの内部を無理やりほぐそうとしながら、もう片方の手を胸もとへ入れてくる。冷えきった手のひらの感触に、肌がおののく。

「長丁場の取り調べですっかり凍えてしまった。貴様の乳であたためろ」

ぐにぐにと左の胸を揉まれる。節くれた指と指の間に屹立《きつりつ》が、ぎゅうと強めに挟まれる。

「うう──」

胸の先をなぶられるのはつらかった。いじられると、だんだんじくじくしてくる。

「いい色だな。南天の実のようではないか」

指先でつままれて、しごかれるうちそこに血が集まってくる。こりっと硬くなり、赤く色づく。男が顔をかがめて先端を口に含む。ぢゅう……と吸われ、喉から縮まった声が出る。

「は」

心臓まで吸われるようだった。汗ばみはじめたふくらみを舌先がすべり、がぶりと嚙みつく。鋭い歯が肉にめり込む。

「っんん」

反射的に下腹部がうごめく。すると指の腹で壁を掻かれて、じいんとした感覚が芽生えてしまう。痺れるような疼くような不可思議なこの感覚に、少しずつ自分は慣れてきつつあった。それが悔しくてならなかった。

「いい反応ではないか」

楽しげに男は言う。指を引き抜くと、すでに猛っている己をさらけ出す。相変わらず正視しづらいほど醜いそれが自分の秘部に当てられる。まだくつろぎきっていないにも拘わらず、ためらいなく進入される。

「く——っ」

男が自分のなかに入ってくるこの瞬間が、一番いやだ。

熱い塊が産道をめりめりと押し拡げ、内壁が限界まで伸ばされる。気持ちが悪くて吐きそうだ。こうされるたびに、今日こそ腹がやぶけてしまうかもしれない……とおそろしくなる。

はあ、と顔の真上で緑雨が酒くさい息を吐く。こんなに酒の匂いをさせて帰ってくるのは珍しい。火鉢の炭火でぬくまった室内に、男から発散される酒の残り香がただよう。

「酔っぱらい……嫌いだ」

せめてもの抵抗として毒づくと、「は」と男は笑う。いよいよ暗い目つきで女を見やり、

「今日はねずみ退治をしてきた。捕えたねずみは自殺した」

平坦《へいたん》な口調で語る。ねずみは陸士時代からの友人だった。捕縛して、取り調べをしている最中に毒のカプセルを呷《あお》った、と。ほんのいっとき目を離した隙に。

「まったく、死ぬ度胸はあるくせに自分のしたことが明るみになるのが怖いとは……馬鹿者が」

苦々しげに吐き捨てる。

「自分の……したこと？」

「陸軍内の情報を外部の人間に売っていた。裏切り者だ。重罪だ」

「でも……その人、友だち……なんでしょう。昔からの」

ユキの言葉に「だからなんだ」と男は答える。

「あいつは俺からも情報を盗み出そうとしていた。金のために。女房ともっといい暮らしをするために。軍人の風上にも置けん。許せん」

男の声には、どこか痛みをこらえるようなものがあった。表情も、怒っているのか憤っているのか、それとも悔やんでいるのか分からない。いろいろな感情が綯《な》い交《ま》ぜになったかのような複雑な表情だ。

だが、それがなんだというのだろう。自分には関係のないことだ。

「また……人を死なせたのですか」

蔑みを込めてユキが言うと、

「そうだ。文句があるか」

打てば響くような返答だった。ユキは無言で緑雨を見つめる。言葉の代わりにまなざしに軽蔑をのせる。汚い男、汚い仕事、と。すると、ずくんと内臓を一突きされる。

「う……っ」

「文句があるなら言ってみろ。なければ黙ってろ」

膝裏に指をかけて大きく脚を開かせる。そして根もとまで芯熱を一気に沈める。

「あぁ」

ずず……っと、粘膜と粘膜のこすれる音が腹部に響く。

この男は常に性急だ。女の準備が整う前に自分本位で踏み込んでくる。だからユキにはいつも痛みが伴う。自らを守ろうとして内壁が畏縮し、対する男はいっそう躍起になる。女の内部を無理やりこじ開け、腕ずくで受け入れさせる。

自分たちの交わりは、どこまでも殺伐としている。犯されている間はずっと全身が緊張する。

「いつまで経っても貴様のなかは生娘みたいに狭いな」

男の切っ先が腹のなかを、ずくずくと躙《にじ》る。

「う……るさい」

「もう少し力を抜け。俺がきつい」

ふざけたことを言ってくる。好きでもない男にこんなことをされて、こわばるなという方が無理ではないか。はだけさせられた胸をこねくるようにして揉まれ、敏感になった先端を引っ張られる。痛みと羞恥で眉をひそめると、「いい顔だぞ」と評される。

「貴様はこういうときに実にいい顔をしてみせるな。まったく痛めつけ甲斐《がい》がある」

褒められているとは到底思えなかった。むしろその反対だ。男は薄笑いを浮かべ、左手で女の首を押さえる。手指に軽く力を込めて、腰をぐっと進めてくる。

「う」

絞められながら貫かれ、頭がくらりとする。

「はは、急に腹がほぐれてきたな。これが好きか?」

喉の脈を圧《お》されるのは初めてではなかった。この男と最初に出会った日も、こんなふうにいたぶられた。亡き兄を侮辱されながら犯されて、心身に屈辱を刻まれた。それ以来、中村緑雨は兄だけでなく自分自身の仇ともなった。兄のためにも自分のためにも、緑雨を殺すと誓った。

そうだ。この男の言うとおりだ。自分の『殺す』は口だけか。心底から相手を殺したいと思うのなら、どんな手でも使わなければ。

「あ、あぁ……好き」

意識して甘い声を出してみる。

「これ……好き……もっと」つぶやきながら、両手を男の背にまわす。下腹にこもっている力みをなんとかなくそうと努力して、腰の位置をわずかにずらす。

自ら脚をもう少し開き、進入しやすいようにしてやると、すかさず男は突いてくる。

「んん！」

目がくらみそうになるが「すごい……いい」と、媚《こ》びた反応を示す。

「そうか」

男はまんざらでもなさそうな顔をして「舌を出せ」と命令する。ユキはほんの一瞬ためらい、おずおずと従うと熱い舌が絡みついてくる。

（ん……っ……）

口吸いとも接吻ともキスとも呼ぶこの行為は、性交に負けないくらい気持ちが悪い。これまでは手であごを押さえられ、口をこじ開けられて、これをしてきた。緑雨からすれば、舌を噛まれないように、なのだろう。

だからこんな風に自然なかたちで口を吸われるのは、妙な感じがする。

男の舌には酒と煙草の味が残っている。ざらりとした表皮の感触にぞっとするけど我慢して、薄目で横手の方を見る。

火箸が、手の届くぎりぎりの位置に転がっている。男は気づいていない。気づかれてはいけない。ユキは男の舌に自分の舌をまつわらせ、首っ玉にかじりつく。これが好きでたまらないというふうに。

男もまた応じてくる。ぬるついた音を立てて舌で舌を撫でまわし、下唇を甘噛《あまが》みする。

両の手で女の尻を挟むようにして押さえると、刻んだ動きで内壁を摩擦してくる。

（う……っく……ぅ）

どこからか、奇妙な情感が込み上がりそうになってきて、懸命にそれを押しとどめる。

こらえろ、しっかりしろ、と自分を叱りつける。

「……すき」

男の耳もとでささやいて、左腕を首にかける。そうして右腕をそろそろと畳に這わす。遠い。あともうちょっと。腕の筋が攣りそうになるくらい限界までぴんと伸ばして、鋭く尖った鉄の棒にようやく指先がふれる。

「ん……もっと、もっ……と」

男の胴に両脚を巻きつけながら火箸を握りしめる。そのまま振りかぶり、脳天めがけて突き刺そうとした瞬間、右腕に衝撃が走る。ばしん、と畳に手の甲を叩きつけられ、大きな手で押さえつけられる。

「猿芝居だな、貴様。そんな下手なよがり演技では女郎にはなれんな」

緑雨は火箸を奪いとると、その先端をユキの喉もとに当てる。ひんやりと冷たい感触。

「いいか、頭や背中などを刺したとて、そうそう人は死なんぞ。確実なのはここだ」

先ほど指で圧迫していた頸動脈の部分を、金属の棒で軽くつつく。ここを切断すれば人間は十秒足らずで失血死する、と言う。

「どうだ。自分の身体で試してみるか？」

女の目をじっと覗《のぞ》き込んでくる。口角をかすかに上げ、端整な顔立ちなだけにかえってぞっとするものがあった。

きっと、こんなふうに薄笑いを浮かべてこの男は人を尋問するのだろう。拷問するのだろう。笑っているのに表情がまるでない、空虚な笑み。不気味でおそろしいのに目がそらせない。そらした途端、火箸で喉を突かれる気がする。

恐怖のあまり全身から力が抜けていく。下腹部からも。すると男自身がひくりと動く。慣れ火箸を部屋の隅へ放り投げると、ネクタイを外し、それで女の両手首を縛りあげる。慣れた手つきだった。

いったん芯熱を抜くと女の身体をひっくり返す。交尾じみた屈辱的な体勢にさせられる。

「貴様には火箸よりも、これで突き殺してやる方がいいだろう」

結いの崩れた頭の後ろに声がかかり、背後から再びぶすりと打ち込まれる。

「あぁっ」

やわらかくなりかけていた肉が、容赦なく開かれる。腹の表側ではなく裏側を攻められるのは、よりつらくて苦しいものがある。反り返った欲望が深々と沈み込んで、内臓を押し上げるようだ。

「く……っ、う」

戒められた両の手が、畳の上で自然と握りこぶしになる。ふんばるために、耐えるために。歯も食いしばる。だけど穿《うが》たれるたびに歯の隙間から呻き声が洩れる。

「ん……っぐ……」

ぱん、とわざとのように派手な音を鳴らして男は自身をぶつけてくる。めり込んだところに先端をこすりつけ、ずるりと撤退する。そして再び思いきり打擲《ちょうちゃく》する。

「うぅっ」

それが何度も繰り返される。打たれた尻がひりひりして、その絶え間ない攻撃にだんだん意識がぼやけてくる。

「貴様はよがり声よりも、呻き声の方がいいな」

「う……うるさいっ」

「まだ言うか」

ひと際勢いよく打ちつけられて、先端が子宮の口をかすめる。

「っは」

ひゅう、と喉が縮まる。男の手が不意に結合部の前方へまわってきて、何かを探す動きをする。直感的に嫌な予感がした。この男の動作には、いつも嫌な予感がつきまとうのだ。

そして、ある小さな一点を見つけ出される。

「これはまた、ずいぶん小粒ではないか」

興がるような口ぶりに、たまらなく恥ずかしい気にさせられる。自分のどこをさわられているのか、這いつくばっているので見えないし、分からない。その分、不安にさせられる。

「や……やだ、何を……だ、だめっ、そこ、さわるなっ」

「いいぞ。もっとわめけ」

肌理《きめ》の粗い皮膚の先で、その一点をこすられる。

「ふ」

ぴりっとした、電流にも似た感覚が腰をつたう。自分の知らない、初めての感覚だった。不安がいよいよ増してくる。

男の指はその、粒のような小さなものをいじり続ける。指の腹で揉んで、こねて。すると次第にふくらんでくる。

「っう……ん、んん……」

「どうだ。なかなかいいだろう」

「よ……くないっ」

「嘘をつけ。そら、勃《た》ち上がってきたぞ」

男の指にふれられて粒がかたちを変えていく。むくむくと大きくなり、じんじんと熱くなる。自分の神経のすべてがそこに集約されていく。

「ぁ、や……あぁ……ぅ」

甘美な痺れがじんわりと下肢に拡がる。これまで幾度も犯されてきて、こんな感覚を覚えたことは一度もない。男から与えられるのはいつだって恐怖と恥辱、苦痛しかなかった。なのに今、未知の、新しいものを教え込まれようとしている。

堅い指先で撫でられる粒からうっとりするような情感が生まれて、四肢を麻痺《まひ》させてゆく。

「ん……はっ、ぁ」

腹の内側は破裂しそうなくらいに苦しいのに、外側は気だるくてやるせない。それらの感覚が自分のなかでせめぎあい、いったいどこへ向かおうとしているのか分からなくなってくる。

「やぁ……これ……こわ、い……も、もっ……もぅ」

「降参か」

低い、湿った声が耳たぶに当たる。縛られている両手の上に男のもう片方の手が置かれ、ぎゅうっと強く握られる。動作が切迫してくる。ぷっくりと凝った粒が小刻みに摩擦され、産道をぐさぐさと突かれる。

「うっ、く、うぅ」

苦しさとやるせなさが競うようにして身体のなかを駆け上がり、一瞬のうち高みに達する。ふくらみきった陰核《いんかく》が弾けるのと同時に、へその裏をぐりっと押される。

「ああ――」

最後の最後で素のあえぎ声がこぼれた。演技のそれよりも控えめだった。ひりついた尻に欲望の証拠が盛大にかけられる。どうやら男も存分に遣ったようだった。

背中に覆いかぶさっていた重い身体が、ようやく遠ざかる。呼吸も整わないままに、男はさっそく命令してくる。

「風呂を沸かせ。今日は疲れた……早くしろ」

「……かしこまりました」

ぐったりと畳にうつ伏せたまま、かろうじてユキはそう答える。


正月休暇の間はなぶられどおしだった。昼といわず夜といわず揉みくちゃにされ、次第に昼夜の感覚がなくなった。まるで時間が飴《あめ》細工の飴みたいにぐんにゃり溶けて、引き伸ばされていくようだった。

男の唾液も精液の味も知り、気を遣る感覚も知らされた。接吻にも似た舌づかいで緋色の芯を吸われると、たちまち気を放ちそうになってしまう。けっして遣るものかと思っていても、身体が勝手に応じてしまう。それはたまらなくつらいことだった。

殺したいほど憎い相手に辱められ、なのに感動を覚えてしまう自分が分からなかった。心と身体が真っ二つになっていくようだった。

あるときのこと。自分を組み敷いている男を見上げて、不意に気がついた。緑雨の目は何かに似ている。犬の目だ。

田舎にいた頃お世話になった村長さんのお宅で飼われていた、純血種の柴犬《しばけん》がこういう目をしていた。氷のように輝いて、それでいて真っ暗な目。何を考えているのか分からない、動物の目。

対して、男の目に映る自分はぐしゃりと顔を歪めている。汗で湿った敷布《しきふ》から逃れるように畳へ背をすべらせると、太い腕が伸びてくる。

「逃げるな」

命令口調のその声はどこまでも傲慢だ。そして布団のなかへ引き戻される。それが延々と、果てしもなく続けられた。

六

年が明けてしばらく経ったある日のこと、客人がやってくる。

ユキがこの家で働くようになって初めての来客であり、緑雨の身内でもあった。なんと父親だという。実家のある信州から朝一の列車で東京へ出てくる用事があり、ここに一泊して翌朝帰るとのことだった。

その日の朝は出がけに、今夜は家で夕飯をとると緑雨から告げられる。父親は夕方頃にはくるだろう、自分は八時までには帰宅するようにする、と。風呂と食事、それに客人用の布団の用意を言いつけられる。

「かしこまりました」

「ああ、それと分かっていると思うがな」

外套を着て軍帽をかぶりつつ、手袋を差し出すユキに緑雨は釘《くぎ》を刺す。

「貴様、親父《おやじ》に余計なことは言うなよ」

「……分かっております」

「ならいい」緑雨はうなずくと、

「それと親父は精進揚げが好物だ」

などと言い添えて出勤していく。玄関の戸が閉まってから「そうですか」と言ってやる。

腹のなかで毒づく。

中村緑雨は信州出身だったのか。てっきり東京生まれの東京育ちと思っていたが、自分に負けず劣らずの田舎者ではないか。きっと父親の方も息子と同じくいけ好かないジジイなのだろう。精進揚げに唐辛子でも入れてやろうか。

ともあれ、客を迎える準備をする。普段より念入りに雑巾がけや掃き掃除をして、客間の布団を干しておく。それから商店街へ出かけて八百屋と魚屋をまわる。

今日も寒い日だ。長羽織《ながばおり》の衿《えり》をかきあわせて帰路を歩いていると、前方でなにやらうろうろしている老紳士がいる。大きな鞄を抱えて各家の表札を一軒一軒たしかめながら進んだり、戻ったりしている。見たところ、道に迷っているようだ。

「あのう、どちらかお探しですか？」

声をかけてみると、その人はほっとしたように微苦笑する。

「いやあ、この辺はだいぶ変わりましたな。三年前にも来たのですが、こんなに家が増えてるなんて。さすがは東京だ」

年のわりにきびきびとした声だった。白髪交じりの髪を清潔に刈り込み、きれいに手入れされた髭《ひげ》が口の上にのっている。姿勢がよく、痩せているので、どことなく鶴を連想させた。

「倅の家を探しているのですが、さて、どの辺だったものか」

「住所は知っていますか、おじいさん」

「ええと……」

老紳士が口にする番地を聞いて、ええ！　とたまげてしまう。自分の勤め先ではないか。

つまり、要するにこの人は、いやこの方は……。

「あ、あのう、もしや……中村さまでしょうか？」

「ええ。そうですがお嬢さん。なぜ私の名をご存じで」

のんびり答える老紳士に、大慌てで頭を下げる。

「し、失礼いたしました！　わたくしまだ夕飯の準備を全然しておりませんで！　あの、てっきり夕方頃にいらっしゃるものとばかり……」

「まあまあ、頭を上げて」

あたふたするユキに、老紳士こと中村緑雨の父親は笑いかける。

「いや、声をかけてもらって助かりました。迷子になっていたことは、どうかあれには言わんでください。耄碌《もうろく》したと思われてしまう」

〝あれ〟とは息子を指しているのだろう。往来で立ち話をしているのもなんなので、緑雨の父を伴って帰宅する。ユキは急いで茶の間の火鉢に炭を熾《おこ》し、お茶を淹《い》れて持っていく。

「ご用がありましたら、なんなりとおっしゃってくださいませ。わたくしは台所におりますので」

一礼して下がろうとすると、「ああ、ちょっと待って」と呼び止められる。緑雨の父は旅行鞄から紙包みを取り出してユキに渡す。ずっしりとして重い。野沢菜漬けだそうだ。

「晩飯はこれと米があれば充分です。どうぞ気を遣わずに」

ありがたく頂戴しつつも、そういうわけにもいかないのだった。ちゃんともてなさなかったら、あとで自分がひどい目に遭うのだから。それにしても――。

すぐそばで火鉢にあたり茶をすする初老の男を、じっと見つめる。紺色の背広に小紋柄のネクタイ。ものやわらかな振る舞いといい、華奢《きゃしゃ》な背格好といい……どこからどう見ても、あの鬼のような息子とはまるで似ていない。

「どうかしましたか？」

そう言われ「し、失礼しましたっ」再び深々と頭を下げる。お客さまのお顔をじろじろ眺めるなんて、まるで山出し女中である。

「その、旦那さまとはあまり似てらっしゃらないように思えまして……」

つるりと口にしてしまい、ああまた自分は余計なことを、と両手で口もとを押さえる。もうおとなしく台所へ引っ込んでいようと腰を浮かしかけると、思わぬ言葉が返ってくる。

「似てないのは当たり前だ。私とあれは養父、養子の仲なので」

あれは自分の連れ合いの弟の息子なのです、と緑雨の父は言う。それを養子にしたのだと。

「え、ええと……ということは……」

頭のなかで整理しようとするけれど、途中でこんがらがってしまう。そんなユキに助け船を出して向こうから分かりやすく説明してくれる。

「私ども夫婦は、甥《おい》のあれを養子にしたわけです」

「そうでしたか」

ようやく理解した。緑雨の父は信州《しんしゅう》の山の方の中学校で、校長先生をしているそうだ。今日は昔の教え子の結婚式に招かれて、お祝いのスピーチをしてきたとのことだ。それでぱりっとした装いをしているのだった。

「お疲れではないですか。お着替えの用意もございますが」

そう言うと、緑雨の父は律儀に答える。

「いやいや。軍人さんのお宅で部屋着なんかになっちゃあいけません」

前にここへきたときは年配の女中さんがいたが、とひとり言のようにつぶやく。

「あなたはいつからここで働いてなさるかね」と問われ、ややどきりとしながらも「先月からです」とユキは答える。

「そう」

老人はうなずく。姿勢を変えてユキの方に向き直り、「あれをよろしく頼みます」と言う。

「ちょっとばかり気難しいところもあるけど、根はやさしい男です。どうか辛抱して仕えてやってください」

「……もちろんでございます」

粛々と答えるが、心中は複雑だった。この人は息子がどんな仕事をしているか知らないのだろう。当然だ。仮に自分が緑雨だとしても親に言えるはずがない。

「統制派の始末屋」として敵対派閥の人間を〝始末〟していること、襲撃をかけられるほど多くの者から憎まれていること、今目の前にいる女の兄を殺したこと——そういったことごとを、この父親はきっと知らない。

ふと、教えてやろうかという気持ちが胸のなかに湧いてくる。あの男がどれほどひどい男であるか、毎晩自分にどんな仕打ちをしているかを、この品のいい老紳士にぶちまけてやろうか……。そんな暗い衝動が込み上がってきて自然と口が開く。

「あのう、実は」

チリリリン！　その声にかぶさって玄関口の壁掛け電話がけたたましく鳴る。はっとして口を閉じる。「失礼します」と茶の間を辞して電話をとりにいくと、

『俺だ』

緑雨からで、ぎくりとする。まるで心の動きを見張られているようだった。

『親父は着いたか』

「……お見えになっています」

『そうか。俺もあと三十分ほどで帰る。親父にそう伝えてくれ』

「さっ、三十分、ですか」詰まった声を出すと、

『なんだ。まさかまだ風呂も飯も準備していないとかではあるまいな』

「い、いいえ。そんなことは」

さらにぎくりとして、電話を切ると全速力で食事の支度にとりかかる。緑雨の父の好物が精進揚げで助かった。具材を切って衣をつけて、揚げるだけですむ。これがコロッケとでも言われていたら、えらいことになっていた。

かぼちゃ、蓮根《れんこん》、さつまいもに春菊、人参とごぼうのかき揚げ。野菜だけなのもさびしいので、魚屋で買ってきた穴子と白魚もぶつ切りにして揚げる。

大皿いっぱいに盛りつけたちょうどそのとき、緑雨が帰宅する。

(ま……間に合った)

ほうっと胸を撫で下ろす。玄関先へ出迎えにゆくと、緑雨は日本酒の瓶を手にしていた。

「燗つけといてくれ」と渡される。受けとるユキの手の甲に視線を落とし、「急いで揚げたな」と指摘する。

見ると、ぽつぽつと火ぶくれができていた。さっと甲を隠すと「あとで馬油《バーユ》でもつけとけ」と言われる。

「親父は？」

「居間にいらっしゃいます」

緑雨はうなずき、そちらへ向かう。ユキは台所へ戻り、箸やら小皿やらを出す。燗した酒を運んで食卓の給仕をする。座卓の上座に父親が、下座に緑雨がついている。緑雨は軍服の上衣だけ脱ぎ、父親もベスト姿になっていた。

「どうかね。軍部の方はいろいろと大変だろうね、当節」

「まあ、なんとかやっております」

男たちはぽつりぽつりと会話する。久しぶりに会うのだろうに、ずいぶんと行儀がいい。それとも子どもが軍人になった親子というのは、自然とこんなふうになるものだろうか。

「ああ、野沢菜漬けも揚げてくれたんだね」

精進揚げをかじった父親が、座卓から離れた位置に控えているユキににっこり、微笑む。そうだった。普通に切って出そうかとも思ったが、たくさんあることだし、試しに揚げてみたのだった。

「そうそう。これは天ぷらにするとうまいんだ。ほら、おまえもお食べ。好きだったろう、野沢菜揚げ」

父親は息子の皿に野沢菜を取り分けようとする。緑雨は「や」「自分でやります」と言うけれども、おかまいなしに。だんだんと親子らしい、親密さがでてくる。

「いい女中さんがきてくれてよかったなあ。若いのにしっかり者で料理も上手だ。労《いた》わってあげるのだぞ、おまえ」

緑雨はおとなしく父の言葉を聞いている。ユキをちらりと見て、風呂の準備を頼むと言う。いつになく丁寧なもの言いだ。「承知しました」ユキは部屋から退出する。

風呂の湯を焚いて、客間に布団を敷いてから茶の間へ戻る。「失礼いたします」と障子戸越しに声をかけようとすると、室内の会話が聞こえてくる。

「それで、三月には帰ってこれるのかね。おまえ」

父親の声だ。

「結局、四十九日にも顔を見せなかったじゃないか。陸軍省はそんなに忙しいのかね。親の法事に顔も出せないくらい非常時なのかね」

穏やかな声音のなかに諫《いさ》める響きがあった。

「葬式も納骨も、後始末をすべてお任せしてしまい……申し訳なく思っています」

応える緑雨の声が殊勝なのに、驚いた。いつも自分に対しては居丈高でえらそうなのに、別人みたいにしょんぼりとした口ぶりだ。さてはお説教を食らっているのか。

「そういうことを言ってるんじゃない。おまえだって分かっているのだろう」

父親の語気がもう少しだけ、強くなる。

「三月こそは顔を出しなさい。おまえの父親の初彼岸だからね。いいね、義母《かあ》さんと一緒に待ってるよ」

「……分かりました」

沈んだ声で緑雨は返事をする。

（父親の……初彼岸？）

どういうことだろう。緑雨の父は——今ここにいる養父ではなくて、ほんとうの父親は——亡くなったということなのだろうか。それも三月で初彼岸ということは、ここ一年以内に。さては実父の四十九日をほっぽらかしにしたのだろうか。なんて男だ。

「さあ、もういいから呑もう。お燗をも少しつけてもらおうか。おおい、お女中さんや」

緑雨の父が明るく声を張り上げて、自分を呼ぶ。ユキは物音を立てないように立ち上がると、台所へいったん戻り、改めて茶の間へ向かう。

「お呼びでしょうか」

何食わぬ顔をして、しずしずと戸を開ける。

その晩、居間の明かりはずいぶん遅くまでついていた。ユキが何度目かのお燗を持ってゆくと、緑雨からもう休んでもいいと言われた。あとは自分たちでやる、と。そういうわけで、この家へきてから初めて自分の部屋でぐっすり眠ることができた。

朝になり、女中部屋の戸を引くと、足もとに馬油の缶があった。馬の皮下脂肪からとれる馬油は、火傷《やけど》や怪我によく効くのだ。もしや緑雨が置いていってくれたのだろうか。

すでに男は出勤したのか姿はなく、居間はひどい有様《ありさま》だった。酒の匂いがぷんぷん残っていて、空になった一升瓶が畳の上に転がっている。雨戸を開け放って空気を入れ替える。

居間を掃除して朝食の準備をしていると、緑雨の父が起きてくる。こちらもまた盛大に酒くさい。昨晩は酔っぱらったまま寝てしまったとのことなので、まずは風呂に入ってもらう。

「いやあ、昨日は楽しかった」

風呂から出てきた父親は、二日酔いの様子もなく野沢菜漬けのお茶漬けを、さらさらとかき込む。

「騒がしくしてすまなかったね」

「とんでもございません」

ユキからすれば普段よりも休息できたくらいだ。息子とは対照的にこの人は好人物だった。なんならもうしばらく滞在していってくれないものかと思うものの、食事を終えると父親は帰る準備をする。買いものがてら駅までの道を同行する。並んで歩道を歩きながら「あれは忙しそうだねえ」と緑雨の父はつぶやく。

冬晴れのいい天気だ。空気がきりっと澄んでいる。

「起きたらもういなかった。元気でやれよ、と挨拶もできなかった」

「お言づけがございましたら、お伝えしておきますが」ユキが言うと、

「いや、いいんだ」

父親は小さく首を横に振る。

「ひとまず達者な顔を見ることができて安心しました。なにしろ軍人なのでね、いつ何が起こるか分からないので。お女中さん、くれぐれもあれをよろしく頼みます」

昨日、自分に言ったのと同じ言葉を繰り返す。息子を頼む、よろしく頼むと女中風情に頭を下げる。

駅に着くと緑雨の父は「では」と一礼して改札口を抜けていく。その鶴のような後ろ姿が見えなくなるまで、改札前で見送った。

その日の夜更け、緑雨は怪我をして帰ってきた。外套が血でべったりと濡れていた。

七

玄関扉を開ける音が、いつになく荒っぽかった。そして緑雨の姿を見て仰天した。右手の先から血がぽたぽたとしたたり、三和土《たたき》を赤く染めている。

「どうしたのですか」

こわばった声で問うと、

「どうしたもこうしたも」

緑雨は険しい表情で外套を引き剥がすようにして脱ぐ。「これはもう駄目だな」とユキに渡す。

「捨てておけ」

厚手の布地の右袖部分が、ぱっくりと割れている。血を吸ってずしりと重い。右腕を怪我しているのだ。

「お医者さまを呼びます」

ユキが電話機をとろうとすると、「よせ」

鋭い声で制止される。

「こんな夜半に大ごとにしたくない」

緑雨は左手で右腕を押さえつつ台所へ向かう。流し台の水道の蛇口をひねり、冷水で血まみれの腕を洗う。まくり上げた軍服の上衣もシャツも血で汚れている。

「誰かに……斬られたのですか」

じゃーじゃーと水音が響くなか、ユキが尋ねると、

「見れば分かるだろう。まったく俺も人気者だな」

額に脂汗をにじませて緑雨は皮肉を飛ばしてくる。

「ご丁寧にも右腕をやられた。俺も焼きがまわったもんだ。こうも何度もやられるとはな」

陸軍省を出たところを二人組に襲われたという。かろうじて円タクを拾い、逃げてきたと。

水で傷口をきれいにすると、肩と肘の間の肉が裂けて筋肉の筋まで見えていた。やはり医者を呼んだ方がいいとユキは再三言うけれども、緑雨は頑《かたく》なに拒む。

「どうせ故障した腕だ。馬油でも塗るさ」

「そんなの効くわけがないでしょう！　かすり傷じゃないのよ」

思わず叱りつけるような口調が出てしまう。

「とにかく……医者は呼ばんぞ。いいから馬油を持ってこい」

ふらつきながらも緑雨は命じる。呆《あき》れてしまう。この男、なんて強情《ごうじょ》っぱりなのだろう。医者嫌いの子どもみたいだ。これは自然とふさがる程度の軽傷ではない。放っておいたら確実に膿《う》んでしまう。敗血症になるかもしれない。こうなったら……仕方がない。

「きて」

左腕を摑むと、女中部屋へずんずんと引っ張っていく。裁縫箱を開け、手持ちの針の中で一番短いものを選びレーヨン糸を通す。それから台所へ戻り、収納棚から焼酎の瓶を持ってくる。

「貴様……まさか縫い針で俺を縫おうという気じゃなかろうな」

「他にどうしろと？　お医者を呼ぶのは嫌なのでしょう」

そう言うと、緑雨はぐう、というふうに口をへの字にする。どんぶり鉢に注いだ焼酎に針と糸をしばし浸《つ》け、つまみ上げる。男のシャツを脱がせて隣に座り右腕をとる。じっとしているようにと告げて、皮膚に針をつぷっと刺す。

男はわずかに身じろぎするが、言われたとおりじっとしている。そのまま裁縫をする要領で手を動かす。落ち着いて、慌てずに……と自らに言い聞かせながら。

「手際がいいな。看護婦でもやっていたのか」

「前に助産所で働いていましたので……まあ、看護の真似ごとくらいはしてました」

「ああ、そうだったな。真似ごととはまた心強い」

緑雨は自由な方の左手で焼酎の瓶を摑むと、直《じか》に口をつける。

「全部は呑まないでくださいね。消毒用に残しておいてもらいませんと」

「わかっている」

それからは互いに無言になった。筋肉繊維は柘榴《ざくろ》みたいな色をしている。縫いとめた隙間から血がにじみ、その鮮やかな赤い色にくらくらしそうになるが、なんとかこらえて作業する。ひと針ひと針、丁寧に傷口をふさいでゆく。

端の方まで縫い終えると糸で玉をつくり、裁ちばさみでちょきんと切る。焼酎で濡らした布で患部を拭き清め、適当な白地の着物を切り裂いて包帯代わりに腕に巻きつける。

「ふう」

なんとか終わった。出血も止まった。全身が汗びっしょりだ。

「大したものだな。軍医そこのけではないか」

どんぶり鉢に残っている焼酎を緑雨は飲み干す。顔色が蒼白《そうはく》になっている。血が出すぎたのだろう。

「お部屋に布団を敷いてきます。待っててください」

ユキが立ち上がろうとすると、ぐいっと腕を引かれる。「いい」

男は言う。

「ここにいろ。座ってろ」

「でも」

「いいから、いろ」

緑雨はごろりと畳に横になる。左腕を曲げて枕にする。

「少し寝る。かまうな」

かまうなと言われても、ここは自分の部屋なのだ。ここで寝られては困るのだ。だけど緑雨は動こうとしない。仕方がないので座布団を二つ折りにして、男の頭の下にあてがう。

「寒くはないですか」

「平気だ」

そんなはずはないだろう。麻酔なしの縫合でだいぶ体力を使ったはずだし、なにより半裸の状態だ。せめて室内をあたためようと火鉢に炭を追加する。それと衣紋かけ《ハンガー》に吊るしてある長羽織を男にかける。

しばらくすると、緑雨は汗をかきはじめた。どうやら身体が回復しはじめたようだ。

ほう、と安堵のため息が口から洩れる。よかった。とりあえずはひと安心だ。明日の朝まで様子を見よう。それで状態が悪化していたら、首に縄をつけてでもお医者へ連れていこう。

広い額に浮かんだ汗を清潔な手拭いで拭いていく。男はじっと目を閉じて、動かない。眠ったのかもしれないとユキが思いかけると、不意に話しかけられる。

「親父は無事に帰ったか」

「はい。お帰りになる前にご挨拶がしたかったと……残念そうにおっしゃっていました」

緑雨は少し間を置いて、

「親父がきたのが今日でなくて、よかった」

「そうですね」

その言葉にユキも同意する。緑雨のためではなく、緑雨の父のために同意する。自分の息子が闇討ちされるような人間であることを、緑雨の父が知らないですんでよかった……と。

「『昨日は楽しかった』とも、おっしゃってました」

「そうか」

沈黙が流れる。火鉢の火がしゅうしゅうと熾る音だけが聞こえる。目をつむる男の頬に、赤みが少しずつ戻ってくる。その目がゆっくり開かれて、見下ろしている女を見上げる。

「昨日の夜、茶の間の外の廊下で、俺と親父の話を盗み聞きしていたろう」

思わぬ指摘に意表を突かれる。

「え、あ……あの……そんな」

手拭いを握りしめて口ごもる。

「……気づいていたのですか」

「俺が貴様の気配に気づかんと思うか」

緑雨はじろりとユキをにらむが、声に怒りの色らしきものはなかった。それよりも強い疲労がにじんでいた。寝返りを打たせて、首すじや背中の汗も拭いていく。堅い肌に汗が玉になって浮かんでくる。

「まあ、説教もされたことだし、三月の彼岸には実家に顔を出さんとな」

独白めいた口ぶりで緑雨はつぶやく。

「初彼岸……なのですか」

おそるおそる尋ねると「親父のな」という返事がくる。血縁上の父親が去年の夏に死んだのだ、と。「昨日やってきたのは俺の養い親でな」

「そうでしたか」

「なんだ、驚かんのか」と言われ、実は緑雨の父からすでに教えてもらったと答えると、

「親父め」

緑雨は苦笑いを浮かべる。

「そんな内々のことまで話すとは、さては貴様を気に入ったとみえる」

火鉢の炭が小さくはぜる。居間の方で壁時計がぼーん、とひとつ鳴る音が聞こえる。午前一時だ。「あの」

膝の上で手拭いをいじりながらユキは言う。

「お父さまが亡くなられて……ご愁傷さまです」

なぜこの男にお悔やみの言葉なんてかけるのか、自分でも分からなかった。きっと話の接ぎ穂に困ったからだ。男が怪我をして、珍しく弱った様を見せているからだ。

すると緑雨は無造作に言う。

「なに。とっくの昔に縁を切った相手だ。むしろ、くたばってせいせいしたくらいだ」

「な──」

あまりといえばあまりな言葉に絶句する。それが実の親に対する言いぐさだろうか。わたしなんて家族はみんな死んじゃったんだから。たったひとり残った兄さんは、あんたが殺したんだから。

そう言ってやりたくなった。ついさっき縫いあわせたばかりの傷口に指を突っ込んで、ぐしゃぐしゃに掻きまわしてやりたくなった。

「殺したそうな目つきになってきたな」

緑雨が顔をこちら側に傾けて、にやりという感じの笑みを向ける。

「貴様は俺を殺したそうになると、黒目が濃く、深い色になるぞ。知っていたか」

顔から汗を流し、挑発するように言う。

「貴様の兄貴も貴様みたいに血の気の多い気性だったのか？　まあ、単身で襲撃をかけにくるくらいだからな。さぞや後先のことなど考えない、剽悍《ひょうかん》な男だったのだろうな」

「いいえ」

きっぱりと、ちがうと断言する。兄は自分とちがって穏やかで思慮深くてやさしい人だった、と。懸命に勉強して士官になって、東京でひとりで自由に生きていくこともできたのに、わざわざ妹の自分を田舎から呼び寄せてくれた。一緒に暮らそうと言ってくれた。大好きな兄だった。尊敬していた。

「兄のことをなにも知らないくせに……そんな言い方しないでください」

語るうちに、目に涙が盛り上がってきた。この男の前で涙を見せるのは嫌だった。兄を思って泣く顔を見られたくなかった。

顔をそむけようとすると長い指が伸びてきて、目尻を押さえられる。まつ毛に溜《た》まった涙の玉を掬《すく》いとられる。それは意外なほどやわらかな仕草だった。

「うらやましいな」

男は言う。

「肉親の死に、泣ける貴様がうらやましい」

低い、静かな声だった。うらやましいという言葉に、かすかなさびしさが含まれているようにも聞こえた。いや、気のせいかもしれない。

「俺は父親の死の知らせを受けても、まるで泣けなかった。ちっとも悲しくなかった」

「あなたは心が死んでるのよ」

鼻をぐすん、とすすりながら言ってやると、

「は、そうかもな」

男は酷薄な調子を取り戻して笑う。再び目を閉じて、呼吸が次第になだらかになっていく。疲れに負けたのか、今度こそ寝入ったようだ。肩にふれても反応しない。

この男の寝顔を見るのは初めてだった。

汗でもつれた髪に、血が玉になってくっついている。目、鼻、唇の位置が整っていて、起きているときは男性的に感じられていた容貌が、こうして見ると中性的な印象すら受ける。寝息はほとんど聞こえない。長羽織の下の胸が小さく上下して、深く眠っていること

を伝えてくる。

心臓が、どくどくしてくる。

今ならたぶん、大丈夫ではないかという考えが、自分のなかにふつふつと生じてくる。たぶん……今ならたぶん、この男を殺せる。

火鉢の炉に挿し込んである鉄の箸を手にして、逆向きに持つ。男の喉もとをじっと見る。ここが人体の急所であると教えてくれたのはこの男自身だ。首の脈を切断したら、どんな人間でも確実に死ぬと。

ごくりと唾を飲む。冷たい汗が背すじを流れる。男は自分の殺気に気づかず、すやすやと眠っている。やれる。今ならやれる。こんな好機《チャンス》は二度とない。今この瞬間《タイミング》を逃したら、次はもうないかもしれない。

やれ。

頭の奥から声が聞こえる。兄の声か、自分の声か。その命令に従って火箸を握る指に力を込める。口のなかが渇いてくる。息を吸って、吐いて、右腕を上に掲げる。男の首すじへ狙いを定める。力いっぱい、思いっきり振り下ろすだけでいい。それで終わる。すべてが終わる。さあ。やれ。

「つく……」

手が動かなかった。火箸を摑んだまま全身が硬直して、びくとも動かなかった。まるで金縛りにあってしまったかのようだ。

やれ、やれ、と命令の声がこだまする。頭ががんがんしてきて、きいんと耳鳴りがする。たまらず畳に両手をついて、うずくまる。

「うぅ」

内側から肋骨を殴られたみたいに、胸が痛い。昼間、改札前で見送った緑雨の父の後ろ姿がまぶたから離れない。息子をよろしく頼む、と繰り返し言われた。あんな言葉、聞きたくなかった。言ってほしくなかった。

馬油を塗った手の甲をごしごしとこする。さっきは傷の手当てなんてしなければよかった。この男の弱った顔なんて見たくなかった。身の上話なんて知りたくなかった。知ることで、男に深入りしたくなかった。

緑雨が実父を亡くしたことも、その死をちっとも悲しめなかったことも、そのくせさびしさを含んだ声で「うらやましい」とぽつりと洩らしたことも。

そんなのわたしには関係ない。おまえはわたしの兄を殺した。それだけだ。それだけ。なのに——。

「う……っ」

涙があふれてくる。手で口を押さえ、声を殺して嗚咽《おえつ》する。男を起こさないように、自分が泣いているのを気づかれないように。音を出さずに静かに、涙も鼻水も呑み込んで泣く。

どうして自分は泣いているのだろう。どうしてこの男を殺せないのだろう。あれほど殺したいと思っていたのに。

眠らないはずの将校が眠っている。自分のすぐそばで無防備に、安らかに。その傍らで身をこごめて泣きながら、口がひとりでに「ごめんなさい」とつぶやいている。

誰に対して謝ってるのか、なんのために謝ってるのか、自分でも分からなかった。

八

長い一日だった。朝早くから登庁して、いろいろなことが起きた日だった。ただでさえ昨夜は上京してきた父親につきあって深酒したのだ。このところの激務に加えて二日酔いが重なり、体調が万全でなかったのは否めない。

朝一で対面した、あの慇懃《いんぎん》な実業家にまで「お疲れのようですね」などと言われてしまった。

長谷川から軍の情報を買いとっていた人物は特定できた。大正成金《なりきん》の生き残りで、政財界の周辺をうろちょろしている株屋だ。どこまで陸軍の内情を把握しているのか、なんのために大金を使ってまで皇道派と統制派の対立関係を調べているのか。それを訊きだすために三宅坂へ呼びつけた。

普通、一般人が軍部の呼び出しを受けたら震えあがるものである。だが男は終始平然としていた。尋問室で机を挟んで緑雨と向かいあいながら、情報を買収していた素振りなどおくびにも出さなかった。

年齢は四十代の半ばほどで、出雲と同年くらいだろうか。しかしオヤジ殿よりもはるかにみごとな男っぷりだ。緑雨とさほど変わらない長身に、したたかそうな男前。ポマードで固めた髪を後ろに撫でつけている。

日比谷公園で見かけたときと同様に、外套も背広もネクタイも黒、今どき珍しい高襟《ハイカラー》のシャツは白という組み合わせで、これから葬式にでも向かいそうな服装だった。

そして最も大きな特徴は、左目が潰れていたことだ。左まぶたの上に古い傷が、おそらくは刀傷が走っている。それが男に異様な迫力を与えていた。緑雨の質問にも片目の男は涼しい顔で受け答えした。

長谷川少佐とは友人で、ときどき会っては世間話をしていた仲だった。友人のよしみで金を貸したこともあったが、ただそれだけだ、と。

長谷川が自死したことを伝えると、「そのようですね」と片目の男は首を横に振る。

「若い方が亡くなるのは、まったくもって痛ましいことです。悩みでもあったのでしょうか。力になることができず残念です」

いけしゃあしゃあとそう言った。しらを切りとおしている以上、なまじ政財界にも通じている人物なだけに、これ以上の追及もできない。長谷川はこいつに関して黙秘を貫いたまま死んだ。なのでやむなく尋問を終了する。

男が部屋を立ち去る間際、緑雨は声をかける。

「貴殿には長谷川の他にもまだ、陸軍内に〝友人〟はおられるのですか？」

友人という部分に、やや力を込めて訊く。けん制する意味あいを以《もっ》て。男はひとつしかない目を細め、魅力的といってもいいような微笑を見せる。

「私には友人など、ほとんどおりませんよ。特に長谷川少佐のような得難い友は」

含んだようなもの言いが癪《しゃく》にさわった。虫の好かない男であった。

その後は局内会議や打ち合わせ、部下から上がってくる報告の取りまとめなどに追われた。

相沢事件の裁判が、今月末からはじまる。皇道派の青年将校たちは被告である相沢中佐を無罪にすべく弁護団を結成した。調べによると石原大佐が特別弁護人を引き受けるとのことだ。皇道派と統制派のどちらにも属さない、あの大佐らしい。

向こうの裁判対策の動向も探るため、部下らに新たな指示を出す。班内の予定《スケジュール》を調整する。そうこうするうち日が暮れていく。明日までに提出しなければならない書類を片づけていると、いつしか夜になっていた。

執務室には自分しか残っていない。がらんとした空間に、スチームのしゅんしゅんという音が響く。そろそろ暖房が切れる時刻だ。

机上の書類や報告書を引き出しの中に仕舞い込み、新しくつけ替えた鍵をかける。一番下の袖箱にウィスキーの瓶があった。ほんの少し中身が残っている。

長谷川を尋問した日、つまり長谷川が死んだ日に、すべての始末をつけたあとでこの瓶の酒をあおった。呑まずにはいられなかった。

まさか取り調べをしている最中に、死なれるとは思わなかった。あいつがそんな極端な選択をするとは想像だにしなかった。

軍法会議にかけられて、軍刑務所でせいぜいがとこ三、四年。仮に余罪があったとしてもそれほど重い処罰にはならない。むろん陸軍からは追放処分となるが、だからといって死んで詫びるほどでもない。

だからまさか、ほんのいっとき目を離した隙に毒を呑むなんて思わなかった。

いや、それは言い訳だ。連行する際にあいつの衣服をきちんと調べるべきだった。そうしていたら、シャツの袖口に仕込まれた砒素《ひそ》のカプセルにも気づけた。自死するのを防げた。それもこれも自分の甘さが招いたことだ。

長谷川の一件で自分の評価は上がり、評判は下がった。迅速に〝ねずみ〟を見つけだしたことでオヤジ殿には褒められ、一方、内通者《ねずみ》とはいえ同期の友人を死なせたことにより、周囲から向けられる視線はいっそう冷ややかになった。長谷川少佐は自死ではなく「統制派の始末屋」に殺されたのではないかという噂まで、まことしやかに流れている。

似たようなものだった。たしかに自分があいつを死なせたようなものだ。

もしも長谷川の背信行為に気づかぬふりをしていれば。あるいは厳重に警告し、自分の胸ひとつに収めてさえいたら、あいつはきっと死ななかったろうに……。そんな思いが消えない。

しかし自分は軍人だ。たとえ友人だろうと身内だろうと、軍に背く者を見逃すわけにはいかない。もし時間を巻き戻せたとしても、やはり自分はあいつを捕える。それが俺の仕事だ。役割だ。

だが——何度そう言い聞かせても、目の前で蒼黒く変色していく長谷川の今際《いまわ》の顔が頭から離れない。

ふう、とため息をつき、残りのウィスキーを飲み干す。たぶん自分は疲れているのだ。身体以上に精神が疲労困憊《ひろうこんぱい》している。昨夜はそれでもなんとか親父をもてなせたとは思うのだが。

スチームの音が断たれ、室内の温度が急に冷えてくる。夕食抜きで残業していたので、空っぽの胃にアルコールが沁《し》みた。

執務室の真横にある部屋へ自然と視線が向かう。局長室だ。扉に光沢があるのは、あの事件以降、新しいものに替えられたからだ。

五ヶ月前、あの扉の向こう側で局長は斬殺された。もしも自分があの場にいたらと思わない日は、この五ヶ月で一日もない。毎日考えている。毎日後悔している。今後もそうだろう。生きてる限り自分は一生、あの日のことを悔やみ続けるのだ。

長谷川の件といい、局長のことといい、〝もしも〟という思いばかりが重なっていく。

「……帰るか」

瓶が空になり、ふらりと椅子から立ち上がる。いつものように裏門を出て、車が拾えるところまで坂を下りていく。月が不気味なくらいに蒼白《あおじろ》い。そしてしんと静まり返っている。吐く息が白く変わる。

こつこつと軍靴を響かせて歩くうち、背後から誰かがついてくるのを感じとる。ひとり……いや、ふたりだ。足音から自分と同じく軍人であるのが分かった。建物から出てくるのを待ち伏せされていたのか。さて、どうするか。

その場ですっとしゃがみ込み、靴紐《くつひも》を直すふりをする。その体勢から勢いよく坂を駆け下りる。すかさず背後の男たちも追ってくる。あいにく今日はブローニング・オートを携帯していない。加えて追手はふたりである。ここはやりあうより逃げた方が無難だ。

「とまれえ！」

怒鳴り声と共に何かが飛んできて、後頭部を直撃する。石だ。思わずバランスを崩し、そこへ追跡者が突進してくる。とっさに相手の襟を掴むと足と腰を一気に払い上げる。受け身を取る間も与えずに、渾身《こんしん》の力を込めて路面に叩きつける。

次の瞬間、右腕に熱い衝撃を受ける。憶えのある衝撃だった。もうひとりの男からサーベルで斬りつけられたのだ。

「討奸《とうかん》！」

叫びながら再び刀を振り上げるそいつの腹を、思いきり蹴りつける。靴裏に肋骨を折る感触がした。「ぐうっ」向こうが地面に倒れ込む。男たちのマントの裏は夜目にも鮮明な緋色だった。そこへ、ヘッドライトを光らせて円タクが走ってくる。

一瞬考え、ここは退く。陸省近くで騒動を起こしたら、始末屋がまたやったと陰口を叩かれかねない。車をつかまえて後部座席に身を沈める。

「だしてくれ」

運転手に行き先を告げ、しばらくしてから右腕が濡れているのに気がついた。頭の後ろもだ。少し遅れて痛みも感じだす。

「はは」

乾いた笑いが口をつたう。襲撃をかけられるのはこれで二度目だ。俺もずいぶん大物になったものだ、と。

マントの裏地から察するに、さっきのやつらは近衛連隊だ。皇道派の急進どもの集団だ。少し前に偕行社の酒保で絡んできた若手将校も近衛の近歩三だった。これは偶然か、それとも……。

まあいい。あの者たちは後日、焙《あぶ》りだしてやる。退役にでも追い込んでやろう。

「今夜は冷えますねえ」

愛想よく話しかけてくる運転手に「そうだな」と答える。

帰宅するなり緊張が解け、不覚にもあの野良猫に介抱される流れとなった。意外なほど血に動じず、看護の心得もあり、麻酔なしで傷口を縫ってのける度胸にはおそれ入った。手当てが終わると急に眠気が押し寄せた。腕の痛みが薄らいで、焼酎の酔いもあった。なにより部屋があたたかく、身体にかけられた長羽織はいい匂いがした。この娘の肌の匂いだ。みずみずしく清潔な、夜毎《よごと》慣れ親しむようになった匂い。その匂いを吸いながら、いつしか眠りに落ちていた。

夢を見ていた。あの事件が起きた日の、去年の八月十二日の夢だ。今日とは対照的に暑く、今日のように長い日だった。

あの当時、皇道派と統制派の緊張感は頂点に達しつつあり、省内にはぴりぴりとした空気が始終流れていた。自分は永田局長の身辺警護を任されていた。郷里が同じ信州である誼《よしみ》みもあってか、若輩者にも拘わらず局長には何かと引き立てていただいた。

その日は月曜日だった。まだ課員の姿もまばらな朝、局長は定刻よりも少々早く登庁した。ワイヤ眼鏡にこざっぱりとした短髪、薄い口髭《くちひげ》、知的なまなざし。陸軍少将というより大学教授という方がよほど似つかわしい風貌の方だ。局長は週末、妻子とともに海辺の避暑地で骨休めをしてきたそうだ。

「たまには家族サービスもしてやらんと、女房殿のご機嫌が悪くなるからな」

そんな軽口もたたく方だった。局長室でその日の予定を確認している最中に、「顔色が優れんぞ。何かあったか？」と鋭くも見抜かれた。何もないと答えたものの、眼鏡の奥の知性そのものといった視線をじっと向けられ、白状した。その日の明け方、実家から電話がきたことを。現在は養父となった伯父からで、実父が危篤だと告げられたのだった。

長年の不摂生がたたり少し前から寝ついていたとは聞いてたが、いよいよ危ないらしい。医者がいうには、もってあと一日二日。すぐに帰ってくるよう言われたが、断った。

今は省内を離れるわけにはいかない。第一、自分と父はすでに親子の縁を断ち切った仲だ。もう十何年もやりとりしていない。危篤だからといって今さら顔をあわせるつもりはない、と。

そういったことをかいつまんで申し上げた。局長は静かな表情を崩さずに「帰ってやれ」と言った。東京駅まで軍の車を使うがいい、とも。

「今すぐ父親のもとへいってやれ。これは上官命令だ」

「ですが、おそばを離れるわけには……」

口ごもる自分に、「俺は十一のときに親父に死なれた」と局長は言葉を重ねる。

「小学校を走って帰ってきて、かろうじて親父の臨終に間に合った。親の死に目に会わんと一生後悔するぞ」

淡々とした口ぶりに情味があった。

今にして思えば、その厚意に甘えてはいけなかった。あくまでも突っぱねて、それで局長の機嫌を損なうことになったとしても、職務を全うすべきだった。あの方から離れてはならなかった。

なのに自分はそうしなかった。軍用車で駅へ向かい、折よく出発しようとしている信州いきの列車にすべり込んだ。空いている四人がけの窓側の席に身をあずけ、窓を開けると夏の風が吹き込んできた。

養父の電話によると、実父は寝込む寸前まで〝活動〟をしていたらしい。政府や財閥批判のビラを刷り、集会を開き、困窮している同志たちを援助し、挙句に自分が病軀《びょうく》になったというわけだ。

ご苦労なことだった。相も変わらず赤色分子だ。もう五十過ぎだというのに昔とちっとも変わっていない。青くさく理想家の活動家。家族を顧みずに共産主義にのめり込み、人生を棒に振った男。それが自分の父親だった。

元教師であった父親は、学はあったが生活能力はなかった。あらゆる人間の幸福を熱心に説いていたが、一番身近にいる者たちには苦労を強いた。亡くなった母、父が逮捕・勾留されるたび、その後始末に追われた伯父と伯母。そして息子である自分。

少年時代は何かにつけて周囲から「アカの息子」と指さされ、白い目で見られ、きつい思いをした記憶ばかりが残っている。父親にどこかへ連れていってもらったことも、家族で旅行をしたこともない。

信念で腹はふくれない。主義主張で世の中は変えられない。父を見てつくづくとそう思い、自分は食いはぐれのない軍人の道を歩もうと決めた。その意味では父の生き方から、かなり影響を受けてはいる。こうありたくない反面教師として。

だが、危険思想の持ち主が身内にいると士官学校には合格できない。軍人を志す甥の意を汲んでくれた伯父夫婦が父を説得し、自分を養子縁組してくれた。それが十六歳のときのことだ。

自分は軍人になるために親との縁を切った。父は引きとめなかった。息子の選択に怒りもしなければ、悲しむこともなかった。荷物をまとめて生家を出ていく際も、父はいつものように党の機関紙に掲載する原稿を書いていた。

父とはそれっきりだった。もう十四年間、連絡をとっていない。ときおり伯父が様子を知らせてくれることもあったが、こちらから便りも出さなければ向こうからくることもない。完全に縁の切れた状態だ。もはや他人に等しい。

なのに今さら会いにいって、いったいどうするつもりなのか。父親の死に目に息せき切って駆けつけて、涙の対面でもしたいというのか、俺は。新劇か。

そんなことを考えながら列車にゆられていった。次第に気が急《せ》いた。

信越線から在来線に乗り換えること数時間。地元の駅に到着したのは、もう夕暮れにな
ろうという頃合いだった。駅前の喫茶店で電話を拝借し、伯父宅の番号をかける。交換手
につなげてもらうや、

「おまえ無事だったのか。よかった。心配したぞ」

興奮したような伯父の声が飛び込んでくる。

「よかった、よかった。おまえがなんともなくて、ああよかった」

よかったとはどういうことだろう。だがそれよりもまず、訊くべきことを口にする。

「父の容態はどうですか」

そう尋ねる自分の声に、伯父の声が重なる。

「ラジオのニュースでずっと言うとったな。今朝、陸軍省で恐ろしい事件が起きたと」

すっと、嫌な予感が背中を走った。受話器を持ちつつ、そばの新聞入れに挿してある夕
刊を手にとる。一面にでかでかとした文字で、こう記されていた。

『永田陸軍軍務局長　白昼の省内で斬殺さる』

見出しの横にはつい数時間前、自分を送りだしてくれた人物の写真が掲載されていた。

眼鏡に短髪、口髭、大学教授然とした知的な面ざし。ザラ紙に粗く印刷された局長が、自分を見つめていた。ぐらりと目眩《めまい》がする。

「ところでおまえ今、どこにいるんだい。うちか？　それとも陸省か？」

伯父の声が急に遠ざかって聞こえてくる。

「そうだ、おまえの父さんなんだがな……昼過ぎに亡くなったのだ。残念だ。これから通夜の準備にとりかかるところでな。どうだ、今からでも帰ってきては……」


それからのことは断片的にしか憶えていない。

電話を切ると駅へ戻って東京いきの夜行に飛び乗り、蒸し暑い車内でまんじりともせず夜を過ごした。何も食べず一睡もできなかった。

夕刊の記事によると、局長を手にかけたのは皇道派の現役中佐、相沢三郎とあった。たしか先月、局長室へ予約もなしに面談にやってきた男だった。部屋の前に控える自分をじろりと見やり、思いつめたような眼光が印象に残っていた。そのときはおとなしく帰っていったが、まさか再びやってくるとは。

犯行時刻は十二日の午前九時四十分頃。自分が省を出てから三十分ほどのちのことだ。あと三十分、省内に留まってさえいたら――。

自分はいったい何をしているのか。職務を放擲《ほうてき》したうえに、親の死に目にも間に合わなかった。いや、親父の死などどうでもいい。局長をお守りできなかった。局長を死なせてしまった。自らの不甲斐なさに身が灼かれそうになった。

東京駅に到着したのは翌十三日の早朝だ。その足で陸省へ直行すると、すべてが終わったあとだった。局長室には血の匂いが充満し、床に敷かれていた絨毯《じゅうたん》は撤去されていた。局員たちの視線が矢のように刺さった。当然だ。

命に代えてもお守りすべき局長のそばを離れて貴様は何をやっていたのか——。面と向かってなじる者こそいなかったが、視線のひとつひとつがそう語っていた。罷免を覚悟した。辞職願いも用意した。

数日後、局長の葬儀が終わった晩、出雲の自宅に招かれた。精進あげに一杯やらんか、と。出雲は老母と二人暮らしだった。妻帯せずにこの年まで職務に身を捧《ささ》げてやってきた。

客間で差し向かいになって酒を呑み、折りを見て緑雨が辞職願いを差し出すと、出雲は受けとった。そして目の前で封を引き裂いた。

「辞めるのは許さん」

冷や酒をぐびりとあおり、力強くそう言い放つ。

「いいか。局長を亡き者にした今、皇道派の連中は必ずや巻き返しをしにくる。それを阻止するのが俺たちの仕事だ。いいや、使命だ」

腹に響く声音でオヤジ殿は語る。

「局長のご遺志を継いで皇道派を叩き潰すのだ。そのためなら俺は何でもするぞ。だが、ひとりでは無理だ。力を貸してくれ、緑雨。貴様が必要なのだ」

自分を下の名前で呼びかけて、厚い唇に笑みをのせている。滋味のある微笑だった。許されない失態を犯した部下を微塵も責めてこない。それだけに、かえっていたたまれない気分になった。

「貴様も父親を亡くしたそうではないか。悪いときに悪いことが重なったのだ。仕方がない」

こちらのコップになみなみと酒を注いで言う。その口ぶりから察するに、出雲はあの日についての事情を知っているものと思われた。

「局長と貴様のご尊父を弔って、呑むぞ」

その晩は深酒をした。客間の戸をかしかしと引っ掻く音が聞こえてきて、戸を引くと、ぬいぐるみみたいな犬が飛び込んできた。白地に黒が混ざった毛の長い犬で、抱き上げた出雲の顔をぺろぺろと舐めまわす。

「おうおう、おまえも混ざりたいか。そうかそうか」

出雲は料理皿から竹輪煮をつまんで犬に与える。狆《ちん》という種類だそうだ。くりくりした丸っこい目が、どことなく飼い主と似ている。

「貴様、犬は好きか」

その質問に、好きでも嫌いでもないと緑雨は答える。そもそも動物を飼ったことはこれまで一度もない。

「犬はいいぞ」出雲は言う。

「忠犬ハチ公を知っとるだろう。飼い主の帰りをひたすら待って、心の底から忠義を尽くす。ほんとに健気《けなげ》な生きものだ。こんなちんころだってな、いざとなれば敵の喉笛に喰《く》いつくのだ。犬はいいぞ」

オヤジ殿はそう語り、はあはあと舌を出す愛犬の頭を撫でる。

ひどい夏だった。いや、ひどい一年だった。

永田局長と実父が同じ日に命を落とし、秋には襲撃をかけられて生まれて初めて人を殺した。その代償として自身の利き腕も損なわれ、軍人として死んだも同然の身となった。年の暮れには、たったひとりの友人も死なせた。

自分の周囲で次々に人が死んでいく。そして今日、再び命を狙われた。

死がどんどん間近に迫ってくる。三宅坂もまた戦場だ。軍人同士で共喰いのような争いを繰り広げ、自分はいったい何と戦っているのか、なんのために戦っているのか、ともすれば分からなくなりそうだった。

「ごめんなさい」

どこからか声が聞こえてくる。自分の独白だろうか。心の声があふれてきたのか。やわらかで悲しい声音。耳に心地いい響きの声だ。

短い眠りから目を覚ますと、すぐそばで女がうずくまり、眠り込んでいる。長いまつ毛から涙がこぼれ、まだあどけなさの残る顔を濡らしている。

「ごめんなさい……ごめんなさい」

小さく開いた朱唇がその言葉を繰り返す。眠りながら、泣きながら、誰かに謝っている。おい、と声をかけようとするが、やめておく。よく眠っているので起こすのも気が引けた。上掛け代わりに覆われていた羽織をかぶせてやると、「ん……」と女が胸もとに顔をすり寄せてくる。つぶやく。

「おにいちゃん」

途端、右腕がずきりと痛む。いやちがう。腕よりもっと奥の方が、心臓がずきずきする。

九

窓の外で雀《すずめ》がちゅんちゅん鳴いている。朝の音だ。起きろ、起きろという音だ。分かりました。今、起きます。ユキは心のなかで返事する。

「う〜ん」

むにゃむにゃと唸《うな》って横にあるあたたかいものに抱きつく。湯たんぽみたいにぽかぽかしている。

(あれ……昨日、寝る前に湯たんぽの用意をしたっけ……?)

寝ぼけ眼を開けると、真横に緑雨の顔があった。

「わあっ」

眠けが一気に吹き飛んだ。

(な……なんで……どうしてなんで一緒に寝てるの! しかもここ、わたしの部屋!)

「耳もとで叫ぶな。鼓膜が破れる」

緑雨は不機嫌そうにぼそりと言う。右腕に巻かれている白い布を見て、そうだった、と昨夜のことを思い出す。この男の怪我の手当てをしたあと、そのまま寝入ってしまったのだ。

「お……おはようございます」

「ああ」

腕は痛くないですか、とユキが尋ねると「痛まん」と緑雨は答える。即答するあたりがどうも嘘くさい。男はむくりと起き上がり、立ち上がろうとするが、たちまちよろける。

「あ」

とっさに裸の背中を支え、その体温の高さに驚く。男の額に手のひらを当てると、明らかに熱がある。

「お医者さまを呼びましょう」

「いい。シャツと軍服を持ってこい。出勤する」

「駄目です」

きっぱりと言うユキに、緑雨は少しばかり圧されたように眉をひそめる。

「いま動いたら、せっかく縫った傷がまた開いちゃいます。今日はお休みしてください」

「貴様……俺に命令するつもりか」

男はにらみつけてくるが、引くものか、とじっと見返す。今日の緑雨はそれほど怖くない。熱で目がとろんとしていて、普段の半分ほどしか迫力がなかった。

「そんな身体で無理して出かけても、職場の皆さんに迷惑をかけるだけですよ。お医者を呼ばないと言い張るのなら、今日は一日おとなしく寝ていてください」

そう言ってのけると、男は渋々ながらも受け入れる。なんだかんだでこちらの言うことを聞くなんて、やはり弱っているのだった。

さっそく床の間へ布団を敷きにいこうとすると、その前に風呂へ入る、と男は言い出す。

「血と汗と焼酎の匂いで全身がべたべただ」

「濡らした手拭いでお拭きしますが」と言うけれど、緑雨はこれには譲らない。

熱はあるし、怪我しているしで、正直なところ入浴は控えてほしかった。だが、ここでまた「駄目です」と言ったら、機嫌を損ねるかもしれない。そうなったら面倒だ。なので、ぬるめに焚くことにする。

右腕を湯に入れないようにと注意して、着替えを抱えて脱衣所までついていく。

「おひとりで大丈夫ですか」

「貴様、三助でもしようというのか」

憎まれ口をたたきながら緑雨は服を脱ごうとする。が、動作がどうも危なっかしい。風呂場で転びやしないだろうか。

何かあったら呼んでくださいと申しおき、ユキは台所へいく。昨夜のうち釜の水に浸しておいた米を炊き、おひつに移してから風呂場の様子を見にいくと、曇りガラス戸越しに声をかけられる。

「ど、どうされました」

脱衣所から応じると、入ってくるようにと言われる。若干、躊躇《ちゅうちょ》する。躊躇する自分に困惑する。

この男の裸など見慣れているはずなのに、何を今さらわたしは……と。

「失礼します」

なんでもないような顔をして戸を開けると、湯気が、もわっとまといつく。緑雨は湯船に浸かった状態で、後ろ頭をこちら側に向けていた。髪を洗いたいのだが手伝ってほしいと言われる。

「分かりました」

浴槽の端に腰をかけ、手桶《ておけ》で湯を掬い、男の頭にかける。濡れた髪の間に指を通して頭皮の脂を落とす。後頭部にたんこぶができている。

「ここ、どうしましたか」

指先でそうっとさわると、緑雨はこともなげに言う。

「襲撃者どもに石を投げつけられた」

唖然《あぜん》としてしまう。斬られたうえに石まで投げられるなんて。

「そうとう……憎まれてるんですね」

「まあな」

石鹸《せっけん》を泡だてて、こぶの部分を避けて洗っていく。額の生え際や耳の後ろも丁寧に。赤ん坊を沐浴《もくよく》させる要領で。

緑雨の髪は案外とやわらかだった。水を吸って焦げ茶色の髪の毛が黒みを増していく。窓から朝の光が入り込み、浴槽の湯にきらきらと反射する。

「冷めないうちに貴様も入ったらいい」

「はい……あとでいただきます」

そんな会話を交わしつつ洗髪を終える。泡を落とすため、仰向けにした男の頭を片手で支えて、手桶で湯をかけ流す。緑雨は快さそうに目を閉じている。

「昨夜はなぜ俺を助けた?」

唐突にそう訊かれ、髪を洗い流す手がぴたりと止まる。緑雨は目をつむったまま、静かな口調で続ける。

「俺は今朝、死んでいてもおかしくないと思っていた。寝てる間《ま》に貴様に殺られているかもしれないと、半ば本気で思った。なぜ俺を殺さなかった?」

「それは……その」

口ごもる。なぜこの男を殺さなかったのか。それは自分でも謎だった。昨夜はたしかに殺そうとしかけたのだ。だけど寸前で思いとどまった。いや、殺すことができなかった。どうしてそんな気持ちになったのか、自分でも分からない。自分でも分からないものを、どうして説明できるだろう。

男はゆっくり目を開き、こちらを見上げてくる。

「なぜだ。答えろ」

頭に添えられている女の手首を摑む。そのままぐっと引き寄せる。顔が接近する。逆向きになって見つめあう。

「そ……それは……」

「それは？　なんだ」

低い声が唇に当たる。ふれるかふれないか、くらいにまで口と口が近づき、接する寸前まできたとき、

「おはようございまーす。炭をお持ちしましたー」

元気のいい声が玄関から聞こえてくる。出入りの炭屋だ。

「は、はーい！」

弾かれたように浴槽からぴょこんと腰を浮かす。

「た、ただいま参りまーす！　少々お待ちくださーい」

浴室から出ていきかけて、そこでくるりと振り返る。

「あとはご自分でなさってください。お風呂から上がったら右腕の布を取り替えますので、絶対に傷口をいじりませんよう。それと、職場にちゃんと欠勤のお電話をしてくださいね」

早口でまくしたてると浴室を出る。

（あ……あぶなかった）

胸を押さえて、大きく息を吐く。炭屋の声がしなかったら、あのまま接吻してしまっていたかもしれない。危なかった。間一髪だった。

（あ）

洗面台の鏡に映っている自分と目があう。顔が、耳まで朱色に染まっている。湯あたりのせいだ。自分にそう言い聞かせる。そうでなければなんなのだ、と。

玄関の方へいくと、顔なじみになった炭屋から炭のおまけに猫柳の枝をもらった。早咲きの花を撫でると、猫の尻尾のようにふわふわした。

「猫柳か」
一輪挿しに活けた花を床の間へ持っていくと、緑雨はおとなしく布団のなかに入ってい
た。腕の傷はさいわい化膿《かのう》もしていなく、素人縫合にしては上出来ではないだろうか。患
部に馬油をつけて新しい布を巻き、頭のこぶにも馬油を塗っておいた。
「今、お食事をお運びします」
朝食は片手でも食べられるようにと、おにぎりにした。炊きたてのごはんに水と手塩を
つけて、俵型のおにぎりを大皿に山盛りにこしらえた。仕上げに黒胡麻をぱらりとふりか
け、ざくざく切った野沢菜漬けを添える。
だいぶん空腹だったのだろう。布団から身を起こした緑雨は黙々と、旺盛な食欲を発揮
してたいらげていく。みごとな食べっぷりだ。ついほれぼれと眺めていると、男がこちら
をちらりと見やる。
「貴様も食え」
「い、いいえ。けっこうです」
慌てて首を横に振る。また人をじっと見てしまう悪い癖がでた。女中は台所で食事をと
るものときまっている。主人が食事をすませるまで食べてはいけないのだ。だけど緑雨は
こうも言う。

「俺ひとりでは食いきれん。手伝え」

「は……はい。それでは」

皿へ遠慮がちに手を伸ばし、おにぎりをかじる。うん、我ながらよく握れていると思う。固すぎず、ゆるすぎず、口のなかで米がほろりと崩れる。

食べはじめたら急にお腹が空いてきて、もっしもっしと頬ばってゆく。緑雨も負けじとばかりに食べる。まるで競争するみたいにどちらともしばしの間、食べることに集中する。

「やはり米のメシは力が出るな」

緑雨がぽつりとつぶやく。妙な感じだ。この男と同じ空間で同じものを食べているというのが、なんだかふしぎに感じられた。

おにぎりを持つ右の手に、つと男の視線が当てられる。

「よくなったようだな」

「あ、はい。おかげさまで……」

米を呑み込み、ごにょごにょと答える。右手の甲の火ぶくれは、馬油のおかげできれいに消えていた。

「女の手だからな。痕が残ったら困るだろう」

感情をのせない声音で男は言う。ユキは正座したまま背すじを伸ばし、寝間着姿の男を見る。静かに口を開く。

「先ほどのご質問への答えですが」

昨夜はどうして緑雨を助けたのか。殺さなかったのか。

台所でおにぎりを握りながら、それについて考えた。考えれば考えるほど、気分が落ち着かなくなった。こんなに妙な心持ちになるのは初めてだった。

もう少し前の自分ならば、きっと、ためらうことなく緑雨を殺していただろう。でも、今の自分はそうじゃなくなっている。同じ自分なのに、ちがう自分になっている。

この男のことは変わらず憎い。その気持ちに嘘はない。だけど憎しみに加えて何かべつの、不可解な感情が昨夜から出てきているような感じがする。自分をざわつかせ、苦しめるような感情が。

その感情を心の底に押し込めるため、男にこう言う。

「わたしはあなたを正々堂々、殺したいのです」

闇討ちや襲撃に便乗するのでなく、まして弱っている状態につけ込んだりなんてせず、正々堂々と討ち取ってやりたいのだ……と。

「わたしは昨日の、二人がかりで襲ってきたという人たちや、あなたが〝卑怯者〟と呼んだ兄とはちがいます。卑怯なやり方であなたを殺したら、あなたと同じ程度《レベル》の人間になってしまう」

自分は自分のやり方であなたを殺す、と宣言する。男に、そして自らの心に向かって。

緑雨は黙って聞いている。かなり失礼なことを口にしたと思うのだが、怒ることも皮肉な笑みを浮かべることもなく、ユキが語り終えるまで聞いている。長い間を置いたのち、言う。

「俺は貴様の兄貴を殺したことを後悔していない。殺らなければ殺られていた。いわば正当防衛だ」

知らず、自分の奥歯がぎりっと軋む。

「だが貴様には借りができた」

「借り……ですか」

意味が分からず首をかしげると、緑雨は左手で右腕の包帯を押さえる。ああ、それ《傷》のことか。

「今後もし貴様の身に何かあったら、俺もまた貴様を助ける。一度だけな」

貴様を助ける。思いもよらない言葉だった。

「あなたではあるまいし……そうそう何かなんて……起こらないと思いますけど」

「言ってくれるではないか」

男は野沢菜の最後の一切れを指でつまみ、口に放り込む。

緑雨とこんなにたくさん喋《しゃべ》ったのは、これが初めてだった。仕えるようになってひと月以上経つけれど、今、ほんとうの意味で会話をした気がする。

食事を終えると緑雨は「寝る」といって頭から布団をかぶる。起こさないよう、ユキはそうっと襖を閉めて部屋を下がる。

第三章　青年将校たち

一

『長らくごぶさたしておりました。旦那さま、奥さま、坊ちゃま方、皆々様におかれましてはご健勝のことと存じます。わたくしは東京の暮らしにも、すっかり慣れてきました』

ユキは台所の食卓《テーブル》で、踏み台を椅子代わりにして腰かけて、郷里の村長さん宛ての手紙を書いている。

毎年必ず年賀状を送っていたのだが、昨年はいろいろあったため出さずにいたのだった。なのでせめて寒中見舞いをしたためようと思いついた。

『東京で気に入ったものは冷蔵庫に瓦欺、隅田川、銀座です。それと佃……』

そこで筆がぴたりと止まる。はて、〝つくだに〟の〝に〟という字は、どう書くのだったか。う～んと首をひねるが、思い出せない。

……やむを得ない。

廊下へ出て、突き当たりに位置する部屋の扉《ドア》を、こんこんとノックする。

「なんだ」

ぶっきらぼうな声とともに扉が開く。字引があったらお借りしたいのだが、とユキは申し出る。

「字引？　何に使うのだ」

「……手紙を書いておりまして」

日曜日の午後だった。緑雨は午前中からずっと書斎にこもっていた。肩越しに室内を見ると、机仕事をしているらしい様子だ。

「ほれ」

緑雨は机の上に置いてあった字引を貸してくれる。かなり使い込まれていて、背が割れて二分冊になっている。礼を言って台所へ戻る。

手紙の続きを書いていると、ぬっと影が落ちてきて不意に手もとが暗くなる。頭上から声がする。

「ここ、間違っているぞ」

見上げると背後に緑雨が立っている。瓦斯《ガス》の字が誤っていると指摘される。

「欺く、ではなく、斯《か》かる、だ。それにしても貴様……食いもののことばかり書いているのだな」

「べ、べつにいいでしょう」

両手で手紙を隠そうとするが、男の手が素早く便箋をつまみ上げる。声に出して読まれてしまう。

「『奥さまが作ってくださったあんころもち、おいしうございました。坊ちゃま方のお相伴にあずかったアイスクリーム、ほっぺたが落ちそうでした。旦那さまのお土産でいただいた、あのシュークリームというものは今でも忘れられません』……いじらしいというか、食い意地が張っているというか」

「読まないでください！」

顔を赤くして手紙を奪い返す。大きなお世話だ。他に何を書けというのだ。兄を殺した相手の家で女中をやっていますだなんて、書けるものか。

緑雨は、ふむ、という表情をして流し台の窓に目をやる。「まあ、今日は天気もいいことだしな」とつぶやく。

「出かけるぞ」

どちらへですか、と尋ねると「銀座だ」という返事がくる。

「いってらっしゃいませ。靴は磨いておきましょうか」

そう言うと、「貴様もだ。支度しろ」と言われる。

「──はい？」

「早くしろ。ぐずぐずしてると、じきに暗くなるぞ」

「は、はい」

硯箱《すずりばこ》を片づけて、急きょ外出準備をする。


休日の銀座はにぎやかだ。石造りの歩道は通行人であふれている。この街へくるのは久しぶりだった。

いつだったか、助産所の先生のお供をして新橋《しんばし》までいった帰り、木村屋《きむらや》でジャムパンをごちそうになったっけ。あれもまたおいしかった……。

そんなことを思い返しつつ、はぐれないよう緑雨の後ろを早足でついていく。それにしても歩くのが速い。ただでさえこちらは草履履きなのだ。せめてもう少し歩調をゆるめてくれないものか。

「あのう」

声をかけると男は振り返る。「なんだ」

もっとゆるりと歩いてくださいませんか、と訴える。

「女は歩くのが遅いな」

「そちらこそ、せっかく銀座にきているというのに、軍隊の行進みたいな歩き方をして」

そう言い返すと、緑雨はむう、と唇を引き結ぶ。あ、怒ったなと察する。

だんだんと、この男の顔つきから感情を読みとれるようになってきた。ほんとうに怒っているときと、怒った態をしているとき。わりあい機嫌のいいとき、気を引き締めているときなどなど。それらの微細な区別が、いつの間にやらつくようになっていた。

今の気分は中の上、というところだろうか。少しばかりむっとしても、爆発はしないだろう。

緑雨は速度をやや落として、ユキの歩みにあわせてくれる。一月の末だ。寒気は厳しいものの、よく晴れているので爽快さすら感じられる。

緑雨はソフト帽にレンガ色の塹壕外套、藍色の背広という服装だ。ユキはよそゆき用の棒縞柄の着物に久々に袖を通したのだが、少しばかり丈が短くなっていた。それに長羽織をあわせてきた。

「どこにいくのですか」と尋ねるが、緑雨は教えてくれない。中の上機嫌という感じの、比較的穏やかな顔つきで歩いてゆく。

そうして連れていかれたのは、瀟洒な造りの喫茶店だった。がらりとして広く、吹き抜けの二階建てになっている。レース模様の枠組みが大きな窓にはめ込まれ、採光もたっぷり。

「きょろきょろするな。東京暮らしにすっかり慣れてるんだろう」

手紙の文を引用して緑雨は皮肉を言ってくる。店員に案内されて階段を上がり、二階の窓際の席へ通される。渡されたメニューを開くとカタカナ英語ばかりである。ホットケーキ、フルーツサンドウィッチ、アップルパイ……どれもこれも未知のものばかりだ。どうしよう……困る。

「どうした、遠慮せんでもいいぞ」

緑雨は店員に一番甘くないものを尋ねて、勧められた珈琲ゼリーを注文する。

「で、では……わたくしはこれをお願いいたします」

悩みに悩んだ末、〝スペシャリテ・プディング〟なるものを選ぶ。

「ふう」

注文をすませると気分が楽になり、周囲を見わたす余裕がでてくる。店内は繁盛していてにぎやかだ。家族連れや中年夫婦、洋装できめた女性たちの一団もいる。どのお客も身なりがいい。そういう店なのだろう。

窓からは街を歩く人びとが一望できる。大通りをたくさんの人が行き交っている。こうして上から眺めると、川の流れに似ている。橋の上から見た隅田川の水流のようだ。

「その羽織、汚れが落ちんな」

煙草の煙をくゆらせて緑雨が言う。視線はユキの衿もとにとまっている。そこには茶渋色の染みがうっすら、残っていた。十日ほど前についた、この男の血の痕だ。

「せっかくの長羽織が惜しいな」

「いいのです」

さりげなく衿をかきあわせて染みを隠す。そこへ注文したものが運ばれてくる。

(うわあ!)

胸のなかで歓声が上がる。〝スペシャリテ・プディング〟は宝石のような一品だった。ガラス製の横長の器にプディング、卓球の球のようなかたちをしたアイスクリーム、それに色とりどりの果物がこぼれんばかりに載っている。さらにその上に、生クリームがむるむるとうねっている。

細長い匙《さじ》でプディングを掬って口へ運ぶと、頰が自然とゆるんでくる。夢のようだ。村長さんのお宅で生まれて初めてシュークリームを食べたときにも匹敵する、夢のようなおいしさだ。

（ああ……天国にいるみたい）

目を閉じてうっとりとしていると、くふっ、と緑雨が煙草の煙を吹きだす。眉間にしわを寄せ、しかめたような顔をして、くくくと笑っている。この男にしては明るめの表情だ。

「……なにか？」

「いや。まさかそんなに嬉しそうな顔をするとはな。十《とお》かそこらの子どものようだと思ってな」

気恥ずかしくなって匙を置くと、

「気にするな。食え」

緑雨も自分の珈琲ゼリーに匙をつける。気をとり直してプディングにとりかかりつつ、

「あの……どうしてこちらに連れてきてくださったのですか」

そう尋ねると、男はあっさり答える。

「なに、ただの気まぐれだ」

あ、そうですか、と拍子抜けすると、先ほど書いていた手紙の送り先について問われる。

「貴様の昔の雇い主か？」

「はい」

ユキはうなずく。村長さんと奥さまと、坊ちゃま方について説明する。村長さんはお酒

好きで、奥さまはおきれいな方でおやさしくて、坊ちゃま方はみんな腕白で……と。

「なかでも一番上の坊ちゃまには手こずらされました。よく髪を引っ張られたり、夜中に女中部屋までやってきて厠《かわや》へつきあわされたり、学校の宿題を手伝わされたりして」

語るうちになつかしくなってくる。頭領息子の坊ちゃまは、ほんとうに腕白だった。

「でも、わたしがお暇《いとま》するときには、誰よりもわんわん泣いてくださいました」

「それは貴様、さぞなつかれていたのだな。漱石《そうせき》の『坊っちゃん』の清《きよ》のようだな」

「はい？」

「なんでもない。アイスクリームが溶けるぞ、食え」

「はい」

夢のようにおいしいプディングは、夢のようにあっという間に胃に消えてしまった。

「ごちそうさまでした」

空になった器に両手をあわせると、前方から赤ん坊の泣き声が聞こえてくる。十二、三歳くらいの少女が、おぼつかない手つきで赤ん坊をあやしている。少女の身なりはみすぼらしく、火がついたように泣いている赤ん坊は羽二重のおくるみに包まれている。

姉弟にはどうも見えない。赤ん坊と〝ねえや〟、つまり子守り女中というところだろうか。いっかな泣きやまない赤ん坊に少女は周囲の目も気にして、おろおろ困り果てている。

なんだか見ていられなくなってきて立ち上がると、そちらへ向かう。おさげ髪の少女に声をかける。

「お乳はあげた？　おむつはどうかしら。濡れていない？」

少女は怯えたようにユキを見て、店へ入る前にどちらもすませてきたと答える。〝奥さま〟は、つまり赤ん坊の母親は今、一階の化粧室へいっているという。

「奥さまがお席を立ったら、坊ちゃまが急に泣きだして……うるさくしてごめんなさい」

「ううん。ちょっとわたしが抱っこしてみても、いいかな」

不安そうな顔の少女に、やさしく笑いかける。赤ん坊を受けとると、自分の胸に顔をぴたりとつけさせる。そのままゆっくり、ゆらゆらと左右にゆする。

助産所の先生から、ぎゃん泣きする子はこうやってあやしなさいと教わった。赤ちゃんに、お腹のなかにいたときの感覚を思い出させるのだそうだ。

はたして〝坊ちゃま〟の泣き声は、じょじょに小さくなっていく。ユキの胸に顔をくっつけたまま、とろとろと目を閉じる。

「眠ったみたい」

小声で少女にささやくと「ありがとうございます」と、泣きそうな顔のまま感謝される。昔の自分を見るようだった。ねえやになったばかりの頃、わたしもこんな感じだった……

と。

　慣れない手つきで赤ん坊をあやし、泣かれるたびにびくびく、おどおどした。どうやらこの子も子守りになってまだ日が浅いようだ。

「赤ちゃんが泣いたら、こうやって抱いてみてね」

　あやし方のコツを伝えていると、赤ん坊がぱちりと目を開ける。「だあ」と笑った拍子に、ユキの胸もとへ白っぽい水をでろりと吐きかける。甘酸っぱい匂い。たぶん未消化の母乳だ。

「すっ、すみません。ごめんなさい、ごめんなさいっ」

「だ、大丈夫よ、こんなの。気にしないで」

　いよいよ泣きだしそうになる少女に慌ててそう言うと、低い声が割り込んでくる。

「そろそろいくぞ。羽織を新調するのだろう」

「え？」

　気づかぬうちに緑雨が、すぐそばにきていた。

「なんだ、粗相などされおって。まあ、これから長羽織を買いにいくからべつにいいのだが。それで、どこへいきたいのだ。三越《みつこし》か、高島屋《たかしまや》か。あまり高いものは無理だぞ」

「は……はあ」

緑雨はいったい何を言ってるのだろう。ぽかんとするユキに、あわせろ、という目つきを男はしてくる。そこで、はっと了解する。

（この人……小芝居している！　この子に心配かけさせないために、これから着物を買いにいくところだよっていうお芝居をしてるんだ！）

そうと分かったら自分もあわせる。

「まあ嬉しいわ。あなたがわたくしのためにお召しを買ってくださるなんて、とっても嬉しいわ。わたくし三越がいいわ。三越じゃないといやだわ！」

精いっぱい奥さま風の口調をつくり、自分たちのやりとりに呆気にとられている少女に「では、わたくしたちはもういくわね。じゃあね」と声をかける。

「さ、いきましょう。あなた」

緑雨の腕をぐいと引いて、その場をあとにする。

喫茶店を出るなり、「貴様、大根役者にもほどがあるぞ」自分を棚に上げて緑雨が言ってくる。

「そちらの調子にあわせただけです。いきなり三越とか言われて面食らっちゃいました」

「だがまあ、なんとかごまかせたな」

緑雨はソフト帽をかぶり直して歩きだす。中央通りの大交差点の手前で「まだどこかへいくのですか？」ユキが問うと、

「どこって、あそこだ。あれでないと嫌なのだろう」

緑雨は交差点の反対側にそびえている建物を、あごで示す。ユキも目をやり、たまげる。

西洋のホテルみたいに堂々たる百貨店である。正面玄関にでかでかと「ＭＩＴＳＵＫＯＳＨＩ」という文字が輝いている。まさか、ほんとにあそこへいこうというのか。

「さ、さっきのは言葉のあやです！」

「なんであれ、その恰好では困るだろう」

緑雨はユキの胸に一瞥をくれる。さっきかけられた嘔吐物が、うす黄色く胸一面に広がっている。さっと両手で胸もとを覆う。

「……すみません」

「べつに謝る必要はないが、しかし貴様、情がこわい女と思っていたが、子どもには親切なのだな」

「な……」

あんまりな言いぐさだった。

「あなたの腕だって手当てしたではありませんか！」

「ああ、縫い針でぐさぐさとやってくれたな。しかもきつく玉結びにしてな」

「布団針で縫ってやってもよかったのですよ」

そんなことを言いあううちに信号が青になり、人の波が動きだす。

「そら、いくぞ。はぐれるな」

緑雨はさっさと通りを渡り、慌ててついていく。三越に入店する。エレベーターなる箱型の昇降機に乗って婦人服売り場の階で降りる。近くにいた女性店員がまず緑雨を見、次いでユキに微笑みかける。黒のワンピースを品よく着こなしている。

「いらっしゃいませ。何かお探しでございますか」

「え、ええと」

緑雨をちらりと見ると、男は軽くうなずいて、

「俺は女の着るものは分からんからな。好きなのを選べ」

その発言に店員は、得たりという目をする。ユキの胸もとの染みに動じる様子も見せず、

「お任せください」と請け負う。

「よろしければ洋装はいかがでしょう」と勧められる。

「お客さまはお背があってすんなりしてらっしゃいますので、さぞお洋服がお似合いかと」

洋装。大胆な提案に、胸がどきんと跳ねる。ユキとて若い娘のはしくれとして、洋装に興味がないはずがない。しかし当節、洋服を着ている女性は良家の子女か、この店員のように洗練された職業婦人くらいだった。

もう一度緑雨を見ると、すでに離れたところにある休憩所の一角で煙草をふかしている。

「大丈夫ですよ。旦那さまのお許しも出ているのですし」

店員がいたずらっぽい目を向けてくる。

「奥さまにお似合いのお洋服を選ばせてくださいませ」

どうやらすっかり夫婦者と思われているらしい。

それからはひと騒動だった。試着室へ案内されると、羽織も着物も肌着までも脱がせられ、洋風の下穿《したば》きと乳バンドをつけさせられる。ひらひらとした西洋肌着《シュミーズ》をまとわされ、細い肩紐《かたひも》のついたワンピースや、ふんわりとしたレースシフォン、果ては膝まで見えるような襞《ひだ》つきのドレスを試着させられる。

他の店員たちもやってきて、やいのやいのと言う。

「奥さまは色白なのだから、ぐっと渋めの色あいの服にした方が肌に映えてよ」

「あらあ。お若いんだから、やっぱり華やかな方がいいわよ」

「その辺のモガみたいにしちゃあ駄目よ。旦那さまと釣りあいがとれないわ」

そうして最終的に、緑雨の背広と同系色の藍色のワンピースという装いになる。深い襟ぐりの真ん中にリボンがあしらわれ、渋すぎず、華やかすぎずというところだ。衣装にあわせて髪型も調整してもらった。

洗い髪のように後ろへ流して、髪留めで頭の後ろをひと房、留められる。足もとは黒いエナメルの靴だ。

サービスで洋装用の化粧まで施される。まつ毛挟み器でまつ毛をぎゅうと挟まれて、黒い墨をたっぷりのせられる。目の周りに銀粉をはたかれて、口紅もつけられる。

「いかがでしょう」

手鏡を渡されて、「わあ」と声が出た。鏡のなかに見知らぬ女がいる。我褒めになってしまうのだが……なかなか美麗なのではないだろうか。

「これはまた」

いつの間にきていたのか、端っこに緑雨が映り込んでいる。感心したふうな顔をしている。

「さすがは三越の店員諸姉。見事に仕上げてくださった」

「恐れ入ります。奥さまのお美しさあってですわ。お気に召していただけましたら幸いです」

店員は満足げに職業的《プロフェッショナル》な笑みを見せ、仕上げにユキの耳たぶに頬紅をちょんちょん、とつける。

「またのお越しをお待ちしています」

恭しく見送られて百貨店をあとにすると、通りを歩く男性たちからもの珍しそうな視線を当てられる。なかにはいったん追い越してから振り向いて、じっと見てくる人までいる。これはたまらない。外国人にでもなったような気分だ。

顔が自然と下向くと、すかさず緑雨の声が飛んでくる。

「頭を上げろ。背すじを伸ばせ。堂々と歩かんと、せっかくの洋装が泣くぞ」

「は、はい」

「まったく、洋服を着た女がじろじろ見られるのは当然だろうが。貴様、度胸があるのか小心なのか分からんな」

男は今は前方ではなく、ユキのすぐ横を、通りの車道側を歩いている。そろそろ日が傾きかけてきて、空気が冷えてくる。

「寒くないか」

「いいえ」と首を横に振る。ベロアの外套に包まれてあたたかいくらいだった。

三越の印がついた紙袋を緑雨は提げている。中には着物や草履が入っていた。「わたし、持ちます」と言うけれど、「いい」と断られる。「その恰好には似合わん」と。

　こつこつと、石畳から軽やかな音がする。靴というのは歩きやすいものだ。草履みたいにすっぽ抜けたりしないし、緑雨の歩調にも充分ついていける。洋服も、着物よりも身体になじむ。軽くしなやかで動きやすい。

「ふふ」

　自然と笑みが浮かんでくる。

「どうした」

「いえ。あんまり着心地がよくって驚いているのです」

「貴様ははっきりとした顔立ちだから洋服が似合うな。女にしては背もあるし、たしかに洋装向きだ」

　通行人の視線が、だんだん気にならなくなってくる。見たければ見るがいいという気持ちが出てくる。それはたぶん、この男がそばにいるからかもしれない。

　銀座を歩いているうちに気がついたのだが、緑雨もまた女性の目を惹《ひ》いている。すれちがいざま何人もの婦人が緑雨をちらっと見ているし、三越でも店員たちから好意的なまなざしを向けられていた。

　軍服ではなく平服姿の男は、普段とどこか様子がちがう。なんとなくものやわらかというか、この男が常に発散しているぴりついた雰囲気が、若干減じている。

「今日はどうも……いろいろとありがとうございました」

「なに。いい気分転換になった」

緑雨はさらりと言うけれど、かなり散財させてしまったのではないだろうか。洋服だけでなく外套も、靴まで新調させてしまった。

「ありがとうございます」

もう一度、気持ちを込めて礼を言う。

空から光が消えていき、急速に夕方の気配が近づいてくる。日が沈んだら、じきに夜だ。今日は思いもかけない一日になった。銀座の街を満喫した。

ふとそこで、周囲の景色に既視感を抱く。この界隈《かいわい》を自分は知っているような。商店のひとつひとつの外観にも、街路灯にも道の標識にも見覚えがあるような。

そうして、あっと気がつく。前にもこの辺りを歩いたことがあった。初めて銀座へきたときに、兄と一緒に。たしか、もう少し先の方に写真館があったはずだ。あの曲がり角の向こう側に。

突然、何かに背中を押されるように、道を駆けだす。前方にある角を曲がる。けれど、そこには何もなかった。写真館の存在は跡形もなくなっていて、まっさらな更地だった。

「売地」の看板が立てられている。

「どうした、いきなり走りだして」

追いついた緑雨の声を背後に感じる。

「ここに……写真屋さんがあったんです。三年前に」

何もない空間を見ながら、そう答える。

「東京にやってきたばかりの頃、ここで兄と写真を撮りました」

「そうか」

緑雨の声は静かだ。

「わたしは写真を撮られるのが怖くって、緊張して、写真屋さんから、奥さんもうちょっと笑ってと言われました。兄と夫婦だと思われて、びっくりして笑ったところをぱちって撮られて……楽しかった」

話しながら、ずいぶん遠い昔のことのように感じられてくる。ほんの三年前でしかないのに、何もかもが変わってしまった。兄も写真館も、もうない。みんないなくなってしまった。

「貴様は兄貴のことを語るとき、悲しそうな顔になるな」

兄の仇が言う。振り返り、うっすらと水の膜が張った目で見上げる。

「あなたのせいです」

「そうだな」

男はユキの視線を受けとめる。

「そして俺といるときの貴様の顔は、たいてい怒っている」

それもまたあなたのせいです、と心のうちで反駁《はんばく》する。

「だから今日は貴様のいろいろな顔を見た。なかなか楽しかったぞ」

楽しかった。その言葉がとん、と胸を打った。この男はいきなり何を言いだすのだろう。

自分を討つと宣言している相手に向かって、楽しかっただなんて。

例の、あの不可解な感情が胸の奥でざわつきだす。やめてほしい。どうかじっとしててほしい。なんとか冷静になろうとするものの、ざわつきは鎮まらない。意思に反して心がざわざわと騒ぎたてる。

緑雨はうかがい知れない表情を浮かべている。純氷のようなまなざしを女に当てたまま、問いかける。

「貴様はどうだ。今日は楽しかったか」

心臓が、どくんと脈動する。周囲の雑踏の音がすーっと遠ざかって、この場に自分たちしかいないような錯覚に陥りかかる。男の目を見つめながら、ほとんどひとりでに口が動く。

「……たのし……かった」

声がかすかに震えていた。唇も。凍えたようにわななく口もとに、薄い唇がかぶさってくる。往来で口を吸われる。こんなところを憲兵にでも見つかったら大変だ。にも拘わらず、互いにそのまま、じっとしている。

男の唇は冷たかった。けれど舌は燃えるように熱かった。

二

いきは市電を使ったが、帰りは円タクを拾った。車内ではどちらも黙り込んでいた。息詰まるような、喉が渇くような沈黙だった。

後部座席に並んで座っている間、緑雨は指一本、伸ばしてこようとしなかった。その代わり帰宅して、家のなかへ入るなり再び接吻してきた。驚かなかった。こうなるだろうと予感していた。だから男の舌を受けとめた。

街路で交わしたときよりも長く、破廉恥に舌を吸いあう。男だけでなく自らも舌を動かして能動的に。

「う」

喉が自然とひくつく。もしも今、絢いあわせているこの舌を思いきり噛みちぎったら、この男を死なせることができるだろうか。それとも激昂《げきこう》させて、逆に殺されるかもしれない。

そんなことを考えながら接吻を続ける。舌を噛まずに舐め上げて、かすかに煙草の風味がする口内を味わう。煙草のくさみは大嫌いなはずだった。この男の指先や髪の毛、そして口のなかに残っているその風味を感じると、いつも嫌な気持ちになっていた。

なのに今は気にならない。どころか、むらむらするような、ぞわぞわするような気分になる。なぜなのか自分でも分からない。

はあ……と、湿った息が混ざりあう。これ以上ないほど間近で目をあわせる。先ほどから絶えず心臓が落ち着かない。この男が無性になまめかしく見えてくる。唇の端に口紅が付着して、妙な色気があらわれている。

「舌を噛まれるかとも思ったが……噛まなかったな」

こもった声が耳たぶをなぞる。

「嬉しいぞ」

そう言われ、三度《みたび》の接吻が落とされる。濡れて熱い舌がすべり込んでくる。舌と舌をぴたりとくっつけて、きゅーっと、やや強めに吸われる。背がぶるっと戦慄し、脚がふらつく。すると身体がふわりと宙に浮く。軽々と抱き上げられてしまう。

「あ」

心臓がいよいよもって、どぎまぎする。こんな、花嫁みたいな扱いをされて猛烈な羞恥が込み上げてくる。

そんな女の困惑に男はまるで頓着せず、まっすぐに寝室へ向かう。襖を勢いよく引くなり、布団も敷かずに畳の上で重なりあう。ふしぎと寒さを感じなかった。のしかかってくる男の身から熱が伝わってきて、自分の身体もたちまちほてった。

障子越しにほの白い月明かりが射《さ》し込んで、覆いかぶさる男の姿をぼんやりと照らす。冷たくて、さえざえとした目つき。それでいて切迫したように、ぎらぎらと光っている。冷たいのか熱いのか分からない目が、ひたと自分を見据えている。

そうしてまた接吻する。互いに食べ、食べられるように食《は》みあいながら外套が脱がされる。ワンピースのリボンをしゅるりと解かれて、男の唇が首すじへ移動する。

ぴくん、と肌がゆれる。ちゅ、ちゅ、と軽やかな音を立てて喉もとをついばまれる。

「ん……っ、ん」

くすぐったさにも似た感覚に、新鮮な驚きを感じる。幾度も犯されてきたけれど、こんな振る舞いはついぞされたことがない。肌に唇をつけて、やさしく吸われるなんて。

それに右腕を怪我してからというもの、緑雨は自分にふれようとはしなくなっていた。

傷にさわるから、あるいはもう、こういうことに飽いたのかと思っていた。

そのせいか、久方ぶりにこうされて緊張してくる。ひどく気恥ずかしくなってくる。

男は鎖骨のくぼみにも口づける。ワンピースの後ろのジッパーを一気に引き下ろすと、
乳バンドが透けている西洋肌着をしげしげと眺める。

「あ、あの……なにか……?」

あまりに凝視されるものだから、おそるおそる尋ねると、

「これはまた、襦袢《じゅばん》とはちがう風情があるな」

評するような言いぐさに、かーっと赤面してしまう。両手で胸を隠そうとするけれど、
ごつごつした手が素早く入り込んでくる。乳バンドの内側からふくらみを押さえられる。

ひんやりとして冷たい手だ。

鎖骨を唇でなぞられながら胸を揉まれる。その手つきも普段とはちがっていた。力任せに乳を搾るみたいな揉み方ではなく、やんわりと撫でさすってくる。胸の線に指を沿わせて、ゆっくりと。

「ああ」

ため息が洩れる。筋の張った手指に、やわらかな肌をまさぐられる。たちまち汗ばんでくる。やがて男のがさついた手もしっとりしてきた。肩先や腕にもちゅ、ちゅ……と接吻され、くすぐったくてたまらなくなる。

西洋肌着と乳バンドがまとめてたくし上げられて、あらわになった胸乳にも接吻される。子どもが乳を吸うように先端を口に含まれて、軽く歯を立てられる。

「う」

胸の先が、つきつきしてくる。たちまちそこに血が集まって痛いほど凝ってくる。舌でねろりと舐められて、もう片方の屹立も指先でいじられる。

「貴様のここは……実にいい色をしているな」

低音の、くぐもった声が胸の谷間に当たる。

「透けるように白い肌をしているのに、ここだけ朱色なのだな」

そう言って、きゅうと吸ってくる。くっと喉が反る。片方の胸を食まれ、もう片方は手のひらに包まれる。

少し前まではこうされると、幅広の手に隙間ができるくらいだったのに、今はもうぴったりの大きさにまでなっている。まるで男の手にあわせたみたいに胸のかたちが変わってしまった。それが少し悔しく、恥ずかしい。

口と手指の両方で両のふくらみが苛まれる。舌で舐め、唇で吸い、くちくちと甘噛みされる。手のひらでじっくりと揉まれながら、指と指の間に尖りを挟まれて微弱な力を加えられる。

「っ……あ、は……ぁ」

微妙に異なる二つの情感が、じわじわと沁み込んでくる。耐えかねて身をよじらせると、脇腹に接吻される。

「あん！」

はしたない声が上がる。羽毛で撫でられたような感触がした。

「ここがいいのか」

男はつぶやくと、半裸の女を押さえつけたまま腰骨の尖りを舌でなぞってゆく。

「ん……んん」

ひくんと尻がゆれる。なんとなく、媚びているような反応をしてしまっている気がしてくる。自分は今、緑雨に媚態《びたい》を示しているのだろうか。今日の男がいつになくやさしいから。いつもとはちがって見えるから。

「今日の貴様は……なにやらちがうな」

脇腹から背中にかけて接吻しながら緑雨もまた、同じようなことを言う。

「やけに俺をどきどきさせてくる。妙な心持ちにさせられる」

「そう……ですか」

この男の口から「どきどき」という言葉が出てくるなんて、似合わない。でも、それを聞いて自分もどきどきしてくる。

やっぱり今日の自分たちは変なのだ。こんなに何度も接吻して、抱きあって。これではまるで普通の男女のようではないか。

男の舌が背骨を、つつーと舐め上げる。

「あぁ」

紅の剝げ落ちた唇から吐息がこぼれる。互いの外套を敷布代わりにして、なめらかなベロアの生地が肌に心地いい。

男の唇がうなじにまで到達すると、そのまま顔へと接吻が移動する。どこか動物めいたその動き方に、心がざわつく。

くちゅ……ちゅく、とぬるついた音を立てて舌同士で抱擁を交わす。

この男の唾液の味も、唇も舌の感触も大嫌いだった。あごを押さえられて無理やり口を開けさせられ、舌を突っ込まれるたびに鳥肌が立ちそうだった。おぞましくてならなかった。

なのに、どうして自分は今、男の接吻を受け入れているのだろう。唇をくっつけて、舌を吸い、混ざりあう唾液まで飲んでいる。頭のなかが陶然となってくる。

存分に接吻を堪能《たんのう》したのち、男の唇はまた離れる。女の胸からみぞおち、下腹へと頭を下げていき、下穿きに指をかける。

「や」

とっさに身じろぎしかけると「じっとしてろ」と言われる。情欲がにじんで、少し怖い声音になっている。布地がそろそろとずり下ろされ、無防備な部分が外気にさらされる。

「ああ」

泣きそうな声が出てしまう。下腹部を直に見られるのは初めてではないというのに、今ばかりはつらく感じられる。まるで初めてここを暴かれてるみたいな気分だ。

すでに自分自身は潤んでいた。さっきから腰の奥がむずむずしていて、なんとなくそうだろうと思っていた。ふれられてもいないうちから、こうなっているのがみっともなかった。

ものつけ根の敏感な部分に、男はちゅっと口づける。そのまま隠しどころに接吻される。秘部に唇が当てられる。

「は……っ、ん」

羞恥のあまり男の頭をぐいと押し、そこから遠ざけようとするけれども、相手は意に介さない。女の腰を両手で押さえ、怯えたような花びらに舌をぴたりと添えてくる。熱く弾力のあるものでこすられる。

「や……、あぁ」

これまでにない舌づかいだった。花びらの右も左も丁寧に舐められて、下肢がとろけそうになってゆく。

いつもなら、ここをこうされるときは、秘芯《ひしん》一点だけに狙いを定められて、無理やり気を遣らされた。

奥に隠れているそれを舌で掘り起こされ、強く吸われて敏感にさせられる。いたぶるようにいじられて、のぼりつめさせられる。痛みに近い、ひりつくような快感しか知らなかった。

だから、こんなふうにいたわるみたいに扱われて、身体が驚いている。花びらがじんじん、じんじんと熱をもってくる。腹のなかが潤《ほと》びていく。麻酔でも打たれたみたいに腰から下が鈍磨して、甘く痺れる。こんな感じは初めてだ。

「は……ああ……っん」

いつしか指は男の髪を梳《す》いていた。やわらかな髪に指をくぐらせて、繰り返し撫でていた。

尖らせた舌先が、あわいの上を行きつ戻りつする。くすぐったさにひくつくと、奥から潤みがあふれる。すかさずちゅるっと掬いとられ、秘芯に塗りたくられる。

「んくっ」

足のつま先を、きゅっと丸める。性感が凝縮された小さな粒は、熱くふくらんでいた。そしてとうに露出していた。

くっと息を止めて腹に力を入れる。すぐに気を遣ったら、あとがつらくなる。それはもう何度も身体に刻み込まれて分かっていた。

けれど秘芯を唇に包まれて、やわやわ揉まれていくうちに、こわばりがほどけていく。動作から伝わってくる。緑雨はこの行為を楽しんでいる。それも自分だけでなく女も楽しませようと思っている。たぶん……なんとなく、そんな気がする。

やがて異質の緊張が生まれてくる。男は女の性感の核を舌で愛撫しながら、くつろぎかけの入り口に指を沈めてくる。

「ん……っん」

猫が喉を鳴らすかのごとく、喉の奥が唸る。下腹部に、指の中で一番長い指を根もとまで入れられる。違和感と快さが混ざりあう。

男は指を埋めたまま、粘膜の感触を味わおうとするかのように、じっとしている。その分、指の存在が鮮やかに感じられた。この男の指の堅さ、皮膚の粗さ、骨の太さがよく分かった。

その状態で秘芯を吸われる。男は舌と唇を交互に使って極小の粒をいじる。無理やりではなく、それが自然とふくらみきって限界に達するまで、やさしく導くように。

内ももがぴんと張り詰める。肌が汗ばんで、気がゆるやかに高まってくる。

そうして血が集まってこれ以上ないほどに凝っている陰核が、ある瞬間で唐突に弾ける。解放感にも似た快感が一瞬のうちに自分のなかを駆け抜けていく。まるで体内を旋風が吹いたようだった。

「はあ……はあ……」

全身がぐったりとなってしまう。内部に挿し込まれていた指がゆるりと引き抜かれるや、弾力のあるものが秘唇に当てられる。

「あ」

それが何か察知するのと同時に、熱い塊がずにゅりと潜り込んでくる。

「ああっ！」

産道が押し拡げられる。膝裏に指をかけられ、脚をうんと開かされて、男の熱を受け入れさせられる。閉じていた目をこわごわ開けると、緑雨は背広の上衣とネクタイを外していた。首すじに汗を浮かべて、精悍《せいかん》な風貌が艶に染まっている。

「痛むか」

柄にもなく、そんなことを訊いてくる。

「……いえ」

小さく首を横にふると「進めるぞ」とも言ってくる。そうして、やや性急に自らを進入させる。

「う――っ」

息がきゅっと縮まったが、痛いからではなかった。男自身があまりに猛っていて、身体が自然とうごめいたのだ。内壁はかつてなく柔軟に伸縮して、反撥《はんぱつ》もせず男を迎え入れている。それがふしぎだ。

いつもなら男が入ってくるのと同時に産道が縮こまり、入れさせまいとするのに。無理やりこじ開けられて、裂かれるような痛みを与えられるのに。少しも痛くない。

腹のなかは充分に潤っていて、芯熱はどこにも引っかからずに進んでくる。ずりゅ……と下腹が重たく響く。ずっしりとした欲望が蛇のように這いまわり、自分のなかを埋めていく。

裸の胸がどくどく鳴る。当たっている男の厚い胸も、ワイシャツ越しにはっきりと分かるほど刻んだ脈を打っている。つながりながら視線が交わる。

犬のように澄んだ男の目に、あられもない表情の女が映っている。陶酔の余韻で目がとろんとして、半開きの唇がつやつやと光っている。自分ではない女みたいだ。男の顔が迫ってきて、結合しながら接吻される。

(ああ……)

眠けを誘うような甘やかさに、ぼーっとなってしまう。髪の毛の一本一本にまで陶酔が沁み込むようで、全身からいよいよ力が抜けていく。

舌と舌が重なりあい、吸いつきあう。男の右手が自分の左手を握りしめ、もう反対側の手も同様に握られる。

こういうときに摑まれ、押さえつけられるのはきまって手首だった。指の痕が残るくらい強く握られ、いつもとても痛かった。だけど今、初めてこの男と指を絡ませている。手も口も胸も局部も密着している。一分の隙もなく。男の欲望が自分のなかに流れ込み、女の欲望をじりじりと炙ってくる。せつないようなつらいような、やるせないような感覚が、自分自身の底の方でゆるやかに頭をもたげる。

(あ……あ、あぁ……)

産道がぐにゅりとうごめく。男の動きにあわせようと内壁がたわみ、粘膜と粘膜が吸着する。

そんな女の反応を男は敏感に感じとる。動作が心なしかゆるやかになり、女自身の敏感な箇所を探り当てようとするように、さまざまな箇所をこすってくる。

「っ……、ん……っ」

声にならないかすれた音が喉につっかえる。舌で舌を抱きしめられて、性器で性器をさすられる。どちらも熱く濡れている。汗と唾液と潤みで身体の外も内もしっとりとして、五感が研ぎ澄まされていく。

口内から男の息づかいが聞こえる。はあはあと、せつなげに呼吸している。かすかにポマードの香りがする髪。みっちりと身の詰まった頑健な身体。ひたと自分を見据える、思いつめたようなまなざし。舌の上で溶けあう唾液はだんだん甘くなってくる。

自分の感覚すべてで男を感じる。この男の動静を、心の震えを感じとる。不意に、悲しい気持ちが込みあがってくる。こんなにもこの男に間近にふれ、胸がずきんと痛くなる。

「う……っ」

苦い涙が喉を流れる。この男の前で泣いたことは何度かあった。犯された屈辱。兄を殺された怒り、悲しみ、憎しみ。何度も泣いてきた。泣くことで自分の心を守ってきた。

だけど、今は心がやぶけそうだ。

例のあの不可解な感情がぐんぐん胸を突き上げてきて、苦しい。痛いほど苦しい。

そっと、目尻にやわらかなものが当てられる。唇だった。音もなく涙を吸われて、いたわるようなその行為に、かえって涙がこぼれてくる。

「そんな顔するな」

あたたかな息が額にかかる。

「そんな顔……って？」

詰まった声で問いかけると、緑雨は答えずに頰に唇をつけてくる。絡ませている手指にもう少しだけ力を込め、ぐっと腰を沈めてくる。

「あぁ」

産道がまた拡げられる。はち切れそうになっている男自身がこちら側に近づいてくる。一歩一歩、女の様子をたしかめながら慎重な動き方で。

そうされて身体が素直に開いていく。内壁が男をふんわりくるみ込み、やわらかく締めつける。男が微震する。もうすでにぱんぱんになっているのに、さらに張り詰める。さらに切迫する。もうたまらないというふうに出口を求めてのたうちだす。

腹のなかが大胆にうねる。しなやかに、したたかに男自身にまといつく。すかさずに芯熱は喜ぶようにひくついて、女の最も弱い部分、最も感じやすい部分を先端がかすめる。

腰が、裏側までじいんと痺れる。おぞましさと快さが綯い交ぜになったような衝撃が、瞬時にして走る。その部分をもう一度押され、内壁がわななく。

「ひぅ」

一番知られてはいけない部分を、知られたような感じがした。守らなければならない部分。隠さなければいけない部分。そこをとうとう見つけられた。

男はもう、そこに焦点を定めて自らをこすりつけてくる。こすって、さすって、すべらせる。摩擦され続ける箇所から痺れが分裂して、拡散する。内壁のいたるところまで痺れていってしまう。

「あ、あぁ……も、もう……もぅ」

きれぎれの訴えが唇からこぼれる。自分の奥から何かがあふれてきそうだった。これまでずっと堰《せ》きとめていた、あふれさせてはいけない何か。押さえ込んでいた何かがとうとう、限界を迎えようとしている。

絡まりあう男の指を、ぎゅうと握りしめる。ほとんど無意識に。つかまるものを求めるように。応えるように握り返され、男もまた限界が近づきつつあるようだ。

口にせずとも相手の目で、全身の張り詰め具合でそれが分かった。そうして突然、気が

ついた。

この男も苦しんでいる。つらがっている。自分と同じように必死になって何かを堰きとめ、心がやぶけそうになっている。

気づいた途端、胸がいっそう、ずきんとした。

どちらももう限界だった。充分すぎるほど苦しんだ。緑雨を楽にしたくなり、自分も楽になりたかった。今だけはすべてを忘れて、ただの男と女になりたかった。

じょじょに、少しずつ、呼吸の間合いが近づいてくる。男の目がじっと当てられて、自分もまた見つめ返す。刻々とその瞬間が近づいてくる間も、互いに視線をそらさない。

太陽を直視するような思いで男の目を見つめるうちに、熱くふくらんだものがとろりとあふれてくる。

「ん……っ……ん」

あたたかい日射しのような感動に全身を撫でられる。恍惚《こうこつ》とも陶酔ともつかない、未知の感覚が身体じゅうの隅々に、骨にまで沁み込んでくる。

女のあとを追いかけて、どくん、と男自身が大きく脈打つ。気を遣る寸前の男の顔は、これまでで一番無防備な表情だった。いたいけにすら感じられた。

お互いに息を切らしてしばらくそのまま、死んだようにじっとしている。どちらも動かなかった。動けなかった。何も考えず、何も思わず、相手の背に腕をまわしている。

「重くないか」

けだるい声で男がささやき、起き上がろうとするのを、腕に力を込めて引きとめてしまう。

「もう少し……このままで」濡れた声でつぶやくと、

「ああ」

再び抱き寄せられて精液でぬるついた腹と腹を重ねあう。ふと、これまで考えもしなかった問いかけが浮かんでくる。

もしかしたらわたしは、この男が好きなのだろうか。心の底にずっと居座っているこの不可解な感情は、ひょっとしたら恋なのだろうか。

「うう」

噛みしめた歯の間から呻きが洩れる。

「どうした」

頭に低い声がかかる。案じるような響きがある。厚い胸に顔をうずめたまま、かすれた声で答える。

「なんでも……ありません」

そう、なんでもない。そう答えるより他になかった。

三

二月に入ると、急激に寒波が押し寄せてくる。

節分の翌日には東京には珍しいほどの大雪が降った。交通網が遮断されたうえに停電となり、緑雨はその晩、職場に足留めをくらう破目になった。

夕餉《ゆうげ》の準備をしていたら珍しく電話の呼び出しベルが鳴り、とると緑雨からだった。

『俺だ』

電話線越しにその声が耳に入った途端、首の後ろがむずっとした。そんな自分に困惑した。

「どうかされましたか」

意識してすました口調で応じると、今夜は帰れそうにないとのことだ。

『戸締りをしっかりしろよ。火の始末にも用心しろ』

細々と注意事項を告げられて、

『分かっております。小さな子どもではありませんので』

つい、突っかかるような言い方をしてしまった。このところ、どうも自分はこんな感じだ。緑雨にむずっとしたり、どきっとしたりするたびに、つんつんとした態度をとってしまう。そのくせあとになってから反省する。緑雨を嫌な気持ちにさせなかったかと、気に病む。

ならばそんな態度などとらなければいいだけの話なのだが、緑雨を見るとつい……つい、そうなってしまうのだ。

その日も電話を切ってから、ああ、やってしまった……とうなだれた。緑雨はこちらを心配してくれてたのに、なぜ「お気をつけて」のひと言が言えなかったのだろう。普通に考えて失礼である。

その原因は分かっている。自分はどうやらあの男を――認めたくはないけれど――好きになってしまったらしいからだ。

考えてみたらおかしなものだ。今まで自分の人生で、最も好きな男性は兄の太陽だった。最も尊敬する男性も。つまり自分にとって男性とは、すなわち兄のことだった。

もしいつか太陽以外の誰かを好きになるとしたら、それはきっと太陽みたいな男性だろうと思っていた。

それがどうしたことだろう。緑雨は兄とは全然ちがう。兄のようにやさしくも穏やかでもない性格だし、もちろん尊敬なんてしていない。むしろ引いて見ているところがある。同じ陸軍内の人間から何度も襲われるだなんて、いったいどれほど嫌われているのだろう……と。

それなのに、緑雨から手を伸ばされると心が火傷しそうになる。なんというか、ふれられた途端に全身に電気が走るようなのだ。

こうした自分の心情を気づかれまいとするあまり、緑雨に対してどうしても、つんとしてしまう。尤も、向こうからしてみれば、貴様のその態度は今にはじまったことではないと言われるかもしれないけれど……。

緑雨が不在のその晩は、とても長く感じられた。びしっと家が鳴るたびにぎょっとして目が覚めた。翌朝、家の前で円タクの停まる音がするや、ばたばたと廊下を走った。

「おかえりなさいませ」

呼吸を整えて三つ指をつき、つんとすました顔をして男を出迎えた。

さて、本日も寒い日だ。空はどんより曇って風が冷たい。今日は魚屋にいい鱈があったので、湯豆腐にすることにする。どうせ緑雨の帰りは遅いだろうけど、瓦斯の火で煮たらすぐに食べられるよう小鍋に準備しておくことにしよう。

買いものから帰ってきて玄関扉を開けると、ちょうど電話が鳴っていた。買い物かごを框《かまち》に置くと、靴を脱ぎ捨てて受話器をとる。

「もしもし。大変お待たせいたしました。中村でございます」

よそいき用の声で応答すると、相手はしんとしている。出るのに間に合わず、切られてしまったのか。

「もしもし。あのう、中村でございますが」

続けて話しかけるものの、やっぱり反応がない。諦めて受話器を壁に戻そうとすると、

『ユキさん？』

いきなり呼びかけられて、びくっとして受話器を落としそうになった。聞き憶えのある声だった。若い男の、ややかすれた感じの甘い声だ。

『もしもし。ユキさんなのだろう？　僕です。僕の声が聞こえていますか？　応答願います。もしもし、もしもし』

しばらく沈黙したのちに「はい……聞こえております」と、自分しかいない室内なのに周囲をうかがうような押し殺した声で応じる。

「ご無沙汰をしております……上月さん」

電話線の向こう側に呼びかける。声の主は上月だった。兄の親友であり、同志であり、

兄の死の真相を教えてくれた人だった。自分が今、ここにいるきっかけをつくった人物でもある。

受話器を持つ手に力がこもる。買い物かごが床に倒れて、魚を包んだ新聞紙から水がしみ出している。


翌日の午後、市電を使ってユキは銀座へ向かう。

大通りから少し外れた界隈の、小さな店が立ち並んでいる路地にある喫茶店。そこで三時に、という約束だった。店の看板には「アジール」とあった。

黒ずんだ重い木の扉を押すと、ぎぃと軋んだ音がする。珈琲と煙草の匂いがただよう空間に『軍艦行進曲』のレコードが流れている。

平日の昼間ながらも適度ににぎわっている。目深に帽子をかぶって語りあっている男たち、煙草をふかして本を読む着物姿の老人。先日、緑雨に伴われた喫茶店とはだいぶ客層がちがう。

奥の壁際の席についている軍服姿の人物が、すっと立ち上がる。ユキは外套を脱いで腕にかけて、そちらへ近づく。床に靴音が響く。男の卓の前までくると、軽く頭を下げる。

「どうぞ、おかけください」

上月の声には昨日の電話と同様に硬さがあった。表情もやや険しい。

彼と最後に会ったのは二ヶ月と少し前、太陽の四十九日の法事の直後だった。そのときはやつれて見えた顔つきは、今は凛々しさを取り戻している。

ユキは上月と向かいあって座り、やってきた店員に珈琲を注文する。上月が言うには、ここはもと神田にあった店なのだが、十年ほど前に閉店し、その後銀座へ移ってきたそうだ。

「仲間たちとよく使っているのです。店の者は口が固いし、客も常連ばかりなので安心できます」

なにやら穏やかではないもの言いだが、ユキは黙ってうなずく。

どうして自分をここへ呼び出したのか。なぜ自分が緑雨の家にいることを突きとめたのか。尋ねたいことはいくつもあったが、まずは向こうの出方を見ることにする。

珈琲が運ばれてきて口をつけると、「お元気そうですね」と言われる。

「上月さんも……お変わりなさそうで」

「いや、だいぶんやられていますよ。でも、ここが踏ん張りどころです」

上月は微苦笑して肩をすくめる。その仕草は甘い風貌と相まってさまになった。軍服の階級章は以前より星がひとつ増えている。どうやら少尉から中尉になったようだ。

洋服かけに吊るしているユキのベロアの外套に、彼は目をやる。

「すてきな外套ですね。その黒い靴も、案外着物ともあうものですね」

恐れ入ります、とユキが言うと、

「そういえば先週の日曜日も、その外套を着ていましたね。大通りをさっそうと歩いて、どこの令嬢かと思いました」

カップを持つ手がぴくりと動き、あやうく珈琲を受け皿にこぼしそうになる。

「一緒に歩いている男を見て自分の目を疑いましたよ。見まちがいか、さもなくばあなたによく似た別人だと思いたかったのですが」

「上月さん、あれは……」

ユキは口を開きかけるが、上月に視線で制される。

「ちょうどあの日、僕も銀座まで出てきましてね」

この店で同志たちと待ち合わせをしており、急いで向かう途中にユキと緑雨を目撃したという。上月は助産所にも問い合わせをしたそうだ。

「あなたは三好の菩提《ぼだい》を弔うために田舎へ帰ったと伺いました。それが、どうしてあの男と仲睦《むつ》まじげに銀座を闊歩しているのか……あの男の家に電話をかけたら、あなたが出たのか……いったいどういうことでしょうか。説明を願いたい」

彼の言葉の一言一句に胸を刺された。上月はやりきれなそうな表情を浮かべている。その様子から察するに、自分と緑雨が男女の関係になっているのに気づいているのだろう。恥ずかしさのあまり、とっさにこの場から逃げ出してしまいたくなる。

しかしそれはできなかった。この人にちゃんと説明をしなくては。いや、むしろ弁解か。店内に流れているレコードが終《しま》いまで一巡し、また最初から曲がはじまる。

守るも攻むるも黒鐵《くろがね》の　浮かべる城ぞ頼《たの》みなる

浮かべるその城日の本の　皇國《みくに》の四方《よも》を守るべし

その軽快な旋律《メロディ》に紛れて、か細い声でユキは言う。

「あの男を……中村緑雨を殺そうと思ったのです」

上月の目が一瞬、きらりと光ったような気がした。

「兄の仇を討つためにあの男に近づきました。いずれ、寝首をかいてやろうと思って……ですがお恥ずかしいことに、未だ本懐を果たせずにおります」

現在は緑雨の家で住み込みの女中をしていることも明かす。話しながら、実に弁解じみているなと思った。相手を油断させるために懇ろになっているという感じを出しているうえに、緑雨への自分の気持ちは一切伏《ふ》せている。我ながら卑怯だ。

だがそれだけはどうしても言えなかった。兄の親友であったこの人に、兄の仇に惚れつつあるなんてことは、口が裂けても言えなかった。

「そういうことでしたか」

ひととおり話し終えると、上月は感じ入ったように首を振る。

「申し訳ない。僕はあなたを誤解していた」

やや興奮した面持ちでユキを見つめる。てっきりあなたはやつの情婦にでも収まったのかと思っていた、と言う。それを聞いて胸がちくりとする。当たらずとも遠からず、というところだったたから。

「でも、そんな下種《げす》な勘繰りをした自分が恥ずかしい。どうか許してください」

上月は軍帽をとって深く頭を下げる。軍人が女に謝罪をする姿に客たちが注視する。ユキは慌てて頭を上げるようにと言う。

「あなたは三好の遺志を継いで、女の身でありながら皇道派のために闘おうとしていたのですね。感服しました」

「は、はあ」

皇道派というのはたしか、兄と上月が属している派閥だった。そして緑雨は敵側の統制派だ。つまり、同じ陸軍のなかで仲間割れをしていることになる。

（軍人さん同士で喧嘩しあっているなんて……なんだか子どもの戦争ごっこみたい）

だが、それで兄は命を落とした。それにより自分の人生もひっくり返った。

「ユキさん」

上月は改まった顔つきで、身を乗り出してくる。我らは目下、ある計画を準備しているところだと、声を落として打ち明ける。それは国家を革新する第一歩となる計画なのだという。

皇道派の仲間たちは水も洩らさぬよう細心の注意を払って計画を進めている。秘密裡《り》に会合を重ね、同志を集め、資金などを調達している……と。それを、こそこそと嗅ぎまわっている邪魔者がいる。

彼はそこで言葉を切り、苦々しげに眉をひそめる。「あの男です」

それが誰を指しているのか、すぐに分かった。

「あの忌々しい〝統制派の始末屋〟が、僕ら《皇道派》が何かをしそうだと勘づいているようなのです。以前にも増してこのところ尾行や内偵がしつこくなっている。やつにこの計画を悟られるわけにはいかない。絶対に」

上月は熱を帯びた口調で、今こそ国家改造をしなければいけないと言う。

なんだか兄と話しているような気分になってくる。国家の改造、革新。かつて兄も手紙にそういうことを何度も書いて自分に送ってきた。この国の未来について、国民のしあわせについて真剣に憂えていた。

「あのう」

熱心に話す上月に、おずおずと問いかける。

「もしも兄が生きておりましたら……やはりその、上月さんたちの〝計画〟に参加していたのでしょうか」

「もちろんです」上月は大きくうなずく。

「三好はきっと僕などよりもっと上層部の、蹶起《けっき》の中心メンバーに組み込まれていたでしょう」

「けっき？」

聞き慣れない言葉に首をかしげるユキに、「いえ、なんでもありません」と上月は話を本筋に戻す。今、自分たちはこの計画への協力者を切に求めているという。

「あの男の動向を探ってくれるような人を探しているところなのです。やはり外から調べるだけでは限界がある。その点、あなただったら……」

上月から乞うような、訴えるような視線を向けられる。

「お願いだ、ユキさん。この計画を成功させるため、あなたの力を貸してほしい。けっして危ない真似はさせない。約束する。この通りだ、頼む」

再度、頭を下げてくる。その懸命なさまに、いよいよ兄が重なってくる。以前の上月はもっと陽気で、少しばかり軽薄な気味さえあった。それが今は向こう意気は消え、まなざしに覚悟のようなものがある。それもまた兄を思わせた。

兄の志はこの人のなかに生きている——そう思った。

「どうかもう、頭をお上げください」

たまらず椅子から腰を浮かせ、協力者になることを承諾する。緑雨の行動を調べ、上月ら皇道派に伝える役目を引き受ける。


その内容は、最初はごく単純なものだった。

上月は、緑雨の日々の予定《スケジュール》をできうる限り知りたいと言った。この日はどこへ出かけ、誰と会うのか、何をするのか。帰宅はいつ頃になりそうか。毎朝、出勤前にでもそれとなく訊いてみてほしいとのことだ。

かくして上月と会った翌日から、緑雨が出かける際にはこんなことを尋ねるようになる。あくまでも女中らしく、慎《つつ》ましく。

「今日はどちらへいらっしゃるのですか?」

「お帰りは遅くなりますか?」

そして男が家を出るとすぐ、上月の下宿に電話をかけて知らせる。

「本日はずっと陸軍省にいるそうです」

「今日は麴町《こうじまち》の憲兵分隊に立ち寄ると言っていました」

という具合だ。はたしてこんな程度で役に立っているのだろうかと思うものの、上月には感謝される。

「ありがとうユキさん。明日もその調子で頼む」と。

彼らが準備しているという計画はなんなのか。訊いてみたが教えてはもらえない。知らない方がいい、とも、ときがきたら分かる、とも曖昧にはぐらかされる。それでも、その計画の一端に自分は携わっている。

兄が存命だったら参加していたはずの計画に、兄の代わりに協力している。そう思うと気持ちに張りが出た。

緑雨への後ろめたさがないわけではなかった。だが上月は、緑雨がこの計画の邪魔をしてこない限りは、こちらからも手出ししないと言っていた。

「あんな〝犬〟を相手にして、なんになるというのです」と。

それで、自分で自分にこう言い訳する。緑雨のためにも上月たちのためにも、わたしのしていることはそれほど悪いことではないのではないか……と。

緑雨の動向を上月に知らせることで、彼らは計画をつつがなく進められる。そして緑雨にその計画を気づかせないことで、危険な目に遭わないようにさせられる。

苦しい言い訳なのは分かっている。だけど、言い訳でもしないことには疚《やま》しさに心が炒《い》られる。ことに最近、男の態度が軟化してきているだけに、いっそう罪悪感を覚えてしまう。

このところの緑雨は口数が増えた。以前はめったに話しかけてもこなかったのが、じょじょに雑談や、とりとめのない話をするようになってきた。

たとえば少し前のこと。まぐわったあと布団のなかでどういう流れからなのか、互いの名前の話になった。大雪の日に生まれたから自分は「ユキ」という名になったのだ、とユキが言うと、

「ではもしもその日の天気が吹雪《ふぶ》いていたら、さしずめ『フブキ』になっていたのかもな」

武骨な指で女の黒髪を梳きながら、緑雨はそんなことを言った。

「少女歌劇の男役のようではないか」

あともう少しで「トメ」になるところだった、とユキがつけ加えると緑雨は笑った。雪が音もなく地面に吸い込まれるような微笑だった。

そこでふと黙り込むと、「どうした？」と問われた。

「なんでも……ありません」

自然と太陽へと思いがいく。自分にこの名をつけてくれた兄のことを。どこにいても、何をしていても、いつも兄が自分を見ている気がする。

緑雨にも名前の由来を尋ねると、父親が斎藤《さいとう》緑雨の愛読者《ファン》だったからだという。辛辣さで鳴らした明治時代の批評家なのだそう。ユキが知らないと言うと、「まあそうだな」と緑雨も言う。

「だがまあ、鷗外《おうがい》や露伴《ろはん》などと名づけられるよりはずっとマシか」

ほんとうにたわいのない会話だ。だけど、あるとないとではまるでちがう。加えて男の抱き方にも変化が生じてきた。

もう手首を押さえつけたり、戯れに首を絞めてきたりもしない。その代わり手を握り、指を絡めてくる。近頃はサックを使うようになり、最後の最後の瞬間まで抱きあったままつながっている。接吻をふんだんに交わしながら。

そんな男の変化に伴い、自分も変わりつつあった。反応がのびやかになり、身体が自然と開くようになってきた。たとえるなら冬の寒さを耐え抜いた花のつぼみが、ある日突然ほころぶように。苦痛でしかなかったはずの行為が、感動に充《み》ちたものになろうとしてきている。

そのことに、心ひそかにあやうさを感じている。

自分たちはどこへ向かおうとしているのか。いつ緑雨に自分の行動を気取られるか。そして男への恋情めいた気持ちと復讐《ふくしゅう》心をどう扱えばいいのか。そんな、薄氷を踏むような思いの日々が続いた。


やがて上月から、さらなる〝協力〟を求められるようになる。

あの男がどの程度、皇道派の現状について把握しているのかたしかめたいとのことだった。メモや帳面、報告書などを探してみてはもらえないだろうか。

電話越しにそう問われ、でもどうやって？　とユキが尋ね返すと、

『たいがい、そういうのは書斎の机の中にでも仕舞っているだろうがね』

「書斎に入ることはできません」

緑雨は書斎には鍵を取りつけてある。この家のなかで唯一、ユキが足を踏み入れるのを許されていない場所だった。

『それは怪しいな』

上月の声が確信ありげに力強くなる。思案するようにしばし間をとり、粘土を準備するよう指示される。

書斎の鍵の型を取るのは、冷や汗ものだった。

緑雨は何本もの鍵を専用の財布に入れて持ち歩いている。それらは大きさもかたちも、さまざまだ。書斎の鍵もそのなかに含まれてるとは思うものの、どれがそれかは分からない。なので、すべての型を取ることになる。

男が風呂に入っている間《ま》に軍服から鍵の財布を抜き取って、一本ずつ粘土板にぎゅう、と押し当てる。だけど粘土が案外硬くて、なかなかうまくいかない。そうこうするうちに浴室から、風呂から上がった気配がしてくる。やむなく作業を中断し、鍵にこびりついた粘土を急いで指でこそぎ落とす。

そんなことを数日間に亘って続けて、ようやくすべての鍵の型を取ると、粘土板を上月に預ける。その翌日にはもう合い鍵を作って渡される。全部で五本だった。

落ち合ったのは前回と同じ喫茶店だ。同じ壁際の席で、同じ軍歌のレコードが流れている。

今日は朝からひどく冷える。そのせいか客はまばらだ。自分たちの座っている卓から少し離れた後ろの席で、背広姿の男が新聞を読んでいる。他に客はいなかった。

窓の外へ目をやると、今にも雪が降ってきそうな空模様だ。どことなく不安な気分にさせるような灰色の天気である。

計画は滞りなく進んでいると上月は話してくれる。

「同志一同、あなたの働きには大変感謝しております」

「やつには怪しまれていませんか？」と尋ねられ、「大丈夫です」と答えると、彼は苦い笑みを浮かべる。

「どうやら、あの男はよほどあなたに心を許しているようですね」

褒め言葉として受けとっていいのだろうか。複雑な気分である。上月ら皇道派の将校たちも、それまで緑雨の身辺について調べようとはしていたそうだ。

「しかしご存じのとおり、用心深い男でしてね。なかなか隙というのを見せない。だから、やつの懐に入り込んで情報を持ってきてくれるあなたのような協力者は貴重なのです」

卓上に置かれた合い鍵の束をいじって、彼はつぶやく。

「もっと早くあなたと接触できていたら……あんな闇討ちもせずともよかったものを」

「闇討ち？」

はっとした視線を向けると、上月はやや、ばつの悪そうな顔をする。

「それは……どういうことですか」

直視したままユキが問うと、彼は渋い表情で語る。先月、一部の同志二名があの男を夜半に路上で襲ったと。

「第一師団の満州移駐の噂やら、じきにはじまる相沢中佐の裁判やらに刺激されて、頭に血が上ったようです」

「それで、二人がかりであの人を襲ったと……」

「ええ」

あの晩の緑雨の姿が脳裏に蘇《よみがえ》る。外套をぐっしょりと血で濡らして帰ってきた。斬られた腕の傷口からは筋肉繊維が見えた。あれは上月の仲間がしたことだったのか。

上月は釈明するように続ける。

「その者たちは先日、退役処分を受けました。きっとやつが手をまわしたのでしょう。いや、どうか誤解しないでいただきたい。この襲撃は指導部による指示ではけっしてありません。あくまで個人の勇み足です」

緑雨のごとき〝犬〟の一匹や二匹を殺して何になる。自分たちが目指すのはもっと大きな、もっと崇高なる変革だ。ユキの協力の甲斐《かい》もあり決行の日は間近い。三月事件、十月事件、そして五・一五事件は失敗に終わった。だから今回こそ、必ず成功させなければならない。

そのためにも、統制派の手先であるあの男がどれだけ状況を把握しているのか、確実に知っておく必要がある。それが本計画における自分の任務なのだと上月は言う。

「ユキさん、早々にすまないが、明日にでもやつの書斎を調べてみてはくれないだろうか」

「明日、ですか」

今日は二月の二十二日、土曜日だ。明日は日曜だが、緑雨はうちにいるのか、それとも出かけるのかは分からない。

ここしばらく緑雨は目に見えて忙しそうだった。帰宅は毎晩ほぼ深夜におよび、いったん帰って仮眠をとってからまた出勤ということもある。本日も土曜であるにも拘わらず、午前中から出かけている。だから上月の急な呼び出しにも応じられたのだ。

書斎に侵入して、机のなかを漁《あさ》れという指示にはさすがに抵抗を感じた。けれど上月から後生です、と懇願される。

「これ以上の無理は申しません。ユキさん、どうか最後にこれだけ頼まれてくれ」

拝むような目で見つめられ、手をとられる。まるで兄にそうされているような気分になった。頼む、ユキ。どうか俺のためにやってくれ……と、幻聴まで聞こえてきそうだった。

上月の手に両手を包み込まれたまま、うつむく。

「これが……最後のご協力……なのでしょうか？」

消え入りそうな声で問うと「約束します」と即答される。顔を伏せたまま少しの間逡巡し、覚悟をきめてうなずく。

「分かりました」

今日明日中にやってみます、そう告げる。

案の定、夜になったら雪が降ってきた。

もう十時を過ぎたというのに、緑雨はまだ帰ってこない。このところの多忙さは、上月たちの計画と関係があるのだろうか。昼間の彼の話しぶりからすると、どうにもそんな気がされた。

今夜も帰宅は午前をまわるだろうか。ならば今のうちに、例のあれをすませてしまおうか。家事のやり方と同じで、面倒なこと、気の進まないことほど、早め早めにやる方が気持ちの負担が軽くなる。

上月には「やります」と請けあったものの、帰りの市電のなかで早くも気が重たくなっていた。しかし、いったん承知したからには「やっぱりやめます」なんて言えない。これはもう乗りかかった船なのだ。それに最後の働きでもある。責任もって終いまで務めなければならない。

（ようし、こうなったら、さっさとやってしまおう）

冷えた廊下をぺたりぺたりと歩き、突き当たりの部屋まで進む。鍵束をじゃらりと鳴らし、まずは一本目を鍵穴に挿し込む。まわらない。二本目も同様だった。三本目と四本目は鍵穴自体に入らない。だんだん焦ってくる。

最後の一本をおそるおそる試すと、扉の内部でゆっくりと金属が回転した。かちゃり、と音がするのとほぼ同時に玄関の方で物音がする。緑雨が帰ってきたのだ。

慌てて鍵をかけ直し、鍵束をたもとに放り込むと小走りで玄関へ向かう。

「お、お帰りなさいませっ」

緑雨の軍帽にも外套の肩先にも、粉雪がついている。

「どうした。急ぎ足で駆けてきて」

「い、いえ……雪が降ってきましたので、心配していたのです。またこの前のように電車や車が止まってしまったのではないかと思って」

男の肩の雪を払いつつ、そう言うと、

「ああ、今日はまだなんとか走ってる」

緑雨は答える。低い声に疲れがにじんでいた。その晩は風呂にも入らず、貴様ももう休め、とユキに声をかけ、遅くまで書斎にこもっていた。

明けて翌二十三日、日曜日。前夜からの雪はまだ降り続いている。緑雨は昼前に起きてきて風呂に入り、食事をすませると軍服に着替える。

「日曜日だというのに、お出かけですか」

我ながら白々しい台詞《せりふ》だとは思いながら、半分ほどは本気で案じた。男の目の下にはうっすらと隈が浮かんでいて、疲労の色が濃い。

「お帰りは何時頃になりましょう」

「そうだな、ちょっと分からん。夜になるとは思うが」

と、軍服の立襟ホックをとめた緑雨が、じっと自分を見る。

「どうも最近、俺の帰る頃合いをしきりに気にしているな」

ぎくりとする。

「あ、あの……ひとりで夜半にお留守を守っておりますのが……その、なんというか……心細いと申しますか」

たどたどしい口調で言い繕うと、男はユキに目を当てたまま「そうか」とつぶやく。

「できるだけ遅くならんようにする。戸締りをしっかりな」

そう言って手袋をつけ、出かけていく。

「いってらっしゃいませ」

玄関の外まで出て見送ってから内鍵をかける。ふう、と息をつく。落ち着いて、と自らに語りかける。大丈夫、緑雨の帰りは今日も夜だ。だから時間はたっぷりある。焦る必要はない。

掃除に洗濯などの家事をしてしまってから、再びこの家の主の私室へ、書斎へと赴く。昨日のうちにたしかめた五本目の合い鍵で扉を開けると、そろそろとした足どりで室内に入る。

最初に目が向かったのは、壁際にある立派な袖机だ。書類や資料らしきものが片側に積まれている。その手前にはユキの背丈より高い本棚があり、書物がぎゅうぎゅうに詰まっている。『憲法撮要』『逐条憲法精義』『国体に対する疑惑』『日本改造法案大綱』……題名からして難しそうだ。

「すごい本」

つい、ひとり言が出る。本なんて読みそうもない人間に見えていたのだが、意外にも読書家らしい。

と、のんきに蔵書を眺めている場合ではない。くるりと振り向いた拍子に、机の脚に足の小指を思いきりぶつけてしまう。

「うう……いたたた」

その場に膝をつくと、頭の上に書類がばさばさと落ちてきた。なんとも間の抜けた泥棒ぶりだ。

床に散らばった用紙を拾い集めようとして、ふと、こんな文章が目に飛び込んでくる。

『決行時期の予測：二月十五日前後、二十日前後、二十二、三日前後。襲撃目標人物たちが確実に在宅している期日を狙う由』

〝襲撃目標人物たち〟という文言に、直感的に胸がざわつく。他の書類にも目を走らせると、こういったことが書かれてあった。

『東京憲兵隊特高課より入手したる情報：皇道派の一部青年将校が軍隊を率いて武力革命を起こす気配が、いよいよ濃厚。狙いは政府の要人暗殺。天皇の親政実現と、皇道派首脳陣による軍人内閣の誕生。及び統制派の駆逐』

『将校らの会合場所：麻布「竜土軒」、大森「鳥末」、新宿「御座敷本郷」、青山、南千住《みなみせんじゅ》、新宿の某寺院』

『予想首謀者：安藤輝三（歩兵第三連隊）、栗原安秀《くりはらやすひで》（歩一）、磯部浅一《いそべあさいち》（元将校）、村中《むらなか》孝次《たかじ》（元将校）』

『民間協力者：北輝次郎、西田税《みつぎ》、渋川善助』

『蹶起への参加が予想される者：香田清貞、中橋基明、坂井直《なおし》、安田優《ゆたか》、中島莞爾《かんじ》……』

以下、何十人もの人名がずらずらと続いており、そのなかに〝上月勇〟の名前があるのを見つける。

（……上月さん）

人名一覧を凝視して、ごくりと唾を飲む。別人ではないかとも思ったが、たしかにこう書かれてある。〝上月勇（近衛歩兵第三）〟と。たしか上月は近衛連隊づきだったはずだ。宮城をお守りする陛下の兵士だ。

二枚目の書類をもう一度、じっくり読む。皇道派の青年将校が武力による革命を起こす、とはっきりと書かれてある。

政治家の人たちを殺して軍人政府をつくる――。上月たちの準備している〝計画〟とは、これだったのか。この国を軍隊の国にして、それで外国と戦争でもしようというのか。中国やソ連や西欧の国々と戦おうというのか。はたして日本がそんな国になるのを、兄は夢見ていたのだろうか。

どうしよう。

冷たい床に座り込んだまま茫然《ぼうぜん》とする。これは大変なことだ。国をひっくり返すようなとんでもない計画が、今こうしている間にも進められている。自分の理解が追いつかない。どうすれば、どうすればいいのだろう。

屋根から雪がどさりと落ちる音がして、はっとして我にかえる。ぼんやりしている場合ではない。ひとまず、部屋を出よう。

散らばっている残りの書類を急いでかき集める。最後に手にとった一枚には、こんな文章が書かれてある。

『蹶起将校らには合い言葉がある由。「昭和維新」と「尊皇討奸」』

「しょうわいしんと……そんこう、と、とう……?」

無意識に口に出してつぶやくと、

「そんのうとうかん、だ」

背後で声がした。低い、静かな声だった。

「尊皇討奸。陛下を敬い奉り、〝君側の奸《かん》〟どもを討つべし、という意味だ」

腕を組んだ緑雨が、扉にもたれて立っていた。猟犬が獲物を見るような目で、こちらを見ていた。

第四章　或る雪の日の帝都にて

一

二月も十日を越えたあたりから、皇道派の動静はいよいよ不穏になってきた。

それまでは会合をするのにも料理屋や料亭を使っていたのが、ここへきて急に個人の自宅や連隊の兵営内に集まりだした。突発的な夜間演習もたびたび起こっている。

永田局長を殺した相沢中佐を裁く裁判、通称「相沢裁判」は現在公判中だ。

無罪の流れへもっていこうとする皇道派青年将校らの対策も虚《むな》しく、裁判は相沢不利に進行している。統制派による妨害工作と、皇道派の大物たちが法廷での証言を土壇場で拒否したからだ。例の石原大佐もなぜか弁護人を降りたという。相沢は極刑になるかもしれない。こういった状況が、青年将校たちの心理にどんな影響をおよぼすかは想像に難くない。

このところ緑雨は、懇意にしている憲兵隊の曹長と毎日のように会い、情報を交換している。互いの意見をすりあわせ、部下たちから上がってくる報告もつけあわせ、ある結論が見えつつあった。それは「蹶起間近」だ。

おそらくは今月中か来月の頭か、少なくとも春になるまでに連中はことを起こす。必ずや。自らの経験と勘がそう告げている。蹶起の中心メンバーも、それに参加するであろう将校たちも、民間人の協力者もあらかた調べあげた。

だが、それ以上先には進めずにいた。まだ起きてもいない叛乱容疑《クーデター》で、さすがに尉官以上の階級の者たちをしょっ引《ぴ》くというわけにはいかない。そんなことをすれば、かえって連中を刺激する。

唯一、拘引できる手段があるとすれば、それはやつらが暗殺しようとしている人物たちのリストでも手に入れる他ないだろう。オヤジ殿からも、誰が狙われているのか至急特定するようにとせっつかれている。昨日はこんな忠告もされた。「身辺に気をつけろ」と。「皇道派の〝ねずみ〟が、どこにひそんでいるかも分からんからな。まあ、貴様には不要な忠告かもしれんが」

出雲も自分も部下たちも、ここしばらく休日返上で勤務している。皇道派はかつてなく慎重な動きをみせている。会合場所を変えただけでなく、偽の情報を流したり、統制派との接触を避けてか偕行社にも現れなくなりはじめた。

まるで、こちらが躍起になって蹶起情報を摑もうとしているのを見越すかのような反応が、なにやら不気味でもあった。出雲の言うとおり、ここ軍事課内の状況を向こう《皇道派》に洩らしている者がいるのかもしれない。つまり内通者が。だとしてもふしぎではない。長谷川の件で痛感した。どんなに身近な者であっても裏切る可能性はある。あいつは連行される直前に言った。『省内では誰も信じるな』と。自分を裏切っていた友人からの忠告であり、遺言だった。

「まったく、雪がよく降るなあ」

自分らの班同様に出勤している隣の班の課員が、窓を眺めてつぶやく。

「スキーにでもいきたいものだ」と言う課員がいれば、

「俺は女房を連れて温泉でゆっくりしたいよ」と言う者もいる。

〝雪〟という言葉から、自然とあの娘が思い出される。

今日、出かける間際のユキの様子は、どことなく不安げだった。黒目がちの瞳がゆれて、こちらの帰る時刻をしきりに気にしていた。最近はいつもそんな感じだ。もしや俺がいなくてさびしいのか……？　などという気持ちがうっすらと湧いてくる。

昨夜も帰宅すると、廊下を走って迎えにきた。頬を紅潮させ、目が潤んでいた。肩に残った雪を払《はら》い除《の》ける指先が、わずかに震えていた。

(どうも……落ち着かんな)

雪も降っていることだし、皇道派のやつらに目立った動きがないようならば、今日は早めに帰ってやるか。洋菓子屋にでも立ち寄って何か買っていってやろうか。あの娘の好物のシュークリームでも。

報告書をまとめつつ、そんなことを考えていると、同僚から声をかけられる。

「中村、客がきてるぞ」

執務室の出入り口へ目を向けると、なじみの憲兵曹長の姿があった。外套も軍帽も雪まみれだ。身体の雪を落としながら近づいてきて「報告があります」と言う。憲兵特有の冷静な表情に深刻さがにじんでいた。別室へ招じ入れる。

現在、憲兵司令部の多くは皇道派の者で占められていた。この曹長は数少ない統制派で、自分と同じく故・永田局長の元部下でもあった。憲兵側で把握している皇道派将校たちに関する情報を、逐一流してくれる人物だ。

「蹶起すると思われる将校のうち一名が、怪しげな動きを見せています」

曹長は言う。注意すべき将校らには尾行をつけている。そのなかの某将校が、数日前に鍵屋へ出入りしたそうだ。そこの店主に聞き込みをしたところ、粘土板から合い鍵を作るよう依頼されたとのことだった。

その将校の名は、近衛歩兵第三連隊所属の上月勇。

「ああ、あいつか」

緑雨はうなずく。いつだったか、偕行社の酒保で投げ飛ばしてやった相手だ。二枚目の、生意気そうな若造だった。長谷川にたしなめられたっけ。

〝近歩三〟には跳ねっ返りが多い。あの上月とかいう男も皇道派将校たちの中心メンバーとまではいかないが、それなりの立場《ポジション》にはあるようだ。

「それで、どうした」

続きを促すと、昨日、上月は民間協力者らしき女と銀座で接触し、鍵屋で作らせた合い鍵を渡したという。尾行をさせた部下が、会話の一部始終を聞いていた。

「その女は、どうやら統制派内の軍人と深い関係にあるようです。情婦か、あるいは知り合いか。上月は女に、こちら《統制派》の内部情報を盗んでくるよう指示していました」

曹長は内ポケットから写真を抜いて差し出す。「部下が撮ったものです」と。

隠し撮りをしたのだろう。上月らしき軍服姿の男の背中越しに、緊張した面持ちの若い女が写っている。

凛とした顔立ちに濃い黒目、白黒写真でもはっきりと分かるほど白い肌、ぴんと伸びた姿勢。女の背後にある帽子掛けには、見覚えのある紺色の外套がかけられている。

ユキだった。つい数時間前に自分を送りだした女、今しがたまで思いをめぐらせていた女がそこに写っていた。上月と恋人同士よろしく手を握りあっている。

自分の顔に動揺の色は、浮かんでいなかったと思う。曹長は何も気づいたふうではなく報告を続けたので。心も動じてはいない。一語一語、話の内容がしっかり頭に入ってくる。

「彼奴らのやりとりから察するに、皇道派は早晩にでも何かやらかすかもしれません。どうしましょう。ひとまず上月をしょっ引きますか」

「いや」

静かな声が口から出た。写真を見つめたまま、この件は他言無用にしておくように、と命じる。廊下で曹長を見送ると、窓ガラスに反射している自分と目があう。この男は誰だと思う。表情がまるでない。自分の顔でありながら、見知らぬ男みたいに見える。

長谷川、と心のなかで亡き友に語りかける。貴様は正しい。貴様の言ったとおりだ。

「誰も信じるな……か。ほんとうだな」

降る雪はいよいよ激しくなってくる。外の景色は白一色に染まっていて、今が昼か夜かも分からない。時間の感覚をくるわせるような天候だ。

提出された写真をポケットに入れると、席へ戻り外套を手にする。「ちょっと出てくる」

と自分の班の部下に告げ、執務室をあとにする。

そして現場を押さえる。

ユキは書斎の床にぺたりと座り込んでいた。はっとしてこちらを振り向き、顔色は蒼白だった。それは自分に見つかったからか、それとも手にしている書類の中身を読んだからなのか。

曹長からの報告を受けた際も、ここへ向かう途中の円タクでもずっと冷静だったのに、蒼ざめた女の顔を見るや、頭の芯が発火した。否定のしようもないものをまざまざと見せられた。

「この……泥棒猫が！」

喉がびりびり震えた。頰も、こめかみも。怒りが自分のなかで渦を巻き、全身の血管に流れていく。体温が数度上がったようだった。すさまじい奔流のような激情が身体じゅうを駆けめぐり、気づいたら女の上に馬乗りになっていた。

「知ってることをすべて吐け」

左手で細い喉を押さえつけて問う。ポケットから写真を出して女の顔の前にかざす。女は驚いたように目を見開く。

「貴様は上月の女か。兄の仇討ちというのは真っ赤な嘘か。作り話か」

ぎりぎりと喉もとを締め上げる。

「ち、ちが……う」

女はかすれ声で訴える。

「この期に及んで何を言う。よくも俺をたばかってくれたな」

息と息が混ざりそうなほど顔を近づける。女が脚をばたつかせて抵抗するが、着物の裾を右手で割って下穿きを剝ぎとる。

「い……いやっ」

「なにが嫌だ。このあばずれが」

秘部に中指を突き立てる。内部は乾いていて熱い。荒々しく指を動かすと、女が顔を歪める。

「もう一度言うぞ。貴様の知っていることを全部吐け」

「し……しらな……い。なにも……何も知らない」

「そうか」

二本目の指を突き入れ、女の壁を乱暴にかきまわす。

「このまま手首まで入れてやろうか。腹が破けるかもしれんな」

なぶる口調で言ってやると、女がひゅう、と短く息を吸う。目に涙をにじませて自分を見上げている。うそ寒いことこの上ない。首を押さえていた左手で衿をはだけさせ、左の胸乳に思いきり歯を立てる。

「うぅっ」

ふくらみに犬歯を食い込ませる。先端もぎりぎりとしごいてやる。

いっそ、このまま噛み切ってやろうかと思った。赤子に乳をやれない身体にしてやろうか……と。口のなかに血の味が広がってきて、女の心臓の鼓動を舌に感じた。苦しげに、せつなげに鳴っていた。

内部から指を抜くとズボンのベルトをゆるめる。股間が急にずしりと重くなった。痛いほどずきずきとしている。

何をされるのか悟った女がもがくが、右手首と右足首をひとまとめにしてベルトで縛り上げてやる。反対側の膝裏に手をかけて、大きく脚を開かせる。あらわになった秘所に自らを一気に突き刺す。

「あぁぁっ！」

裏返った叫び声に嗜虐《しぎゃく》的な喜びを感じる。潤いのない内壁が必死になって反撥するが、かまわずにこじ開ける。女のやわらかな肉を裂き、力ずくで交わる。

女のなかで自分自身がさらにふくらむ。暴れまわる。怒りのあまりはち切れそうに怒張して、ずくずくと産道を蹂躙する。縛った方の足首を肩にかけさせ、女の上に乗り上がるようにして嵌入を深めていく。

「っ……く」

白い喉が、くっと反る。犯しながら尋問する。

「ここへやってきたのは上月の指示か。俺と懇ろになれと言われたのか。懇ろになって省内の情報を盗《と》ってこい、と」

「ちが……う……こ、上月さんは関係……な、い」

「まだしらを切るか。まったくいい度胸をしてるな」

切っ先を壁にめり込ませる。「うぐ」と腹の下で女が呻く。ぐりぐりと己をこすりつけながら再び問う。

「やつらの決行日はいつだ。襲撃目標は？　白状したら、ここで勘弁してやる」

涙に濡れた女のまつ毛が凍えたように震えている。黒い瞳の表面に怯えがあった。おぞましいものを見るような目で自分を見つめている。

「知らな……い。わたしはなにも……何も知らない……お願い……信じて」

「信じられるか」

怒りに任せて先端が内臓に届くほどに深々と、穿つ。

「――っ――」

女がいよいよ顔をぐしゃりと歪める。いいぞ。もっと泣け。痛がれ。苦しがれ。俺の裏をかこうとした罰だ。

内部は少しもほぐれない。まるで初めてこうしたときのようだ。いや、あのときよりも女はこわばり男を拒絶しようとしている。奥まで進入されながら、なおも懸命に押しのけようとしてくる。

その反応にいっそう狂暴な気分にさせられて、熱い塊をねじ込む。折り曲げさせた両脚を胸にぎゅうぎゅう押し当てて、抜き差しするたび肌と肌がばちんと鳴る。

「あっ、はっ、あぁ」

女はいっかな濡れない。それならそれでかまわない。めちゃくちゃにしてやるまでだ。

胸のふくらみをぎゅうと掴むと、女はほとんど泣きそうな顔になる。

「いい顔だな」

唇同士がふれそうな距離でささやく。

「あの若造にもこんな顔を見せてるのか。昨日落ちあって、抱かれてきたのか」

「ちがう……ちが……う」

女は首をぶんぶん振って「ちがう」と繰り返す。ほんとうに何も知らないのか、それともあくまでも上月をかばっているのか。判断がつかなかった。

尋問は得意なはずだった。相手の目をじっと覗き込み、静かな口調で語りかけるように問《と》い質《ただ》したら、たいていの人間は落とせた。この女よりはるかに手ごわい海千山千の男たちの口を、これまで何度も割らせてきた。

なのに、こんな小娘ともいっていいような女の、心のうちが分からない。

ユキの言ってることはどこまでがほんとうで、どこからが嘘なのか。兄の仇を討とうという見上げた性根の娘なのか、それともそれを隠《かく》れ蓑《みの》にした皇道派側の協力者なのか。まるで見えない。そんな自分に戸惑い、混乱してくる。

心が分からないのなら、身体に訊くまでだった。

自分が今どれほど悔しいか、どれほど憤っているか、どうしてこんなに悲しいのか、こいつにはきっと分かるまい。ならば身体に叩き込んでやる。

そんな激情に押し流されるようにして、動作が加速する。産道の奥まで分け入って女のなかを自分で埋めてやる。閉じようとする内壁をしゃにむに攻めたて、受け入れさせる。

それでも女は潤わない。まるで徹底的に男を拒もうとするように。

ずず、ずず……と乾いた摩擦音が結合部から響いてくる。女はもう息も絶え絶えになり、うわ言のように「やめて」とつぶやく。

「いや……も、もう……やめて」

その懇願を無視し、腰を摑んでぐいと引き寄せる。女の尻を自分の太ももにのせ、下から思いきり突き上げる。ごりっとした音がする。

「ひぃっ！」

女が引き攣った声で啼《な》く。芯熱の先が硬いものをかすめた。やわらかな腹のなかで、そこだけ感触が異なった。子宮の口だろうか。ぞくりとしたものを感じて、再びそこに狙いをつける。

「や、やだっ、そこ、や……いやあっ！」

叫ぶ女を押さえつけ、がつんと腰を打ちつける。

「ひぅっ」

女は大きくのけ反る。打擲されるつど、びくんびくんと身を震わせて、まるで仕留められた獣のようだ。その様にどうしようもなく駆り立てられて、動作が止まらない。この女を痛めつけたい。苦痛を与えたい。そんな思いで心がいっぱいになり、苦しくてたまらなくなる。

この女を知《し》らず識《し》らずのうち信じるようになっていた自分の甘さ。裏切られた悔しさ。

悲しさ。それらが一緒くたになって胸をじりじり灼き焦がす。

子宮の入り口に自らをぶつけた瞬間、自分自身の奥底のさらにずっと深いところで、何かが爆発する。限界まで溜め込んでいたすべてのものが噴出する。こんなにもやるせない到達感は初めてだった。

「あぁ」

下腹をぶるりと波打たせ、女は観念したかのように静かになる。体内に放出されて心が萎えたようだった。だが自分は萎えていない。怒りも欲望も鎮まらない。

「まだ尋問は終わっていないぞ」

我ながら冷え冷えとした口調だった。立襟ホックを外して軍服を脱ぎ落とす。ぐったりとした女の首もとへ手を伸ばし、ゆっくりと絞め上げる。

結局、気を失うまで女は何も吐かなかった。最後まで沈黙を貫いた。

遠くから電話の鳴る音が聞こえてきて、意識のない女を解放する。玄関へ向かい、受話器をとると部下からだった。つい先ほど省内に、中村大尉に至急会いたいという人物から連絡があったと報告される。

「こんな時刻にか」

腕巻き時計を確認すると、夜の八時を過ぎていた。ずいぶんと長い間、女を〝尋問〟していたようだ。途中から時間の感覚が消えてしまった。

『いかがしますか。週明けに改めて連絡するようにと返答しておきましょうか』

そうしてくれと言いかけるが、その人物の名前を聞いて、考え直す。

「すぐそっちへ向かう。貴様は先方に電話をして陸軍省へくるよう伝えろ。ああ、それと……」

ちょうど今、皇道派側の〝ねずみ〟を捕え、自分の家に軟禁中だとつけ加える。

「誰か一名、見張りを寄こしてくれ」

電話を切ると身支度を整える。軍服を着け直し、乱れた髪を撫でつけて軍帽を拾い上げる。女は当分目覚めそうにない。狼藉《ろうぜき》の跡も生々しく、裸同然の姿でぴくりとも動かない。歯型のついた左胸に手のひらを当て、生きているのを確認する。

女の身体にばさりと着物をかけると部屋を出て、扉に鍵をかける。さらに工具を使って取っ手を外す。これでもう中からは出られない。見張りを立てる必要まではないかもしれないが、なにしろ油断のできない女だ。

外した取っ手を外套のポケットに入れ、煙草を一本吸い終えたところで部下がやってきた。〝ねずみ〟は奥の書斎にいると告げて見張り役を任じる。「絶対に逃がさないように」

と言いつけると、その部下の乗ってきた軍用車で急ぎ、三宅坂へ戻る。

軍務局の執務室に入ると、客はすでに到着していた。来客室のソファに腰を下ろして、悠然と煙草をふかしている。

「ああ、どうも」

男は緑雨の姿をみとめて立ち上がる。黒の外套を腕にかけ、黒い背広に高襟の白いシャツ。薄い笑みを浮かべて片方しかない目を細める。長谷川を買収していた実業家だ。名を青柳という。

「申し訳ありません。こんな大雪の晩にご連絡を差し上げてしまいまして。お目どおりが叶《かな》って恐縮至極です」

慇懃《いんぎん》無礼《ぶれい》すれすれの馬鹿丁寧な口上だ。

「至急会いたいとはいかなる用件だ」

挨拶を飛ばして切り出す緑雨に、

「まあ、まずは一服いかがですか？」

男は上衣の懐から敷島《しきしま》を取り出して勧めてくる。無言で鋭い視線を向けると、男は口もとに微笑をのせたまま煙草の箱を懐に戻す。開け放したままの部屋の扉に目をやり、言う。

「閉めていただいても、よろしいでしょうか」

執務室にはまだ残っている課員もいる。つまり、他の人間には聞かれたくない話をもってきたということか。

緑雨が扉を閉めて振り返ると、ソファセットの卓の上に四つ折りされた紙片が置かれている。青柳を見ると、どうぞ、というふうにうなずかれる。紙を開くと、こんな文言が記されている。

『暗殺対象　内閣：岡田《おかだ》首相、高橋《たかはし》蔵相　宮中：斎藤内大臣、鈴木《すずき》侍従長、牧野伸顕《まきののぶあき》　陸軍：渡辺《わたなべ》教育総監　元老：西園寺公望《さいおんじきんもち》』

顔を上げると、男は再びうなずく。

「これは……確かなのか？　どうやって入手した？」

これ、というぼやかした言い方で尋ねると、

「いささか金を遣いました」

男は答える。各方面で飼っている情報屋たちから仕入れたものだ、と。

「憲兵隊の方がたや特高警察の地道な捜査活動より、ときには金の方が効果を上げることもございます」

額にじわりと汗がにじんでくる。これがずっと欲しかった。喉から手が出るほど、胃が

きりきりするほど探し求めていた襲撃目標者のリスト。それが今、目の前にある。これさえあれば皇道派の連中をひとまとめに引っくくれる。蹶起を潰せる。

青柳がこの情報を手に入れたのは、つい数時間前だという。

「確度は高いと思われます。尤も、いざことが起こったら、たちまち無意味になる類の情報ですが。利用価値があるのは、もってあと数日というところでしょうか」

その口ぶりから、皇道派による叛乱計画をこの男が完全に見越しているのが分かった。

「貴様、なぜこれを俺のもとへ持ってきた？」

紙片を男にかざして緑雨は問う。この情報の価値は甚大だ。政界なり財界なりに持っていったら、大きな旨味《うまみ》となるだろう。あるいは襲撃目標本人たちに知らせてもいい。いや、まともな人間だったらそうするはずだ。

それをなぜ一介の軍人に過ぎない自分に提供しようというのか。欲しいのは軍部とのパイプか。ならばもっと上層部の人間と接触すればいいものを。男の真意を計りかねた。

「ご存じのとおり、私は商売人でしてね」

緑雨の疑問に答えるように、青柳は口を開く。

「政治にも国家にも、革命にも関心はありません。興味があるのは金だけです。そういう点で長谷川少佐とはウマがあいました。しかし残念ながら亡くなってしまった。あの方に代わって陸軍内の情報を流してくれる〝友人〟がほしいのです」

今後この国を動かすのは陸軍になるでしょう、と隻眼の男は言う。まるで予言のように、なんの思い入れもなく。

「お返事は急ぎません。そのリストは私からのほんのご進物です。お近づきの印ばかりに」

青柳は窓の外の雪を見やり、「今日は一日、降りどおしですね」

ソファから立ち上がって外套に腕を通しつつ、ひとり言のようにつぶやく。

「ドジョウ鍋でもつつきたい晩だ」

緑雨に一礼すると、闇に溶けるカラスのように暗い廊下を歩いていく。

次に自分のとった行動は、出雲に知らせることだった。オヤジ殿に電話をかけ、皇道派の暗殺対象者が分かった旨を報告すると、直接聞くからうちへこい、と言われる。

『電話はいかん。盗聴されているやもしれん。それと軍の車は使うな。運転手にも用心しろ』

出雲はきびきびと指示を出す。かくして大雪のなか円タクで出雲の自宅へ向かう。なんともせわしない日だった。

車のなかで今後の算段を考える。このリストを証拠とし、蹶起を企てている将校たちを逮捕する。芋づる式に皇道派の上部連中も拘束する。現役陸軍軍人による叛乱など、起こさせてなるものか。絶対に潰してやる。

出雲宅に着くと、ふくふくとした老婦人が迎えてくれる。「まあまあ、ご苦労さまです」

息子にそっくりな体型と容貌の、出雲の母親だ。

「なんですかねえ。急にいそいそと『母ちゃん、酒の準備だ』なんて言いだして、あの子。まったく、いい年をして落ち着きのない」

老母はぶつぶつ言いつつ緑雨を客間へ案内する。

「おうおう、待っていたぞ」

出雲は丹前姿でウィスキーを呑《や》りながら、愛犬に落花生を与えていた。緑雨の差し出した紙片を受けとり、さっと目を走らせる。

「よくやった」

厚い唇の両端をにい、と上げる。新しいグラスに水割りをつくって卓に置く。

「さあ、貴様も呑め」

緑雨はグラスに気持ち程度に唇をつけると、「今すぐ青年将校らを拘引しましょう」と上申する。

「ご存じのように連中はいつ蹶起するかも分かりません。憲兵隊に連絡し、今夜中に捕縛させましょう」

そう出雲に訴えると、

「まあ聞け、緑雨」

グラスの氷をからりと鳴らし、出雲はさもうまそうに酒をすする。

「いや俺も、つい先《せん》まではそう思っていたのだがな。このリストを見て考えが改まった」

胡坐《あぐら》をかいた股ぐらに狆がちょこんと座り、飼い主の指をぺろぺろ舐める。

「蹶起したいというのなら、させてやろう。連中《皇道派》に蹶起させ、それを我ら《統制派》が鎮圧する。どうだ？　美しい流れだと思わんか」

どんぐり眼を輝かせ、楽しげに言ってのける。とっちゃん坊やの童顔が策謀家の顔になっている。

「狙うのは高橋蔵相に牧野伯か……なかなかいい顔ぶれではないか、うん。一掃されたらむしろ、すっきりしやせんか？」

「ですが、陸軍の渡辺教育総監も含まれております」

渡辺錠《じょう》太郎《たろう》教育総監は、皇道派の親玉的存在である真崎大将に代わって昨夏、教育総監に就いた。それだけに、皇道派の青年将校には大いに恨まれている。

「そうだな。教育総監が暗殺されたら陸軍の面子《メンツ》は丸潰れだな。なんとしても弑《しい》した奴らを討たねばな。派閥ごと」

「……」

沈黙する緑雨に、出雲は語り続ける。

「考えてもみろ、緑雨。ここで叛乱計画を押さえ込んでも、やつらはきっとまた企てる。そしてまた俺たちが押さえ込む。いたちごっこだ。きりがない」

それよりむしろ敢《あ》えて決行させて、そののちに徹底的に潰した方が軍略として得策だ。青年将校らの兵力など高が知れている。起《た》ったところで軍部全体に敵《かな》うものではない。

「陸軍の力を結集して叛乱者を討伐し、その流れで皇道派そのものも叩き潰す。今度こそ、徹底的にやつらを粛清する。ようし、これでいくぞ。緑雨」

出雲は狆の頭を撫でて命じてくる。「待機せよ」と。あとは蹶起が起こるのを待てばいい。みすみす人が殺されようとするのを承知のうえで、何もせずじっとしていろ……と。

(待て、か。まるで犬だな)

やるせない思いが胸のうちにじわじわ広がる。この件に関する情報を集めるのに、どれほど苦労したことか。襲われて腕を斬られもした。胡散《うさん》くさい実業家に大きな借りもつくった。そして心を許した女にはあざむかれた。それでもかまわなかった。ひとえに軍部の叛乱を未然に防ぐためならば。

だが、出雲はそうではないのか。皇道派を潰すためなら人が死のうが、陸軍内で相撃ちが起ころうがかまわないというのか。統制派が勝つためなら。そのためならば何をしてもいいと考えてるのか、オヤジ殿は。

チリリリリーン、と家屋のどこかで電話が鳴った。しばしして出雲の老母が顔を出す。

「またお電話ですよ。ほんとに今夜はにぎやかだねえ」

「すまんな、母ちゃん。もう寝ててくれや」

立ち上がろうとする息子に「あんたじゃなくて、そちらさまに」と、老母は緑雨に目を向ける。「お電話がきてますよ」

かけてきたのは、書斎の見張りを頼んだ部下だった。玄関口の廊下に取りつけられた電話をとり、

「もしもし」

応答するなり『申し訳ありませんっ』と泣きそうな声が飛び込んでくる。〝ねずみ〟が逃げたという。

『課に電話しましたところ、どなたも行き先をご存じないとのことで、方々《ほうぼう》に電話しまして、もしや出雲中佐のお宅ではないかと……』

弁明を続けようとする部下を遮り、「逃げたのはいつ頃だ」と訊くと、それほど前ではないはずだという返事がくる。窓から外へ出たらしいと聞いて、舌打ちが出た。あの野良猫が。

部下曰く、書斎の前の廊下で張っていたところ、玄関の方から女の声らしきものが聞こえてきた。不審に感じていってみると、壁掛け電話から受話器が外れてぶら下がっていた。女物の靴も消えていた。

『逃げる前に、何者かに電話していたものと思われます』

電話。いったい誰にかけていたのか、と考えかけて自嘲する。むろん上月に決まっている。身体を張って手に入れた情報を届けにいったにちがいない。俺が蹶起計画をほぼ摑んでいるのを知ったら、あの若造もさぞかし驚愕《きょうがく》するだろう。

女はもう戻ってはきまい。当たり前だ。あんな仕打ちをされて戻ってくるバカがいるものか。自分としてもあの娘がどうなろうと知ったことではない。上月にいいように利用されようが、それとも用済みとなって捨てられようが……。

そこでふっと、嫌な予感が頭をよぎる。

ユキは蹶起計画を知ってしまった。上月からすれば便利な協力者である反面、扱いに困る存在でもあるだろう。加えて、統制派の側である自分ともつながりのある女だ。

仮に自分が上月ならば、計画を実行するまでユキをどこかに軟禁するか、あるいはいっそのこと……という考えが浮かぶかもしれない。謀略の常として、知りすぎた協力者は得てして始末されるものだ。

もしも今、ユキが上月のもとへ向かっているとしたら。そして入手した情報をすべて渡してしまったら、そのあとは——。

『大尉、どうされましたか。大尉』

部下の声に思考を中断され、我に返る。

「なんでもない……貴様はもう帰ってよろしい。ご苦労だった」

通話を終えたあとも受話器を握りしめたまま、冷えた廊下に突っ立っている。嫌な予感に心臓が締めつけられる。

よせ、妙なことを考えるな。自らにそう言い聞かす。オヤジ殿にも言われたではないか。待機していろと。犬のようにじっとして、ことが起こるのを待て、と。上官の命令は絶対だ。逆らうことは許されない。出雲の指示とあの娘の安否と、どちらが大事かなんて迷うまでもないはずだ。

なのに、どうしてこんなに心が動揺しているのか、自分でも分からなかった。

いつの間にか足もとに犬がきていた。尻尾をぱたぱた振って、舌をちろりと出している。

ビー玉みたいに輝いた感情のない目で、じっと客人を見上げている。なんとなく見覚えのあるまなざしだと思ったら、まるで自分の目のようだった。

夕方、省内の廊下の窓に映っていた自分のそれと、そっくりだった。

途端——衝動が動きだす。受話器を電話機に置くと客間へ戻り、出雲に夜更けの訪問を詫びて帰り支度をする。「まあ一杯だけでも呑んでいけ」と言われ、薄くなった水割りを一気に飲み干す。

「今夜は熱い風呂にでも浸かって、ゆっくり休むことだな」

「そうします。ご母堂にお邪魔しましたとお伝えください」

敬礼して出雲宅を辞すると、内ポケットから手帳を取り出す。要注意将校たちの住所やたまり場、会合場所はこれに控えてある。もちろん上月の下宿先も。やつの住まいは新宿だ。

街路へ出ると円タクをとめ、「新宿まで急いでくれ」と運転手に告げる。軍人となって以来、初めて今、自分の意思で動いていた。上官のためでも軍のためでもなく、自らの心のままに動こうとしていた。

二

少しの間、夢を見ていた。周りの風景は見わたす限り雪景色だったので、たぶん故郷だと思う。兄と遊んでいる夢だった。

自分は小さな子どもに戻っていて、兄と雪玉をぶつけあったり、雪だるまをつくって遊んでいた。兄は将校マントを着て軍帽をかぶっていた。手袋の色まではっきりと思い出せるのに、なぜか顔だけは雲がかかっているように、ぼんやりしていた。声もだ。それでも無邪気に遊ぶ自分たちの姿は楽しそうだった。ずっと見ていたかった。

（お兄ちゃん……どんな顔をしてたっけ……）

かけられている着物からはみでた肩がぶるりと震え、ユキは目を覚ます。室内には自分しかいなかった。書斎の床に、死体のように横たわっていた。

よろりと身を起こすと全身がずきりと痛む。腹にも背中にも生乾きの精液がこびりついている。つんとした匂いを嗅いだ途端、吐き気をもよおしそうになり、手で口を押さえる。

「うっ……」

なんとかこらえるけれど、頭が割れそうにがんがんする。数刻前の狼藉が生々しく思い出されて、身体がぶるぶる震えてくる。

怖かった。おそろしかった。緑雨に犯されながら首を絞められ、このまま自分は死ぬのではないかと思った。初めて会ったときのように、いや、もっと手ひどくなぶられた。気を失っていなかったら、殺されていたかもしれない。

男は繰り返し自分に、知っていることをすべて吐け、と問うた。その顔はとても狂暴で、とても悲しそうだった。男のあんな表情は初めてだった。

「っ……うぅ」

喉の奥を苦いものが流れ落ちていく。嘔吐ではない。涙だ。

どうして自分は泣いているのだろう。男に凌辱された悔しさか、殺されかかった恐怖か。きっとそうだ。それ以外に泣く理由がない。あるはずがない。

あの男はやはり鬼だ。けだものだ。大嫌いだ。もっと、もっと早いうちに殺しておけばよかった。ほんのわずかでも心惹かれてしまった自分が情けなく、腹立たしい。

(し、しっかりなさい……泣いてる場合じゃないのよ)

ぐすぐすと洟《はな》をすすって、なんとか気持ちを立て直す。そう、まだしなければならないことがあるのだ。

上月たちの目論《もくろ》んでいる〝計画〟は、とうに緑雨にばれている。決行時期も会合場所も、参加者もすべて。それを上月に知らせなくては。そして、計画を中止するよう呼びかけなくては。

四散している着物を身につけると、やはり床に散らばっている書類をかき集めて懐中に入れる。これを上月に見せるのだ。そうしたらきっと思いとどまってくれるはずだ。

扉の取っ手に手をかけると、動かなかった。何度も試すものの、びくともしない。外側から細工がされているらしい。

「あの男……っ」

自分をここに閉じ込めようという肚《はら》か。ならば、と机の反対側の壁にまわり、引かれてあるカーテンをしゃっと開ける。やや高めの位置に出窓があった。自分の胸ほどの高さだ。机の椅子をその下まで持ってきて、踏み台代わりにする。窓枠に足をかけて、よいしょと乗り越える。

どさり、と雪の積もった地面に、半ば転げ落ちるようにして着地する。足の裏が冷たい。それに寒い。

庭を抜けて玄関へいき扉を開けると、三和土に軍靴があった。あの男のものではない。即座にぴんとくる。全身の神経が張り詰めていて、奥の方に誰かがいる気配を感じた。

靴を履くと再び庭へ出て、雨戸の隙間から室内をそっと覗いてみる。書斎の前に見知らぬ軍服姿の若い男がいた。門番よろしく直立不動で立っている。

さては緑雨の部下だろう。自分が逃げ出さないよう見張りをさせているのだろう。部屋へ戻って身支度を整えたかったのだが、諦めることにする。

だが、出かける前に電話を一本かけることはできるだろうか。さいわい書斎はこの家の玄関から一番遠く離れた、奥まった位置にある。計画がすでに洩れているということだけでも、一刻も早く上月に伝えたかった。

受話器をとり、震える指でダイヤルを回す。彼の下宿先の番号は暗記している。相手が出る。『もうしもうし』

いつも取り次いでもらっている下宿屋の主人だ。

「夜分に申し訳ありません。上月さんをお願い申します」

ひそひそ声でそう言うと、外出中だと主人は答える。

『なんでも急な集まりがあるとかで、小半時ほど前に出かけましたよ。こんな大雪の晩に将校さんも大変だねえ』

「あ、あの……どちらへ行かれたかなんて……ご存じではないでしょうか」

駄目もとで尋ねると、近くの寺院だと教えられる。

『ちょっと日向院《ひゅうがいん》へいってくる、なんておっしゃってましたがねえ』

その寺の所在地を聞いていると、奥の方から足音がしてくる。急いで礼を言って電話を切るなり玄関の外へ飛び出す。敷地《しきち》を抜けて道路へ出て、駅の方へ走っていくと運よく円タクがくる。ぶんぶんと両手を振ってつかまえる。日向院までいってくれるよう頼む。

車が走りだしてから、大きなため息をつく。舞う雪が車窓に貼りついては溶けていく。深夜の街にしんしんと雪が降り続けている。

新宿の住宅街からやや離れた界隈の、周囲に人家も商店もないところにぽつんと、その寺はあった。

名前とは裏腹に寒々しい感じの寺院だ。山門はところどころが欠けていて、塀にもひびが入っている。もしや廃寺ではないかといぶかしむ一方で、謀りごとを企てる場としてはこれ以上ないくらいぴったりであるようにも見えた。

門前で車を降りると、運転手にちょっと待っていてくれるよう頼み、境内へ入る。財布を持たずに家を出てきたのだ。

左手にある庫裏《くり》らしい建物内は真っ暗で、明らかにひとけがない。右手側の本堂には、板戸がしっかり閉じられているが、隙間からかすかに光が洩れている。

本堂に近づいて、おずおずと堅い戸をこぶしで叩くと、ひそめた声が返ってくる。

「昭和維新」

え？　と困惑する。するともう一度「昭和維新」という声がして、あ！　と気がつく。そうだ、これは合い言葉だ。

「そ、尊皇討奸！　そんのうとうかん！」

やや間があり、がたがたと音がして戸が開いた。将校マントに軍帽をかぶった若い男が、呆気にとられた顔をしてユキを見ている。

「何者だ、きさ……」

「上月さん！」

男の後方に上月の姿を見つけ、ユキは叫ぶ。

「持ってきました！　上月さんの言ったとおり書斎にありました！　それと、お金がなくってタクシーの運転手さんを外に待たせているのです」

上月がやってきて、戸を開けた男に乗車料金を払いにいくよう命じる。男が出ていくと腕を伸ばしてユキの手を掴み、本堂内に上がらせる。

「冷たい手だ。寒かったろう。さあ、火鉢にあたって」

広い本堂には真ん中に、火鉢がぽつんとあった。上月以外に三人の男がいる。みな判で押したように将校マントに軍帽姿で、じろじろと警戒する目つきをユキに当ててくる。

「心配ない。彼女は協力者だ」

上月が仲間たちに言う。ユキはしゃがんで火鉢に手をかざす。けば立った畳のそこかしこにランプが置かれていて、ぼうっとした灯《あか》りが周囲を照らしている。

剝げかけた花鳥の描かれた格天井。古びた天蓋。暗い内陣。その奥に鎮座している本尊仏が、この場にいる者たちを静かに見下ろしている。

「よくここが分かったね」

「急いでお伝えしなくちゃいけないと思って……これを」

ようやくかじかみが消えた手を懐に入れ、くしゃくしゃになった書類を取り出して上月に手渡す。

「あの男の机の上に……あったものです」

ふと彼の視線が自分の胸もとに当てられる。そこに歯型があるのに気づき、さっと姿勢を変えて衿を整える。書類を読んでいくうちに、上月の表情がみるみる変わっていく。

「これは……」

「計画を中止してください」

ユキの言葉に、本堂内の空気がざわりとゆらぐ。

「あの男は上月さんたちの計画を、ほとんど知っているんです。だからやめてください。

人を殺すなんておそろしいこと、どうかしないでください」

「人を殺すのではない。君側の奸を排除するのだ」

男たちのうち、ひとりが言う。

「そうだ。我らは捨て石になろうともかまわない。肝心なのは維新断行だ。国家の改造だ」

べつの将校も言う。

「そういうことだ。この段階で蹶起を中止することはできない。僕らには時間がない。今しかことを起こす機会はないんだ」

上月も熱のこもった口調で言う。すでにばれている計画を、それでもやると主張している。男たちの言ってることが自分にはさっぱり分からなかった。

「こ……上月さんは軍人でしょう。わたしたちを守ってくださる軍人さんでしょう。なのに、どうして自分の国の政治家の人たちを殺そうなんていうのですか！」

「貴様ら国民のためにするのだ！　女！」

後ろから怒声をぶつけられる。振り向くと、先ほど板戸を開けた男が戻ってきていた。怒りに充ちた目で自分をにらみつけている。

これでは埒《らち》が明かないと思った。この人たちは自分の話を聞いてくれない。計画が洩れているというのに、てんで考え直そうとしてくれない。ならば――。

「なら、警察に知らせます」上月にそう言うと、

「それは困る」

彼が一歩、こちらに近づく。

「ユキさん、あなたは我らの同志だろう。あなたも統制派のやつらをやっつけてやりたいと思っているのだろう」

「と、統制派とか皇道派とか……わたしにはよく分かりません」

上月の迫力に呑まれ、足が自然と後じさる。

「ここまで深入りをしておきながら、今さら分からないではすまん。もしや……」

役者のように整った顔が、嫌な具合に歪む。

「あの男に情でも湧いたか？　それで僕らを裏切ろうというのか」

「そ、そんなこと……」

「なぜ我々が現在、この寺にいるのが分かった？　こんな夜半にどうやってやつの家を抜け出てこれた？」

上月は矢継ぎ早に畳みかける。

「そ、それはっ……下宿の方に電話をかけたらここにいると……」

説明しようとするユキに、男たちの視線が集中する。いずれも険しい表情だ。

「上月、この女が例の〝始末屋〟の情婦か」

『君側の奸を排除する』と発言した将校が言う。すごい目でユキをねめつけてくる。

「俺の親友はやつに陥れられて、退役処分になったばかりだ。陸士まで出ておきながら、今や無職の浪人だ」

「俺の同期も、あの〝犬〟に目をつけられて満州に飛ばされたんだ。あの統制派の番犬が！　いっそ躍起に紛れて討ちとってやるか」

ユキの背後に立っている将校も、吐き捨てるように言う。

「そうか、貴様……あの男の女か」

頭から足の先までじろじろと眺められる。空気が異様になってくる。自分を囲む男たちから尋常ではない雰囲気が漂いだし、背中を汗が流れる。

直感的に、今この場から急に逃げ出そうとしたり、感情的な反応をしてはいけないと分かった。この人たちを刺激する。全員帯刀しているのだ。そして緑雨を憎んでいる。各人のぎらついたまなざしがそれを物語っていた。

注意深く、少しずつ距離をとろうとすると、

「逃げる気か」

すかさず上月が鋭い声を放つ。

「警察へ駆け込む気か。それともあの男にこの場所を教えにいくか。いや――」

端麗な顔に皮肉げな笑みが浮かぶ。

「そもそも協力者になるふりをして、あなたは僕らの情報をやつに流していたのではないか?」

「ちがいます!」

思わず叫んでしまった。緑雨だけでなく上月までが同じことを言ってきた。おまえはあいつの女か、と。どちらもわたしの訴えに耳を貸さず、わたしを信じてくれない。それが悔しい。悲しい。人として扱われていないみたいだ。

「わたしは上月さんを裏切ってなんかいません! だから止めにきたんです。この計画は失敗します。今すぐ中止してください!」

「黙れ!」

本堂内を震わせるくらい大きな声をぶつけられる。

「やつと寝ておきながら、えらそうなことをほざくな! 三好に申し訳ないと思わないのか。貴様の兄はあの男に殺されたのだぞ!」

上月が距離をじりじり詰めてきて、いつしか本堂の隅の方へ追い詰められる。怒りと興奮で顔色は赤黒くなり、こめかみに青い筋が浮かんでいる。そしてサーベルに手がかけられている。

「わたしを……殺すのですか」

言わなければいいものを、口が勝手に動いた。

「……殺されたいか？」

上月が問い返す。

「こつこつと準備してきた我らの艱難辛苦《かんなんしんく》の計画を潰す気か。なぜ分からない。僕たちはきみのような哀れな民衆を助けるために、起ち上がろうとしているんだ！」

がたり、と戸板が鳴る。男たちの注意がそちらへそれた瞬間、今だ、と感じた。本堂の扉に向かって駆けだすが、男のひとりに飛びかかられる。

「逃がすか！　この雌犬が」

「やっ……いやあっ！　はなしてっ」

畳の上に押しつけられ、死にものぐるいになってもがくと、首すじに冷たいものが当てられる。細長い軍刀だった。

「女ごときに我らの維新を邪魔されてなるものか！」

恐怖に喉がきゅっと縮まる。のしかかっている男の顔が二重にぶれる。体内の血が急速に冷えて全身が凍りつく。もしや自分はここで死ぬのだろうか。兄の同志たちに殺されるのだろうか。そのときだ。

「全員動くな！」

低い、深い、力強い声が聞こえた。耳に聞き慣れた声だった。

「貴様らを謀略容疑で拘引する。その娘を放せ！　間もなく憲兵隊がくる」

目線だけを動かして声のした方を見やる。男がいた。統制派の始末屋。犬。さまざまな名で呼ばれている男が、緑雨がそこにいた。戸板が大きく開け放たれ、後方で降っている雪までまざまざと見えた。

「討奸！」

近くにいた将校が叫びながらサーベルを振り上げて、襲いかかる。その太刀筋を緑雨は避け、剣を持つ男の腕を押さえると大きくひねる。「ぐっ……」妙な方向に曲がった腕をかばうようにして、男はくずおれる。残る男たちをぎろりと見わたし、緑雨は吠える。

「歯向かうのなら容赦はせんぞ！」

「黙れ！」

二人目が挑みかかって組み手になる。相手の身体が一瞬にして宙を舞い、激しい音を立てて畳に投げ飛ばされた。

間髪を容れず三人目と上月が同時に向かっていく。どちらもサーベルを手にしている。前方の男に緑雨はがつんと体当たりする。そのまま身体を持ち上げて思いきり壁に叩きつける。振り返りざま上月の懐に飛び込んで、抱きあうようにして組み手をとる。

「またぶん投げてやろうか、小僧」

「ぬかせ」

相四つの状態で緑雨の方が押した。密着したまま上月の重心を崩し、太ももを絡めて投げ落としの技をかける。高いところから重いものを落としたような、頭蓋と床がぶつかりあう音が空間に響いた。

四人の男を畳に沈め、脱げ落ちた軍帽も拾わずに、緑雨がこちらを見る。銃口のようなまなざしが自分に当てられ、次いで自分を組み敷いている男へと移動する。

男はユキの髪を掴んで起き上がらせると、盾にするようにして前へ突きだす。サーベルを首に添えたまま。

「くるな！　貴様の女を殺すぞ」

耳もとで怯え混じりに叫ぶ。緑雨はこともなげに言い返す。

「そいつはただの飯炊きだ。殺さば殺せ」

平然とした足どりで近づいてくる。外套の内側へおもむろに手を入れ、煙草でも取り出すような自然さで拳銃を抜き出す。

衝撃音がするのと同時に、後ろの男が勢いよく吹っ飛ばされた。サーベルを握った腕の肩先から血があふれ、黄ばんだ畳が赤く染まっていく。なんのためらいもなく緑雨は至近距離から撃った。

そして、自分の目の前までくる。さすがに息を切らしている。

「どうしてここが……分かったの？」

「俺を舐めるな。こいつらの会合場所くらい把握している」

男はすっと手を伸ばし「怪我はないか」と言う。ユキはその手をとらずに問いを重ねる。

「どうして……ここに来たの。わたしを……助けたの？」

「言ったろう。貴様に何かあったら助けると。これで貸し借りなしだ」

不機嫌そうな顔をして緑雨は言う。そういえばいつだったか、そんな会話をしたことがあった。たしか男が腕を負傷して帰ってきた次の日だ。もしも貴様の身に何かあったら、一度だけ助けると。

そんなのは口約束だと思ってた。自分でも忘れていた。まさかほんとうに助けにきてくれるなんて、思ってもいなかった。

「それよりこれでも着ろ。外は冷えるぞ」

緑雨は外套を脱ぐと、座り込んだままのユキに着せかけようとする。

そのとき男の肩越しに、ふらりと立ち上がる上月が見えた。サーベルを構えると、腰を落として突進してくる。

（あ――）

刃が肉を切り裂く音、その生々しい感触が空気にのって伝わった。上月が背後から緑雨の背中を突き刺した。

直後、銃声が再び本堂内に響く。緑雨に腹を撃たれた上月が仰向けになって倒れ込む。まばたきする間もない、ほんの一刹那のできごとだ。

「くっ……」

緑雨が畳に膝をつく。背中に刺さったサーベルは貫通し、腹部から飛び出ている切っ先が血と脂でぬらぬら光っている。

「あ……っあ……あぁ」

口をぱくぱくさせる。血を、血を止めないと。サーベルを引き抜かないと。いや、そのままにしておいた方がいいのだろうか。分からない。自分には判断できない。

「わ、わたっ……だれか呼んでくるっ」

「よせ」

手首をぐい、と摑まれる。

「じきに憲兵がやってくる。その前に貴様は逃げろ」

緑雨の顔じゅうに脂汗が浮かんでいる。

「この様子を見ろ。間違いなく貴様も拘引されるぞ……謀略将校の協力者として憲兵の取り調べを受けたいか？　生爪を剝がされたいか？」

俺ごときでは貴様をかばいきれん、と緑雨は声を振り絞る。

「だからその前に逃げろ……今すぐここから……蹶起が実行される前に東京を離れろ。郷里に帰れ」

「で、でもっ」

こんな状態のあなたを置いていけない。そんな思いを込めて緑雨を見ると、

「蹶起はもう止められん。貴様にも俺にも、誰にも止められん。だからせめて起こる前に……逃げろ」

そうこうしている間にもカーキ色の軍服が、ぐっしょりと血に濡れていく。

「それとも逃げる前に俺を……殺していくか？」

緑雨が自分を見返す。充血したまなざしで、じっと見つめてくる。

「拳銃もサーベルもある。今なら軍人同士の相討ちに見せかけて……殺せるぞ。俺を」

唐突に、その命題を突きつけられる。そうだ。こんな状況を自分はずっと待っていた。待っていたはずだった。

中村緑雨は兄の仇。何度殺しても殺し足りないほど憎んでいた。恨んでも恨みきれないほど嫌っていた。どんなにひどい扱いを受けても、この男を殺すためならと思うと耐えられた。

兄が死んでからというもの、この男を殺すために、そのためだけに生きてきた。その本懐を遂げられる瞬間《とき》が今、ついにやってきた。

「……う……っ」

呻き声がどこからか聞こえてくる。自分の喉の奥からだ。苦しい。痛い。どこも怪我していないはずなのに、どこかが傷《いた》む。目に見えないどこかが。

「どうした……殺さんのか？」

血と汗をだらだら流しながら、緑雨は不可思議な笑みを浮かべている。これまでに見てきたなかで一番やわらかな、人間味のある顔つきだった。

「なら、いけ。外套のなかに札入れが入ってる。それで汽車の切符を買え。いいか、間違っても家には立ち寄るな。そこにも憲兵がきているはずだ」

「で、でも」

なおも動こうとしないユキに向かって「立て！」と緑雨は怒鳴る。その真剣さに気圧《けお》されて開け放された戸板の方へ向かいかけるが足を止め、振り向くと、

「いいから走れ！」

再び怒鳴られる。地面へ降りるとあとはもう走った。寺を出て、やってきた道を逆方向に駆けていくと数台の車とすれちがった。それらの車は日向院へ向かってゆく。憲兵隊だろうか。

しかし振り返らずに走った。夜明け前の最も暗い払暁の雪のなか、男のぬくもりの残る外套の襟をかきあわせ、ただひたすらに前を見て走り続けた。

三

寝台《ベッド》のそばの窓から明るい日射しが射し込んでくる、三月下旬の昼下がり。衛戍病院に入院中の中村緑雨の個室に、思わぬ見舞い客がやってくる。

「元気そうではないか、貴様」

陸軍参謀本部作戦課長の石原莞爾大佐だった。

「これは……どうもわざわざ恐れ入ります」

寝台から身を起こそうとする緑雨に、大佐は手にしている紙袋を、ぬっと突き出す。

「いいから楽にしていろ。大福でも食え。ここのはうまいぞ」

「頂戴いたします」

実をいうと甘いものは苦手なのだけれども、ありがたくいただく。寝台の近くにあるパイプ椅子に大佐は目をとめる。

「誰か来ていたのか?」

「つい先まで養父《ちち》がおりまして」

緑雨は答える。「今、昼食をとりに出ているところです」

「そうか。親御殿には今回の件はさぞ、ご心配をかけたであろう」

大佐は椅子にどっかと腰かける。坊主頭に近いほど短く刈り込んだ髪、線を引いたような三白眼。短軀《たんく》ながら、威風堂々たる雰囲気を全身から発散している。その磁気《オーラ》は以前よりも強まっていた。

「腹の傷の具合はどうだ。来月から復帰すると聞いたが」

「順調に回復しております」

「貴様、何度も襲われるわりには生き延びているのだから、きっと運がいいのだな」

大佐の言葉に苦笑する。そうかもしれない。自分は運がいいのかもしれない。サーベルで腹部を貫通されたというのに、内臓を損傷することもなく、出血多量で死ぬこともなく、こうしてなんとか生きている。

それと比べると、蹶起将校たちは運が悪かった。

日向院での騒動から二日後の早朝、二月二十六日に帝都をゆるがす事件が勃発した。約一五〇〇名もの兵士を率いた皇道派青年将校らが、政府の要人複数名を襲撃したのだ。標的を含む九名を殺害、警視庁をはじめとする霞ヶ関《かすみがせき》や永田町一帯を占拠し、一時は宮城にまで迫った。日本陸軍史上類を見ない、大規模な軍事叛乱《クーデター》だった。

だが、わずか四日間で鎮圧された。〝君側の奸〟ならぬ〝股肱《ここう》の老臣〟を襲われた天皇は激怒し、軍の首脳部はこれを国賊とみなした。統制派はもちろんのこと同じ皇道派の者たちも彼らを支持しなかった。

むしろ皇道派の上層部は、自分たちにも火の粉が降りかかるのをおそれて保身に走った。青年将校には投降するよう促し、自決を迫り、参加した兵士には原隊へ帰るよう呼びかけた。

計画の首謀者らは自害した者を除いて全員逮捕。現在は獄につながれて、目下、軍法会議が準備中だ。かくして革命の火は消えた。昭和維新は夢と散った。

巷《ちまた》では〝帝都不祥事件〟などと呼ばれている、この前代未聞の大事件を鎮圧した最大の功労者が、目の前にいる人物、石原大佐だった。

「お忙しいのではないのですか」

ともに大福をかじって、緑雨は大佐に尋ねる。

事件はなんとか収束したものの、その後始末に陸軍内はてんやわんやだと出雲から聞いている。皇道派の重鎮たちを表舞台から追放し、陸軍大臣をすげ替え、軍内の主要ポストを統制派で固める新たな組織づくりが着々と進んでいる――。先日、見舞いにやってきた出雲は喜色満面でそう語った。

『早く復帰してこい。いよいよこれから我らの時代だ。貴様にも大いに働いてもらうぞ』

と。

「なに。今回の事件での俺の役割は終わった。それよりな……貴様にちと、訊いておきたいことがあったのだ」

「なんでしょう」

小さな目を緑雨にじろりと向けて大佐は言う。

「二月二十三日の晩、あのぼろ寺にいたのは貴様たち六人だけだったのか?」

舌の上の大福の甘味が、すうと消えていく。大佐の目を見返し、問い返す。

「と、おっしゃいますと?」

「いやなに。ある憲兵から少々、気になることを聞いたものでな」

大佐は話す。〝帝都不祥事件〟が起こる数日前、要注意人物として尾行《マーク》していた某将校が、民間人の協力者らしき女と会っていた。その様子を撮った写真を二十三日に、軍務局の中村大尉に提出した、と。

「たしか、その日の深夜に貴様らは日向院で派手にやりあったな。その要注意将校と仲間の、合計五名は全員〝近歩三〟の急進派だった。貴様にぶちのめされていなければ三日後の蹶起に参加していただろう。ある意味、命拾いしたともいえるな」

緑雨は黙って大佐の話を聞いている。努めて表情を動かさずに。

そう。やつらを殺しはしなかった。たしかに存分に痛めつけはしたが――特にあの上月という若造は――それでも急所を外して撃った。自分も含めて憲兵の車でこの陸軍病院へ運ばれた。治療にあたった軍医によると、あなたが一番重傷でしたとのことだ。

「あの場にいたのはほんとうに貴様らだけか？」

大佐は再び問うてくる。

「貴様の指示で日向院へ駆けつけた憲兵たちにも、ここへくる前、会ってきた。するとな、おもしろいことを聞けたのだ。現場へ急行する途中、寺の方角から走ってくる女とすれちがった、と。その女は将校専用の外套らしきものを着ていた……と」

正念場だった。ここを乗り切らなければならなかった。

叛乱計画に協力したとされる民間人は軒並み逮捕されている。北一輝も西田税もその周辺の者たちも。国家への大逆罪だ。おそらくは蹶起将校ともども死刑となるだろう。

だから今ここで、あの娘の存在を大佐に気取られるわけにはいかない。なんとしてでも、しらを切りとおさなければならない。

「それはまた……おもしろいお話です。まるで雪の夜の怪談話ですね」

「まったくだ。二・二三怪談とでも名づけるか」

互いに乾いた笑みを交わす。

「あいにく、その女について自分は存じません」

緑雨は言う。あの晩、某将校らが蹶起前の最後の会合をするという情報を摑み、日向院へ単身向かった。するとやつらに勘づかれ、乱闘となった。そう説明する。

「たしかに知り合いの憲兵曹長より、上月中尉と見知らぬ女が写っている写真の提供を受けました。しかしあの騒動のどさくさで、どこかへ紛れてしまったのです」

口なめらかに話しながらも、包帯の巻かれた胴がずきずきしてくる。もしも大佐がすでに上月とその仲間の事情聴取をしてきていたら……そんな思いが頭をかすめる。

やつらがあの娘のことをとっくに吐いていたら。それを聞いたうえで大佐は素知らぬ顔をして、自分にゆさぶりをかけているのだとしたら……。

だとしても、だ。

左手はいつの間にか右腕を押さえていた。ちょうど肘と肩の真ん中あたり、二度目の闇討ちで負傷した箇所を。担当医から「ひどい素人縫合だ」と呆れられた傷痕を。

だとしても、自分はあの娘のことを口にはすまい。あの娘の存在を他人にけっして明かすまい。

「あの晩、あの寺にいたのは自分たち六名だけです」

すべてのものを見はるかすかのような大佐の小さな目を見つめ、そう答える。やや間を置いて「そうか」と大佐はうなずく。

「貴様がそう言うのなら信じよう。まあ、あの四人の将校たちも似たようなことを言ってたしな。それに、肝心の上月中尉の話を聞けんのでな。この件はここまでだな」

上月の話を聞けない？

「それは……どういうことでありますか」

怪訝《けげん》な目を向ける緑雨に、「なんだ、まだ知らんかったのか」と大佐はやや意外そうな顔をする。

「上月中尉は自害したのだぞ。もうひと月も前に」

蹶起した将校たちが追い詰められ、武器を捨てて投降した先月二十九日の夜半、上月は自分の病室で自死を遂げたという。どうやって手に入れたのか、医療用のメスで喉を突いたらしい。

「……そうでしたか」

驚きを隠せない緑雨に、

「まったく維新の志士さながらだな。理想に燃える若者ほど死に急ぐ」

大佐はさして感情をのせずに、そう言う。

「しかし貴様、こんな世紀の一大事件に立ち会えんで病院の中でうんうん唸っていたとは、惜しかったな」

貴様が怪我していなかったら、叛乱を鎮圧すべく編成された戒厳司令部へ引っ張り込むつもりだった、と大佐は語る。

「恐縮です」目礼すると、

「復帰したら一度、参謀本部にも顔を出せ」

大佐は大福をわんぐりとたいらげると、椅子から立ち上がる。「ではな」現れたときと同様に颯爽《さっそう》と去っていく。重い空気のかたまりが移動したようだった。ふと、着物の腋下《えきか》が汗で濡れているのに気がつく。どうやら思っていた以上に緊張していたようだ。

「ふう」

ため息をついて窓の外に目をやると、晴れ晴れとした青空が広がっている。空気を入れ替えたくなって寝台から下りると、

「ああ、いいから寝ていなさい」

病室に戻ってきた養父から声をかけられる。養父は窓を開けると、緑雨の手にしている大福の紙包みに目をやる。「どなたか、いらしていたのかね」

ええまあ、と答える。入院してからというもの、養父は何度か息子の容態を見に東京へきてくれていた。ほんとうに心配をかけどおしだった。結局、彼岸に実家へ帰ることもできなかった。養父は「そんなの気にするな」と言ってくれたのだが。

「今日はいい日和だよ」養父の言葉に、

「そのようですね」緑雨はうなずく。

養父の腕には、新聞紙にくるまれた切り花があった。昼飯の帰りに花屋を見かけて買ってきたのだという。

「ほうら、今年最後の猫柳だ」

細い枝に、ふわふわした白い花がいくつも咲いている。そういえばいつだったか、あの

娘も猫柳を持ってきたことがあった。楽しそうに花を撫でて「猫の尻尾みたい」と言っていた。珍しく笑ったような顔をしていた。

そんなささいな情景を記憶している自分に、軽い驚きを感じる。

あの娘の笑顔はほとんど見なかった。憶えているのはたいてい、自分をにらみつけてる怒った顔か、悲しげに泣いている顔だった。もう少し——笑った顔が見てみたかった。

ぼんやりとそんなことを考えていると、「ところでおまえ」と話しかけられる。

「あの女中さんは辞めたんかのう」

花瓶に花を移し替えながら養父は言う。このひと月あまりというもの、見舞いで上京するたびに家に泊まってもらっているので、うすうすは察しているのだろう。

「田舎へ戻りました」

そう言うと、「そうか」と養父はうなずく。

「だからおまえ、そんなにしょんぼりしとるんか」

「……」

少しく間を置いてのち、問いかける。

「そう見えますか」

「見えるも何も」

養父は首を振る。

「まあ、元気を出しなさい。きっとまたいい女中さんが見つかるさ」

その言葉には答えずに、窓辺に置かれた花瓶を眺める。さわやかな微風に白い小さな花がそよぐ。春はすぐそこだった。雪の季節が終わり、花の季節がこようとしていた。

エピローグ

昭和十一年、八月。

暦のうえでは立秋ながら暑い日が続いている。地面に打ち水をするはしから、撒《ま》いた水がむわっと蒸発する。

それでも朝夕の空気には涼しさを感じるようになってきた。この村は山のなかだ。コンクリートのビルディングに囲まれた東京の夏と比べると、格段に過ごしやすい。風とおしがよくて日射しもきつくない。

数年ぶりに故郷で夏を過ごしてみて、あの街の夏がいかに過酷であったか、ユキは折にふれて思い出す。

ここからすると考えられないことだが、東京では眠れないほど暑い夜もあった。深夜に蝉《せみ》がいきなり鳴くこともあった。それをこちらの坊ちゃん方に話して聞かせると、

「うそだあ。夜にセミが鳴くもんか。子どもだと思ってバカにしてらあ」

口をとがらせて反発された。特に今年、数えで十一歳になる頭領息子の坊ちゃんには、「ユキねえやは東京にいってスレたんじゃねえか。エナメルの靴なんか履いて、背も伸びてよう」

なんて大人ぶった口のきき方で指摘されてしまった。四年前に別れたときには『いっちゃやだ』と泣きべそをかいていたのに。

たしかに自分は擦れたかもしれない。昔こちらにいた頃と比べると、身も心も純真ではなくなった。東京でいろいろなものを見て、いろいろなことを知った。いろいろな出会いと別れがあった。

それらを経た今の自分は、いいことなのか悪いことなのかはさておいて、きっと以前とはちがう自分になっている。

村で一番立派なお屋敷の玄関前で打ち水をしながら、姉さまかぶりをしている額に汗が浮かんでくる。

ちょうど半年前に、ここへ帰ってきた。このお宅の門をほとほと叩いて、村長さんと奥さまに四年ぶりにお会いした。身ひとつで、骨壺を抱えて将校の外套姿で現れた自分に仰天しながらも迎え入れてくださった。空いている女中部屋にとおされ、床を敷くなり気絶するように眠ってしまった。

あの日、二月二十四日の明け方、日向院からほうほうの態で逃げ出して、兄の骨を預かってくれているお寺へ駆け込んだ。骨壺を受けとると東京駅へ向かい、新潟いきの切符を買って丸一昼夜電車にゆられて郷里へ戻った。

真っ暗な部屋の布団のなかで目が覚めたのは、二十六日の夜だった。おずおずとお茶の間へ顔を出すと、村長さんご一家はラジオの放送に一心に聞き入っていた。

『……武装軍隊千名以上を引き連れた陸軍の一部将校らが本日未明、政府要人を襲撃、射殺しました。死者は以下のとおりです。岡田啓介《けいすけ》首相、渡辺錠太郎教育総監、牧野伸顕前内大臣、高橋是清《これきよ》大蔵大臣。なお鈴木貫太郎《かんたろう》侍従長が瀕死《ひんし》の重傷を負い……』

村長さんが、やれやれというふうに嘆息する。

「首都は今頃大変だな。それにしても軍人が叛乱《クーデター》を起こすなんて……おそろしい世になったものだ」

「ユキねえや、東京では戦争がはじまるのか？　だから帰ってきたのか？」

すっかり大きくなった頭領息子の坊ちゃんに尋ねられたが、ユキには何も答えられなかった。

それ以来、こうして再び村長さん宅で働いている。ちょうど子守女中が嫁にいって辞めたばかりだそうで、息子たちもなついているし、ぜひにと引きとめられたのだ。この四年間でお子さん方は五人から六人に増え、奥さまは現在七人目を懐妊中だ。冬には生まれるという。

奥さまのお産がすんで落ち着いたら、隣町にある助産師の学校へ通う許可をいただいている。そこで勉強して資格を取得し、いずれはこの村で開業したい。そんな計画を漠然ながらも考えている。時間はかかるだろうけど、時間はたくさんあるのだ。急がず、ゆっくりと自分の道を歩んでいこう。

「ユキねえ、おひるごはんだって」

打ち水をし終えると、四歳になる五番目の坊ちゃんがユキを呼びにくる。

「そうめんだって。にいちゃんが、はやくこないとなくなるぞって」

「それは大変。急ぎませんと」

坊ちゃんに笑いかけて、手をつないで家のなかへ入る。

昼食後、子どもたちに昼寝をさせると一時間ほど休憩がとれる。

「奥さま、少し出かけてまいります」

そうご挨拶をして、いつものように外出する。向かうのは山のそばにあるお寺だ。この村でたったひとつの寺院であり、村民たちの菩提寺《ぼだいじ》でもある。その墓地へ毎日この時間帯に通っている。帰郷してから一日も欠かさずに。

抜けるように澄んだ夏空には雲ひとつなく、そろそろ赤とんぼが飛び交いはじめている。それでいて蝉の鳴き声もひっきりなしにするものだから、まるで秋と夏が混ざったようだ。

お寺の敷地には鮮やかな紅色の百日紅《さるすべり》や、可憐《かれん》に白い山百合《やまゆり》が植えられている。

「こんにちはあ。手桶とひしゃくを拝借します」

庫裏の方へ声をかけると、手拭いで手を拭き拭きして初老の女性が出てくる。子どもの頃から顔なじみの寺庭さんだ。

「はい、こんにちは。ああ、ついさっきね、ユキちゃんちのお墓参りに、どなたかいらしてましたよ」

「そうですか」

親戚の誰かだろうか。寺庭さんはおっとりとした口調で続ける。

「三好太陽さんのお墓はこちらですか、って訊かれたの。お兄さんのお知り合いの方じゃあないかしら。今いったら、まだいらっしゃるかもねえ」

兄の遺骨はこちらで納骨していただいた。親戚や村長さんをはじめ村の人たちには、兄は演習中の事故で亡くなったと説明した。それでわたしも帰ってきました……と。ユキの話を疑う人は誰もいなかった。実際、陸軍では太陽は演習中の事故死として処理されているのだ。

太陽が皇道派の急進将校となって敵対派閥の者を襲撃し、返り討ちにされたこと。自分はその仇討ちをしようとしたが果たせず、逆に兄の仇に命を救われたこと。世を騒がせた〝帝都不祥事件〟――最近では〝二・二六事件〟の呼び名が定着しつつあるが――のほんの尾っぽの方に、どうやら自分も関わっていたらしいこと。

そういったことごとをユキは誰にも語っていない。口にしたところでとうてい信じてはもらえないだろうし、誰に言うつもりもなかった。とりわけ、あの男に関することは。どうしてあの男は自分を逃がしてくれたのか。統制派の情報を探っていた自分を憲兵に突きださなかったのか。

その問いがずっと頭のなかにある。そして、自分はどうしてあの男をとうとう殺せなかったのか。これもまた答えの出ない問いとして存在している。

たぶん一生これらについて、わたしは考え続けるだろう。あの男のことを繰り返し繰り返し、記憶が擦り切れるまで思い返していくのだろう。

水を入れた手桶とひしゃくを手にして墓場へ向かう。山の斜面を利用してつくった墓地なので、段々状になって何十もの墓が並んでいる。

上手の段の端にある「三好家之墓」と刻まれた灰色の墓石。そこに花と酒が供えられてあった。黄色い菊と一升瓶だ。香炉皿で束ごと焚かれている線香は、まだ燃え尽きていない。周囲に目をやるけれど、自分以外、誰もいない。

「誰なんだろう……わざわざこんな山奥まで」

つぶやいて手桶の水を墓にかける。この下には両親と祖父母、自分以外の兄姉たちが眠っている。そこへ太陽も加わった。こちら側にいるのはもう自分だけだった。

さびしいとは思わなかった。いずれは自分もここに入る。それが遠い未来か近い将来かは分からないけれど、いつか必ず自分も死ぬ。そう思うと今、こうして無事に生きているだけで、ありがたい気持ちになってくるのだった。

東京での日々の、特に最後の数ヶ月は濃密だった。毎日緊張して、毎日感情が動いた。何度もおそろしい目に遭って、しまいには殺されかかった。それでもなんとか生き延びた。だからこれから先もなんとなく自分はしぶとく生きていくような気がされる。

「どうか心配しないでくださいね」

墓に合掌して死者たちに語りかける。

「何をだ」

背後で低い声がして、びっくりして振り向くと、さらにびっくりする。ここにいるはずのない人物が、くる理由のない人物が立っていた。もしや真夏の幽霊か？　でもちゃんと足がある。

袖をまくった白シャツにカンカン帽、夏物の麻の上衣を腕にかけ、どこか不機嫌そうな顔つき——それはこの男が平素よく見せていた顔だった。

緑雨だった。緑雨が目の前に立っていた。

「生きて……いたの？」

「開口一番それか」

男はすっとかがんで一升瓶の封を切ると、中身をとくとくと墓石に注ぐ。帽子をとり、ユキの隣で手をあわせる。ユキよりも少し長く。

「さて」

じろりと、周りの温度を数度下げそうな目を向けてくる。

「元気そうではないか、貴様。よく日に焼けて」

久々に「貴様」という言葉を聞く。

「そちらこそ……お元気そうで……驚きました」

「死んだとでも思ったか？　生憎《あいにく》だったな」

憎まれ口も健在だ。

「あの……ラジオや新聞で知りました。例の……事件を」

「ああ」

緑雨は前髪をかき上げて帽子をかぶり直す。

「先月、ようやくひと区切りついたからな。やっと休暇をとることができた」

ひと区切り、とは例の叛乱事件で死刑判決を受けた将校たちの刑の執行を指しているのだろうか。その数、総勢十七名。うち十五名が先月十二日、銃殺刑を受けた。その六日後の七月十八日、東京に敷かれていた戒厳令が解除された。

青年将校らの処刑に先だつ七月三日、「相沢事件」の被告である相沢中佐も死刑となった。これにより陸軍内で皇道派閥は完全に敗北し、統制派の世がはじまった、と新聞は報じていた。

「あのう……お尋ねしてもいいですか」

「なんだ」

「上月さんはどうなりましたか」

緑雨のくっきりとした眉が、わずかにひそめられる。死刑判決を受けた将校、および有罪となった者たちのなかに上月勇の名前はなかった。彼はいったいどうなったのか。それがユキにはずっと気がかりだった。無事なのだろうか、それとも……。

「気になるのか。貴様を利用し、殺そうとした男だぞ」

「ええ……でも……でも、あの人は悪い人ではなかった。兄の大切なお友だちでした」

もしかしたら、墓参りにやってきた人物とは上月ではないかという思いも、ちらと頭をかすめたのだ。

「……あいつは退役した」

緑雨はそう告げる。

「俺に撃たれた傷が癒えたあと、軍を退役したと聞いている。だから今回の事件には連座していない」

「そうですか……よかった」

ほうっと胸を撫で下ろすと、緑雨は心なしか痛ましげな表情で自分を見ている。なぜだろう。

「ところで、どうしてこちらにいらしたのですか。ご旅行か何かで？」

「こんな辺鄙《へんぴ》な山なかに、わざわざ旅行しにくると思うか？」

その言い草にかちんときて「辺鄙で悪かったですね」と言い返すと、

「だがまあ悪くない。ここが貴様の生まれ故郷か、なるほどな。野放図な娘が育ちそうな土地柄だ」

墓場をぐるりと囲む野山に緑雨は目をやる。そしてユキに視線を戻し、

「貴様に忘れものを届けにきた」

「忘れもの？」

緑雨はシャツの胸ポケットから紙切れのようなものを抜き出して、ユキに渡す。

（あ――）

黄ばみかけた一葉の写真だった。上京した最初の年、太陽に連れられて出かけた銀座の写真店で撮ったものだ。兄の遺品のなかにあった形見でもある。椅子に座っている自分と、その横に兄が寄り添って立っている。

忘れかけていた兄の顔を思い出した。思い出せた。

「……ありがとうございます」

写真を両手で包んで胸に押し当て、詰まりそうな声で礼を言う。

「まだあるぞ」

緑雨は腕にかけている上衣の内側から、あるものを取り出す。それを見て目を丸くする。

「そ……それは」

「これも貴様の大事なものだったろう」

白鞘の短刀だった。これもまた太陽から譲られた形見の品だ。青森の連隊へいく前に、嫁入りの懐剣代わりにと渡されたのだった。何かあったらこれで自分の身を守れ、と。

この短刀でこの男を何度も殺そうとした。そして、そのたびに組み敷かれた。

（なんだってこれまで持ってくるのよ……ま、まあ、ありがたいけども……）

きまりの悪さに顔が赤らんでくる。

「どうした、いらんのか」

「いえ……ど、どうも」

短刀を受けとる。力いっぱい鳴いている蟬の音が墓地に響きわたる。

「しかし、ここも暑いな。東京とはまたちがった陽気だ」

緑雨の頬から首すじにかけて汗が流れる。

「夕方になったら少しは涼しくなるのですが……すぐに東京へお戻りですか？」

「ああ。明日からまた忙しくなるのでな」

陸軍では来年あたり中野の方に学校をつくるそうだ。緑雨はそこで教官を務めることになるという。

「教えるなんて俺の柄ではないがな。まあ、やってみるさ」

「そうですか」

どうやら緑雨も、緑雨の道を歩みつつあるようだ。それがなんだか嬉しくて自然と笑みがこぼれる。

「やっと笑ったな」

「え？」

「なんでもない。ところで貴様はどうする」

実にさらりと言われたので、なんのことだか分からなかった。すると男はもう一度、言う。

「俺は今日の夜行で東京へ戻るが――貴様はどうする？」

蝉の声が突然に遠ざかる。緑雨の薄い唇が、ゆっくりと開かれる。

「実は今、女中を探しているのだが、これというのがなかなかおらん。よかったら貴様、また雇われんか」

ざわり……と風が吹いて木々の葉をゆらす。涼やかな雑味のないまなざしが、まっすぐ自分に当てられている。

また雇われる。また東京に戻る。兄が命を落とし、自分もおそろしい思いをしたあの街に、帝都に戻るなんて。それもこの男と一緒に。

そんなのは自分の人生計画に反している。わたしはこの村で、助産師となって誰にも頼らずひとりで生きていくのだ。そう決めていた。ましてこの男は兄の仇だ。たしかに命を救われはしたが、それでも兄を死なせた相手だ。その恨みは消えてはいない。だけど……

だけど。

逡巡したのはわずかだった。

ユキは緑雨を見つめ返し、言う。宣言するように高らかと。

「でしたらば週に一日、日曜日はお休みをいただきたいのです」

「分かった」

「それと、お給金に関しても交渉させてください。少なくとも月額十二円はいただきませんと」

は、と緑雨は笑う。「相変わらずだな。度胸のいいことを抜かしてくる」

かしましい蟬の鳴き声が、再び聞こえてくる。

「ではいくか。ぐずぐずしていたら汽車に遅れる」

「はい」

ひしゃくの入った手桶を持って男は先に歩きだす。傾斜を下りる際、ごく自然にユキの方へ手を伸ばす。いつか自分はこの男を、やはり殺すかもしれない。それとも殺さないかもしれない。先のことは分からない。今はただ――。

将校の節くれだった手のひらに自分の手を重ねる。右手《めて》に短刀を、左手《ゆんで》に男の手を握りしめる。

あとがき

はじめまして。あるいはこんにちは。草野來《くさのらい》と申します。

久々にジュエル文庫さんに帰ってくることができました！　嬉《うれ》しい。嬉しいです。

嬉しいうえに今作はかつてなく苦しみながら書きました（毎回こう書いている気もしますが……）。

本作の主な時代背景は、昭和十年から翌十一年。西暦でいうと一九三五、六年です。男女主人公のラブストーリーをA面（ラジカセ世代）に、その裏側にあたるB面には「二・二六事件」をしのばせています。この事件に関してはたくさんの書籍が出ていますので、ご興味のある方はぜひ、あとがき後ろの参考文献をご覧ください。

今回挑戦したかったのは、「軍人を描く」ということでした。主人公の緑雨をはじめ、さまざまなタイプの軍人を描いてみたい、今のこの国にはもういない男たちを描きたい。そんな思いで書いていきました。

作中には、歴史上実在した人物も数名登場します（石原莞爾、永田鉄山ですね。名前だけならもっと）。彼らと緑雨が、あたかもこんなやりとりをしていたんですよ～という場面は、書いていてものすごく楽しかったです。歴史的事実（ノンフィクション）と物語的虚構（フィクション）を織り交ぜる快感というものを味わいました。

もうひとりの主人公ユキに関しては「このジャンルのヒロインにしては、性格が勝気すぎるかもしれない。読者さんに好きになってもらえないかもしれない……」とひやひやする気持ちが、書き終えた今もあります。

ですが、緑雨という無慈悲な男に立ち向かうには、気持ちの強い女性でないと敵《かな》わないと思い、このように彼女をかたちづくりました。

全力で相手にぶつかり、ぶつかることで相手を理解していく。憎しみからはじまって愛情へと着地するユキの心情を描いていくのはとてもしんどく、とても書き甲斐《がい》がありました。

ちなみに本書は以前に書いた『痴人《ちじん》の戀《こい》』という作品と、微妙にリンクする内容になっています。『痴人の戀』は大正末期を舞台にしており、本作はその十年後の設定です。十年間でこの国がどんなふうに変わったのか……ということも感じられるよう、読者の方に届くようがんばりました（結局、これに尽きます）。

担当編集Mさん、今回もほんとうに、特に資料面に関しては並々ならずお世話になりました。マッシブかつ美麗な男性を描いたら当代随一の絵師である炎《ほのお》かりよ先生、ありがとうございます。ラフ画の段階から心が躍り、わくわくしました。

ちなみに、自作のなかでヘヴィな世界観に特化した（と思っている）作品が、これまでに三つあります。一つは『龍《りゅう》の執《しゅう》戀《れん》』（イラスト：北沢《きたざわ》きょう先生）、一つは『痴人の戀』（イラスト：成瀬《なるせ》山吹《やまぶき》先生）、そして三つめが本書です。いずれも自分の尊敬する先生方と組むことができて、大変うれしく感じています。

Office Spineさん、今回もすてきなデザインに感謝いたします。すべての関係者の皆さま、そして読者のみなさまに、心よりお礼申し上げます。

草野來

参考文献

『昭和史発掘』全9巻　松本清張（文春文庫）
『昭和史 1926―1945』半藤一利（平凡社ライブラリー）
『B面昭和史』半藤一利（平凡社ライブラリー）
『昭和史の大河を往く〈4〉帝都・東京が震えた日―二・二六事件、東京大空襲』保阪正康（中公文庫）
『昭和期日本の構造―二・二六事件とその時代』筒井清忠（講談社学術文庫）
『日本の近代5―政党から軍部へ 1924～1941』北岡伸一（中公文庫）
『目撃者が語る昭和史　第4巻　2・26事件 青年将校の蹶起から鎮圧、処刑まで』義井博 編集（新人物往来社）
『実録　相沢事件―二・二六への導火線』鬼頭春樹（河出書房新社）
『産婆と産院の日本近代』大出春江（青弓社）
『うちのちいさな女中さん』長田佳奈（コアミックス）
『女中がいた昭和』小泉和子（河出書房新社）
『ちゃぶ台の昭和』小泉和子（河出書房新社）

昭和十一年、初秋某日。

陸軍省軍務局軍事課課員、中村緑雨が自分の席で机仕事《デスクワーク》をしていると、「中村」と同僚から声をかけられる。「オヤジ殿がお呼びだぞ」と。

執務室の奥にある〝オヤジ殿〟こと出雲の席へ向かい「お呼びでしょうか」と敬礼すると、

「おお」

にこやかに笑いかけられ、チェリーを一本勧められる。

「どうだ。学校の方は？　進んどるか」

「は。参謀本部の担当者と教育施設や教科課程《カリキュラム》について話しあっております」

〝学校〟とは現在、陸軍内でひそかに協議されている謀略と諜報要員を養成する機関のことだ。今のところ中野に校舎を建設する予定だが、場合によっては変更することになるかもしれない。

「けっこう。何かあったら俺に言え。これからは情報戦の時代だからな」

「は」

「ときに話は変わるが貴様、たしか犬好きだったよな」

「は？」

「ほれ、俺んちの狆ころを憶えとるか。憶えとるだろう。貴様にもなついとったろう」

鼻の穴から煙を豪快に吹きだして出雲は言う。

憶えていますが、べつになつかれてはおりません。そもそも犬は好きでも嫌いでもありません。

という心の声に蓋をして緑雨は言う。

「は。とても愛くるしい犬であったと記憶しております」

「そうなんだそうなんだ。うちの狆子《ちんこ》はほんとに賢くてかわいくてな。ところが飼い主の気づかんうちに隣の家のポメラニアンと結婚してしまってな。先日、子どもを産んだのだ」

「そうでありますか」

ポメラニアンとは何だろう、あの犬メスだったのか、〝結婚〟だなんて言い方をしちゃいるが要はサカりがついたわけか……などと考えつつ、緑雨は無表情《ポーカーフェイス》でチェリーを吸う。

子犬のほとんどは貰《もら》い手《て》が見つかったのだが、あいにく一匹だけ里親が見つからないのだという。

「うちで飼ってもいいのだが、母ちゃんが犬は一匹でもう充分、それよりおまえこそ早く結婚しろとうるさくてな。まったく女親にはかなわんな、緑雨」

会話の方向性が見えないものの、とりあえず殊勝にうなずくと、

「なので、俺のかわいい部下である貴様に譲ってやろうと思ってな」

オヤジ殿はドヤ顔でそう告げる。指先のチェリーをあやうく落としそうになる。

「いや、なぜ売れ残っとるのか俺にも皆目分からんのだ。ことに狆子にそっくりな子犬でな、毛並みなど父犬の分も受け継いでぶわーっの、ぼわーっなのだ」

だから売れ残っているのではないだろうかという推測は、心のなかに仕舞い込む。

「大変ありがたいお言葉ですが、そんな大切な愛児をお預かりして万一のことがあっては……」

「エサは鶏のささ身の湯がいたやつを、朝夕二度だ」

緑雨の言葉を遮って出雲は言う。

「ブラッシングは朝晩な。それと室内犬なんで、障子を破かれないよう注意しろよ」

相手に反論する隙を与えず言葉を畳みかけて自分のペースへもっていく。いつもながらほれぼれするほど強引なオヤジ殿の会話術だ。

「今日の帰りにうちに寄って持って帰れ。狆子と母ちゃんも貴様に会いたがっているのだ」

「……承知しました」

気のせいか、煙草の味が急に苦く感じられた。

その日の晩、中村緑雨はやや遅めに帰宅をした。

「帰ったぞ」

玄関口からぐったりとした声が聞こえてくる。

「お帰りなさいませ」

いつものようにユキが出迎えると、緑雨は小脇にもぞもぞとしたものを抱えている。動くぬいぐるみかと思いきや、子犬だった。

「わあ！　かわいい！」

白と黒のぶわーっとした毛並みがたいそうハイカラな外国犬だ。ユキと目があうなり、勢いよく飛びかかってくる。顔をぺろぺろ舐めまわし、小さな尾っぽをぴゅんぴゅんと左右に振る。

「どうしたんですか、この子」

「もらった」

緑雨はぼそりとつぶやき、

「疲れた……風呂に入る」

「あ、はい。焚いております。あの、この子の名前はなんですか？　オスですかメスですか？」

「知らん……好きにつけろ」

これまでになくげんなりとした面持ちで緑雨は浴室へ向かう。どうしたのだろう。こんなにかわいらしい子を、いったい誰からもらったのだろう。それはともかくとして、子犬に語りかける。

「お腹空いてない？　おばちゃんがおいしいご飯をあげますからね」

なまり節を掻いた猫まんまを与えると、子犬は小皿に頭を突っ込んではぐはぐと食べる。

「たくさんおあがり」

お尻をぽんぽんと叩いてやると、

「ささ身でなくとも食うではないか」

風呂から出てきて浴衣姿の緑雨が、子犬をじろりと見下ろしている。

「そんな怖い目で見ないでください。おおよしよし。怖くないからね」

お腹をぽこんとふくらませた子犬を抱え上げ、語りかける。

「貴様、犬が好きなのか」

「嫌いな人なんていますか？」

そう言うと向こうは黙りこくる。満腹になった子犬は、ユキの膝の上でこてんと寝てしまう。とりあえず寝室に寝床をつくることにする。使わない洗濯かごを物入れから引っ張り出してきて、古くなった手拭いやら布切れやらを下に敷く。そこに眠る子犬を移す。

「手際がいいな」横で見ている男に、

「赤ちゃんの世話は人も犬も似たようなものです。食べさせて、寝かせて、身体を清潔にさせてあげて」

「そういうものか」

すぴすぴと鼻から呼吸音を出して寝入る子犬を囲んで、語りあう。

「ここ、どうした」

かごの縁を押さえているユキの右手に、緑雨は視線をやる。手の甲に赤い点々がいくつかあった。

「昼間、おはぎを作ろうとしたら、あんこがぷちぷち飛びまして」

そう説明する。鍋にたっぷりと張った水で小豆を煮て、へらでかき混ぜていたら熱くふくらんだ小豆が爆《は》ぜたのだ。

「おはぎか」

「ええ。もうじきお彼岸なので気持ちだけでも。そうだ、召し上がりますか」

「いやいい」

素っ気ない反応に、そうですか……と心のなかでつぶやく。

緑雨の父は去年の夏に亡くなったと聞いている。三月の春彼岸には結局、田舎へは帰らずじまいだったそうだ。自分が口を挟むことではないけども、秋彼岸にはなんとか里帰りをしてほしい。

そんな気持ちでおはぎを作ってみたのだった。なかなかおいしくできたと思うのだけど……。

「どれ」

緑雨は立ち上がり、簞笥の上から馬油の缶を持ってくる。「手を出せ」

胡坐をかいて女の手をとると、指で掬った白い馬油を甲にすり込む。すーっとして気持ちがいい。だけど、

(な、なんだか……恥ずかしいな)

男の手に自分の手が包まれているのが、照れくさくなってくる。そんな女の心情には気づきもせずに、男はのんびり言う。

「この馬油は効くだろう」

「そうですね」

そういえば緑雨の右腕の傷の色も、だいぶ薄まってきた。お粗末な縫合の痕は依然とし

て残っているものの、傷口自体はきれいに治っている。この馬油を塗り続けたおかげかもしれない。

「も、もう大丈夫ですから」

手から汗が出そうになってきて、慌てて引っ込めようとすると、反対にぐっと引っ張られる。

「あ」

体勢が崩れて男の胸もとに顔がぶつかる。湯上がりの身体はまだ熱く、石鹼の匂いがした。求められている、と気がついて心臓がざわつく。

「……お疲れなのではないですか」

「そういうことを言うか」

糊《のり》気のとれた衿に顔をつけたまま言うと、頭上から言い返される。自分たちはどうもこうだ。東京に戻ってきて以来——つまり、この家で再び女中をするようになって以来——こうした雰囲気になりかかると憎まれ口が出てしまう。むう、とした顔になり口がへの字になる。

どうにも恥ずかしいのだ。むずむずするのだ。だけどそんなこと、この男には言えない。何を今さら、と呆れられるに決まっている。

「またふてくされたような顔をして。ついさっきまで、にこにこと犬に笑いかけてたのが急にへそを曲げたか」

そう言う緑雨も緑雨で、むすっとした表情だ。そう、なぜかこの男も自分に手を伸ばしてくる際は、たいてい怒ったような顔をしている。やさしく微笑みかけてきたりなんて、しない。尤も、顔立ち自体が冷たいので不機嫌そうな表情が似合うのだが。

「ふてくされてなんて……おりませんが」

視線を伏せてそう言うと、手を掴んでいない方の手を首の後ろに当てられる。骨の尖りに指がふれる。そのまま手は背後から衿の内側にしのび込んで肩先を押さえる。無言で引き寄せられ、懐に仕舞い込まれるみたいに抱擁される。

「ん」

目の際に口をつけられて、どきりとする。それに気づかれまいとして、いっそうむっとした顔をしてしまう。そのまま頬の稜線《りょうせん》を薄い唇はすーっと下りる。口の横でぴたりと止まり、

「嫌ならそう言え。無理強いはせん」

「——え」

「貴様が嫌ならここで止《よ》す。だから、そうならそうと言え」

驚いて緑雨を見ると、くっきりとした眉をひそめて見つめ返される。不機嫌そうな、まじめそうな顔だ。貴様が嫌なら止すだなんて、以前のこの男だったら考えられない台詞である。こちらの気持ちや感情なんて、まるっきり無視していたのに。

胸のなかがくすぐったくなる。

握られている男の手を、きゅっと握り返す。気恥ずかしさを呑み込んで、むすっとした顔のまま答える。

「いえ……嫌では……ありません」

「ならなぜそんな顔をする」

さらに突っ込まれて、苦し紛れに「地顔です」と答えると、意表を突かれたように緑雨は表情をゆるめる。眉間にしわを寄せたまま、ひとひねりしたような、この男独特の油断ならない笑みを見せる。

「なるほどな」

低い声でささやくと改めて顔を寄せてくる。相手に拒絶の意がないのを確認したうえで

——接吻してくる。

あたたかく厚い舌がするりと入り込んでくる。煙草の味がふんわりと口内に広がる。苦くて芳《こう》ばしい。それでいてほんのちょっぴり甘いような。唾液と混ざっているからだろう

か。それとも、この男の舌だからそう感じるのかもしれない。

「んっ……ん」

ふしぎだ。以前は接吻するのは嫌いだった。口と口をくっつけて、舌を絡めあうなんて、まぐわいよりも気持ち悪くてぞっとした。どうしてこの男はこんなことをしてくるのだろうと思っていた。

それが今は、好ましいものになっている。ざらりとした男の舌で自分の舌を舐められると、背がぶるっと震える。嫌悪からではなく、もっと不可解な奥深いものを感じる。喉の奥から呻きが洩れて、身体の下の方がこそばゆくなってくる。

「う……んん、っ」

舌と舌を生きものみたいに動かして、互いに吸いあう。ぬるぬるして、ざらざらする。溶けあう唾液をこくりと飲むと、気管がかーっと熱くなる。口同士で交わっているみたいだ。

はあ……とこもった息と共に唇がいったん離れる。緑雨の膝の上に乗り上がっている恰好で見つめあい、また口が近づく。接吻する。これをする時間も回数も、だんだん増していっている。まぐわう前にまずたっぷりと口吸いをするようになっている。してみると、自分だけでなく男もこれが気に入っているのだろうか。

互いの口を隅々まで慰撫《いぶ》しあい、もう充分という頃合いを見計らうかのように男の唇が首すじへ移動する。喉もとを軽く噛まれて「ふ」と声がでる。

「痛いか」

白い皮膚に歯を立てたまま、緑雨は言う。

「いえ」

痛いというよりも、ぴりっとした刺激を感じた。首にふれられると軽く緊張する。かつて絞められた記憶が蘇ってきて、男への恐怖も思い出す。

ちゅ、ちゅ、と弾んだ音を立てて接吻が下っていく。紬《つむぎ》の着物の衿もとをはだけられ、胸がこぼれ出てしまう。あらわになったそれに、男がかぷりとかじりつく。

(ん!)

反射的にその頭を抱きしめる。濡れた舌が胸乳をすべる。ぴくんと身じろぎすると、口のなかいっぱいにふくらみが収められてしまう。

「はあ」

心臓のすぐ上に男の舌を感じる。先端がじんじんと熱くなり、疼いてくるのが分かった。きゅう……と強めに吸われて男の頭を抱える両腕に、つい力が入ってしまう。まるで、もっとしてほしいとせがむように。

「息ができん」

どこか楽しむような声音にはっとして、腕の力を弱める。今度はもう少し、やさしく吸われる。唇で尖りをついばまれる。

「……ぅん」

快さに喉が鳴る。胸のもう片側も男の手のひらに包まれる。さするように、撫でるようにして愛撫される。

たぶん、ごつごつと骨ばったこの手を自分は好きになりかかっている。節が太くて堅い軍人の手。銃剣を扱う手。兄を殺した手であり、自分の首を絞めた手だ。そしてこの手に命を救われた。

おそろしくてやさしい男。不可解な男。

こうして抱きあっている最中も、心のどこかで男を殺す瞬間を探っている自分がいる。それはもう自身のなかに染みついた習性のようなものだった。だから、いっときたりとも気が抜けない。相手の表情や反応、動作のひとつひとつに気を配って応じているうちに、この男の好みや閨《ねや》の仕方が分かるようになりつつある。

それはまた、自分の好みを知ることでもあった。どんなふうにされるのが好きなのか、どんなところが弱点なのか。自分でも知らなかったさまざまなことを緑雨とのまぐわいで、知るようになってきた。

「ああ」

胸を揉みしだいている節くれた手に、自らの手を重ねる。その手をぎゅっと握られて、唇をつけられる。小さな赤い傷がいくつもついている甲に接吻される。手に接吻をされるのは、なんとも面はゆい。

自由な方の手で緑雨の髪をくしゃりと梳く。洗いたての湿った髪からは清潔な匂いがする。やわらかな髪ざわりが指に心地いい。と、膝の上に座らせている女を男が見上げてくる。

「貴様に頭を撫でられるのは……妙な気分だな」

「いやですか」

問うと、「そういうわけではないが」また少し、むすっとしたような顔になる。

「どうも照れるな。落ち着かん」

そこでふと、思い当たる。そういえば夏に自分を迎えにきたときも、緑雨は不機嫌そうな顔をしていた。もしやこの人は照れくさいときや恥ずかしいときに、むっとしてしまう性質《たち》なのかもしれない。わたしと同じように。

ふふ、と笑みがこぼれる。すると男も微笑する。意外なくらいにやわらかな自然な笑みだ。

思いもしなかった。自分たちがこんなふうに笑いあえるようになるなんて、かつては思ってもいなかった。胸の奥がちくりとする。嬉しいような、それでいて悲しいような気分になる。

着崩れた着物のなかに男の手が入ってくる。背中をすーっと撫で下ろし、尻の丸みに指を沿わせる。やわやわとさすられて「ん」と腰がむずつく。男は片手でしゅるしゅると女の帯を器用にほどき、次いで肌着の紐も解いてしまう。

「肌に白みが戻ってきたな」

半裸にさせた女を、感心したふうに眺める。

「よく日に焼けていたのが薄まって……雪のように白くなってきた」

自分の名前を口にされて、どきりとする。緑雨から名前で呼ばれたことは今までに一度もない。いつも「貴様」で通しているのだ。最初の頃は腹立たしくもあったけど、今ではこの男ならではの呼び名のようにも感じられている。

だから、低い声で改めて自分の名を発音されると、どきどきしそうになってくる。

「どうした、急に顔を赤らめて。白くなったり赤くなったり、せわしがない」

広い手が頬を両側から挟んでくる。間近い距離から見つめられて、いよいよどきどきが強まる。心臓の音が男に聞かれやしないだろうか。あるいは自分の目や表情から何かがにじんではいないだろうか。気づかれると恥ずかしい、はしたない欲求が。

硬質の端整な顔が迫ってきて、再び口をふさがれる。

「……ん」

慣れ親しんできた舌の味を味わう。肉厚の舌に自らのそれを絢いあわせ、男に倣って動かす。まだたどたどしくはあるけれど、少しずつ上達しつつある気がする。何度も何十度も繰り返しているうちに。

なだらかな筋肉で盛り上がった肩に手を置いて、男に跨《また》がったまま接吻する。太ももの堅さを尻に感じる。頬を挟んでいる片方の手がそろそろと下りていき、肌着の内側にしのび込む。

ぬちゃ……と指の腹で秘所を軽くこすられる。

(あ――っ)

あわいをひと撫でされるや、腰がわななく。まるでこうされるのを待ちかねていたかのように。口吸いをしながら男は指で愛撫する。節くれた指で女の花びらを揉みほぐし、柔毛をくすぐってくる。

(ふっ、ぅ……っ、んん)

ぴくんぴくんと尻がゆれる。息苦しくなってくるけれど、緑雨は舌を解放してくれない。ユキの後頭部を左の手のひらで押さえて、食べるような接吻をし続ける。次第に頭がぼーっとして、酸欠とも酩酊《めいてい》ともつかない心地がしてくる。後ろで結い上げている髪がばさりとほどけて背中を覆う。

男の行為の手順はだいぶん変わった。

ずっと以前は、こんな遊びめいたことはしてこなかった。女の身体をくつろがせるために撫でたりさすったり、なんてことは。無理やりこじ開けて入ってきて、抱くというより犯す感じに近かった。そうされたらされるほど、自分の身体も頑なになった。

それが互いに変わりつつある。

自分が緑雨の動静に気を配っているように、緑雨も自分の反応をうかがいながら進めてくれる。急がず、強いずに。そうされて身体は自然と素直になる。自分自身が驚くくらい、自ら開こうとする。

男の中指が秘芯を見つけだす。あふれる潤みをなすりつけ、そうっといじってくる。

「あっ……ぅ」

舌を搦めとられながら声が出る。その小さな芽をそうされると、たちまち高まってしまう。女の性感がそこの一点に凝縮している。そしてさわられれば、さわられるほど敏感になっていく。

肌理の粗い男の指でこすられて、小さな粒が熱くふくらむ。男の皮膚の堅さを陰核で感じる。身体のなかでおそらく一番恥ずかしい、秘すべき部分に直にふれられている。たまらなくせつなくて、なのにうっとりしてしまう。そこを起点にじんじんと甘い痺れが下肢を流れる。

内ももが緊張する。つま先を丸める。全身の感覚すべてが極小の粒に集まって、血が熱くなる。心も。男の指で刺激され限界まで凝らされた核が、ある瞬間でぱちんと弾ける。痺れと同時に爽快感が全身を駆けめぐり、舌を吸われながら口のなかで吐息をつく。

「……はあ」

張り詰めきっていた身体が、くったりと弛緩《しかん》する。

「遣ったか?」

耳のなかに低い声が注がれて鼓膜を震わす。分かっているくせに敢えて訊いてくるのだ。

答えずにいると、極まりたての秘芯が指の腹でぐっと押される。

「んんっ」

「答えろ。遣ったのか」

軽くなぶってくる口調に欲望の響きがあった。

「……はい」

朦朧としてうなずくと、「まだへたばるなよ」と言われてしまう。恍惚の余情が残る秘部に、ぴたりと円いものが当てられる。ほんのちょっぴりめり込んできて、女の口のほころび具合をたしかめる。

この、先端だけが入ってくる感覚は嫌いではない。繊細な浅瀬が刺激されて、むずむずとした快さが走る。そのまま両手で腰を摑まれ、なんなく持ち上げられる。

ああ、と観念する。おそれと期待が入り混じったような心持ちだ。男の首に両手をまわして了解の意を伝えると、熱いものがゆっくり、ゆっくりと下から入ってくる。

「は」

産道が埋められていく。途中でくびれがどこかに引っかかり、腰の位置を少しだけ、ずらす。すると、ずりゅ……と中ほどまでひと息にすべり込んでくる。

「うっ」

男に巻きつけている腕に力を入れてこらえると、湿った声で問われる。

「きついか?」

「い……いえ」

答える女に男は言う。「俺はきついぞ」と。

「貴様のなかはきつくて熱くて……溶かされそうだ」

「あなたも……熱い……です」

この状態で喋ると、腹のなかにある緑雨の存在をまざまざと感じる。ぴっちりと一分の隙間もなく自分を充たしている。そうしてじょじょに、少しずつ、奥へと進んでくる。急がず、逸らずに。足を開いて男の上に座っている体勢なので、自分の体重がそのまま嵌入の深度となる。

「あぁ……っ」

茂みと茂みがこすれあう。緑雨のそれはごわついていて、髪の毛のやわらかさとは対照的だ。だけどこの硬さもまたこの男らしい感じがされる。ふと視線を畳にやると、いつの間に準備したのだろう、裂かれた避妊具の小袋が落ちている。

やがて、根もとまで男自身が収められる。ふう、と息をつくと、頬に鼻を当てられる。犬が匂いを嗅ぐのにも似た仕草で緑雨は顔をすりつけてきて、唇に唇がふれる。水が高いところから低いところへ流れるような自然さで口を吸いあう。

結合しながら接吻するのは、えも言われない感じがする。口も局部もつながって互いの血まで通いあうようだった。女の内部で男がうごめく。熱くてみずみずしい、この男そのもののような猛りが自分を挑発してくる。欲望に火をつけて、眠っている光源を目覚めさせようとする。

そうして、いつしか自分もうごめきだす。芯熱の動きにあわせて内壁がうねり、撓《しな》って男の性器にまといつく。きゅう……と締めつけると、重なりあう舌の上で緑雨がくっと息を呑む。彼自身もひくりと震える。どこか怯えるようないたいけさに、胸がとくんと打たれる。

薄目を開けると、男は行為に集中して目を固くつむっている。眉をひそめたせつなげな表情に艶がある。まつ毛が意外と長くて、やっぱり中性的な面ざしだ。

再び目を閉じて平たい石のような肩甲骨に指をかけ、男を抱きしめ直す。応えるごとく背中に腕がまわされて、つながったままそろりと後ろに倒される。脚の間に太い胴が割り込んで、ずずっ……と押してくる。

「ああ」

動作が本格化する。はちきれそうになっている男の熱が、潤んだ産道を摩擦する。入念な動き方で右も左も、上も下も撫でさすり、極まるのにいい場所を探しはじめる。さっきとは反対に、男の重みで交わりが深められる。

厚い胸が自分の胸に密着して抱きつぶされそうだ。重くて苦しい。だけどこの苦しさを、しっかりと感じたい。自分の内部で男もまた苦しそうに這いまわっている。薄皮一枚の膜を通してそれが伝わってくる。男の苦しさ、切なさ、もどかしさが自分のなかに沁み込んできて、たまらない気持ちになりそうだ。

「うぅ」

不意に喉が、ひくりと震える。と、純氷を思わせる目を当てられる。情欲のかけらもないかのような澄んだまなざしだ。男は女を見つめて問いかける。

「今でも俺を殺したいか?」

数秒間をおいて、うなずきを返す。

「ええ」

「そうか」

男はなぜか微笑む。たしかに自分は畳の上では死ねないだろうな、とつぶやく。

「いつかもし誰かに殺されるとしたら、それは貴様であってほしいものだ」

それを聞いて心臓が、きゅっと縮まる。殺すという言葉が突然、ちがう意味あいを持った言葉のように響いてくる。そう、たとえば愛とか、恋とか。

「……殺します」

汗ばんだ男の首すじの線に顔をつけ、そう告げる。

「他の誰にもあなたを殺させない……わたしが……あなたを殺します」

「言ったな」

唇に微笑をのせたまま、男は産道をこすってくる。何度も何度も繰り返し、行きつ戻りつ。あまり奥まで踏み込むと女が怖がるのを知ってか、ちょうどいい位置のところで。切っ先で女の壁の泣きどころを、やさしく撫でさする。下肢がとろけそうになってくる。

「あ……は……ぁ、あぁ」

がっしりとした体軀《たいく》にしがみつき、懸命についていく。腰と腰をぴたりとつけて、芯熱の動きにあわせて自分自身もゆらめかせ、ゆだねるように、誘うように、じらすようにうごめかす。

背中にまわされた腕に力がこもる。四本の手と脚が互いの身体に巻きついて、まるで一本の縄にでもなったようだ。愛と憎しみをあざなわせた縄に。

口も性器も吸着しあい、互いに苦しめあい、求めあう。届きそうで届かないものに必死になって腕を伸ばすように、動作がだんだんと小刻みになり切迫する。男の切迫を感じ、自分のそれも感じとられる。

（あ、あぁ……きそ……う）

口のなかの呼吸の間合い《リズム》が次第に近づきあってきて、合致した瞬間——それがくる。

二つの異なる感覚がひとつに束ねられ、同時に解きほどかれる。穏やかに、ゆるやかに。

髪の毛から足のつま先まで恍惚が流れて、全身にいきわたっていく。まるで互いに殺し、殺されるような、生と死がまざりあったかのような一刹那を共有する。

「また俺を……討ち取る好機《チャンス》を逃したな」

陶酔の余韻に浸って畳の上に添い寝しながら、耳もとで男がささやいてくる。

「いいのです」

まどろんだ声音でユキは答える。

「好機はまだ、これからきっと……たくさんきますもの」

あたたかい胸に背をつけてそう言うと、「そうだな」と男は笑ってうなじに口づける。

きゅるるるる〜、とかわいらしい音が空間に鳴り響く。

「貴様か」

「いえ」

きゅんきゅん！　と、かごから這い出てきた子犬が胸もとに潜り込んでくる。くすぐったさに、ユキはがばりと男の腕から飛び起きる。

「どうしたの、おちびさん。またお腹が空いてきたの？　困ったわね。そうだ、おはぎ食べる？」

「きゅん！」

子犬は元気にひと吠えして、顔をぺろぺろ舐めてくる。

「俺も少し、小腹が空いたな」

不機嫌そうな顔つきで、男はむっくりと起き上がる。乱れた浴衣を直しもせず、子犬の頭をわしわし撫でる。

「いいか、この家で暮らすのなら主人は俺だぞ。分かったか」

「もっとやさしく撫でてあげてくださいな。小さいんですから」

男の手の下でもがく子犬を助け出し、濡れた鼻先にちゅっと接吻する。

「みんなでおはぎをいただきましょう。けっこう上手にできたのですよ。そう、この子の名前も決めませんと。何にします？」

「そうだな……白毛と黒毛にちなんで、ぼたもちにでもするか」

「もう！」

「なら胡麻よごしではどうだ。ぴったりだろう」

そんな会話を交わしながら秋の夜は更けていく。障子戸の外で、鈴虫がりーんりーんと鳴いている。

ジュエル文庫をお買い上げいただき、ありがとうございます!
ご意見・ご感想をお待ちしております。

ファンレターの宛先

〒102-8177　東京都千代田区富士見2-13-3
株式会社KADOKAWA　ジュエル文庫編集部
「草野 來先生」「炎かりよ先生」係

ジュエル文庫
http://jewelbooks.jp/

狗《いぬ》の戀《こい》
無慈悲《むじひ》な将校《しょうこう》に囚《とら》われて、堕《お》とされる

2022年11月1日　初版発行

著者　草野 來

イラスト　炎かりよ

発行者 ──────── 山下直久
発行 ───────── 株式会社 KADOKAWA
〒102-8177 東京都千代田区富士見2-13-3
0570-002-301（ナビダイヤル）

装丁者 ──────── Office Spine
印刷 ───────── 株式会社暁印刷
製本 ───────── 株式会社暁印刷

Printed in Japan
ISBN 978-4-04-914484-0 C0193

草野 來
Rai Kusano
Illustrator
天路ゆうつづ
Yuutsuzu Amaji
サディスティックな社長と
エレベーターに閉じ込められたら、
なぜかご成婚にいたった件
Sadistic na shachou to elevatorni tojikomeraretara, nazeka GOSEIKON ni itattaken.
ジュエル文庫

ジュエル文庫
お試し結婚だったハズですがっ!?
社長がダンナになったら意外と肉食だった件
草野 來
Illustrator 弓槻みあ
甘さも、Hさもぎゅ〜っと濃度凝縮♥新妻溺愛ノベル
「1ヶ月間、結婚生活とやらをやってみない?」
取引先の社長に誘われたお試し新婚生活。夜ごとじっくり施される愛撫。
甘くて絶倫なHは、ソファやお風呂でまで♥　全てを許してくれる包容力♥
お試し期限は迫っているけど離れたくない!
告白を決意した途端、本命っぽい女性が現れ!?
ショックで逃げ出そうとした私だけど追ってきた彼は本物のプロポーズを!

大好評発売中

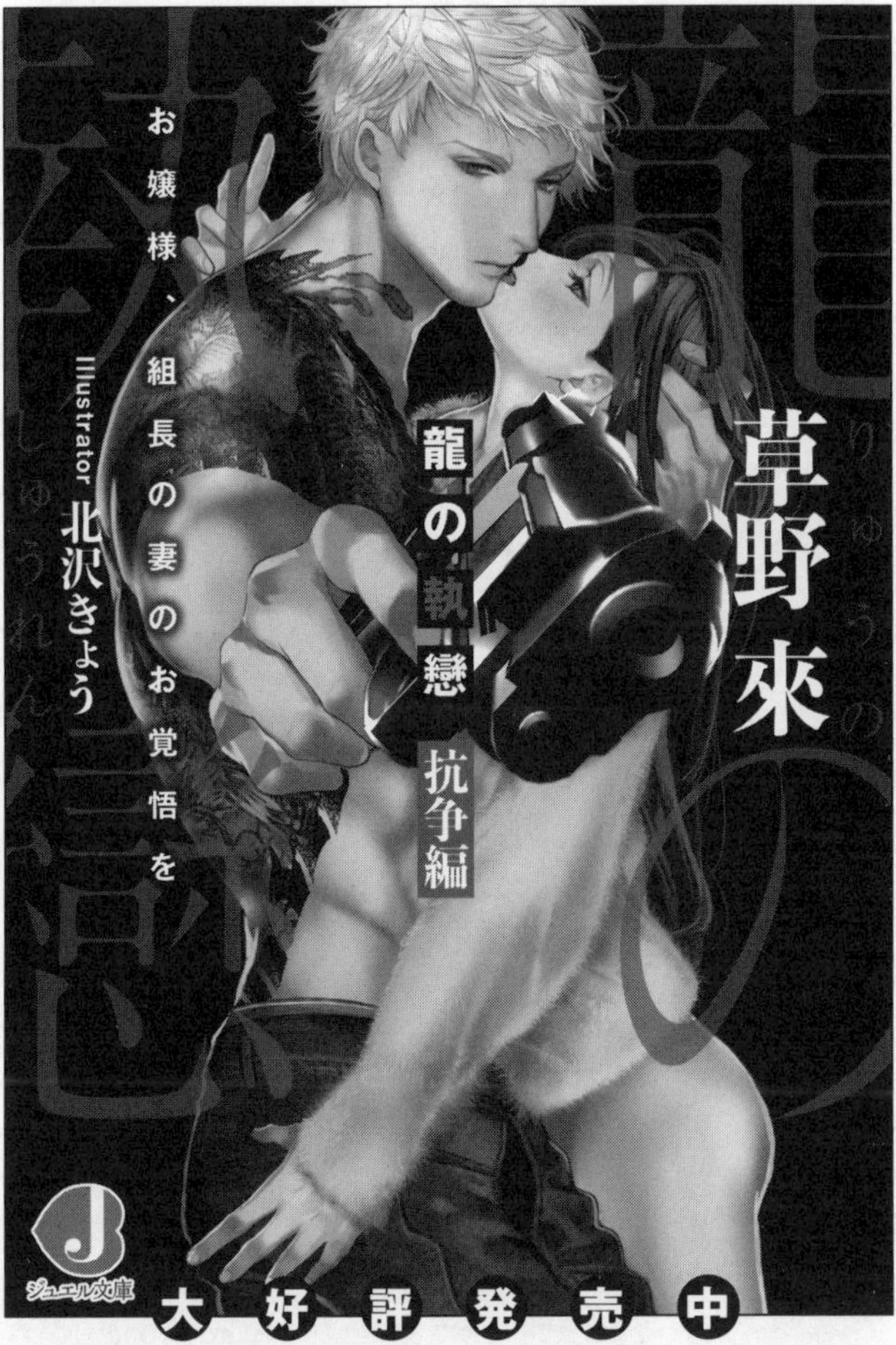
草野來
龍の執戀
抗争編
お嬢様、組長の妻のお覚悟を
Illustrator 北沢きょう
ジュエル文庫